新大明王朝

7 衣錦還鄉

淡墨青杉◎著

三大帝王

人物介紹

漢帝 張偉：最得意的帝王

來自未來，憑遠超幾百年的經驗改變歷史創立大漢王朝。爲人行事果斷、狠辣、穩重，平生從不做沒把握的事，政治作風強硬，一掃數千年儒家治世的傳統，大力改革，使國富民強，復興漢唐盛世在世界各國心中的上國地位。

明帝 崇禎：最愚蠢的帝王

滿懷中興大明的熱情，卻使明朝更陷深淵，直至亡國。其人生性多疑，好大喜功，喜怒無常。其蠢至空留幾千萬金銀給亡其國的異族，卻不願分出一兩銀子振軍救民，以至民反軍散，獨留孤家寡人於煤山上吊而死！

清帝 皇太極：最鬱悶的帝王

雄才偉略，勇悍無比，天下本屬於他，歷史本也是由他帶領八旗建立大清王朝。但卻因漢帝張偉的橫空出世，改變了歷史，而使本屬於他的一切化爲烏有，他也因此鬱鬱而死！

武將榜

人物介紹

施琅

大漢水師大帥，與漢帝張偉相交於微時，一起創業打江山，其人極具將才，兵法謀略極佳，水戰未有一敗，後被封世襲伯爵之位。

張瑞

大漢飛騎軍大將軍，對張偉忠心不貳，爲人勇悍多謀，爲漢帝轉戰天下，戰功超卓，後被封世襲伯爵之位。

張鼐

大漢金吾衛大將軍，對張偉忠心不貳，爲人凶猛好戰，曾爲漢帝親衛大將軍，勇猛有餘，謀略不足，卻也無大過，戰功無數，眾敵深懼其人，後被封伯爵。

契力何必

高山族勇士，爲張偉所收服，其箭術無雙，爲大漢萬騎大將軍，領三萬高山戰士爲大漢征戰天下，無往不利。

武將榜

人物介紹

黑齒常之

契力何必之弟，大漢萬騎大將軍，與其兄一起為大漢征戰天下，勇猛無比，立下戰功無數！

劉國軒

大漢龍驤衛主帥，漢王起家時的家臣，為人冷靜多智，穩重，極具帥才，張偉的左右手，大漢的開國功臣，後被封為世襲伯爵。

周全斌

大漢第一勇將，智勇雙全，極善機變，張偉最信任的大臣之一，與劉國軒為五虎上將，位列伯爵。

孔有德

龍武衛大將軍，治軍有方，勇力過人，本為前明大將，後依附張偉，成後漢開國之大將！

武將榜

人物介紹

左良玉

爲人深沉，本爲遼東大將，卻爲張偉所救，極具帥才，跟隨張偉，後被委以獨當一面的重任！先駐守倭國，爲倭國總督，後爲統兵大帥，爲大漢江南攻略的南面統兵元帥！

曹變蛟

神策衛大將軍，勇猛無比，而智謀不深。打仗身先士卒，常赤膊上陣，敵人畏之如猛虎，曾以大刀力殺荷蘭戰士數十人，被西方人視爲屠夫魔鬼！

賀人龍

與曹變蛟一起並稱漢軍雙虎，猛悍無比，身負重傷數十處依然不下戰場，幾被視爲鐵人！

林興珠

智勇雙全，善攻城戰和襲擊戰。

武將榜

人物介紹

尚可喜

前明大將，後跟隨耿精忠、孔有德一起依附張偉，立下極大戰功，爲大漢開國功臣。

耿精忠

前明大將，後隨尚可喜、孔有德一起依附張偉，立下極大戰功，爲大漢開國功臣。

祖大壽

遼東大將，對大明極其忠心，一生只追隨袁崇煥鎮守遼東，後爲保全袁崇煥名節，戰敗自殺而亡！

趙率教

遼東大將，袁崇煥部下最精銳將領，爲人多智，錦州失守，詐降滿清，卻心繫大漢，後成大漢明將！

武將榜

人物介紹

吳三桂

遼東大將，年輕有爲，其人多智，深謀遠慮。

多爾袞

滿清睿親王，皇太極之弟，其人勇猛多智，心機深沉，是皇太極之下最爲有名的滿人名將！

李侔

李岩之弟，漢軍軍中猛將，領五百勇士力戰大破開封城，一戰成名，爲人多智，擅馬球。

豪格

皇太極之子，爲人豪勇無比，卻智謀不深，不甚得皇太極所喜，狂傲自大，目中無人！

文臣榜

人物介紹

何斌

大漢財政大權負責人，大漢興國第一功臣。與漢帝相交於微識，共同創業，以其經商理財的天賦爲張偉累積下了統一天下的資本！被封伯爵，更被公認文臣第一，尊爲太子太傅。

吳遂仲

爲人多智，身爲儒人，頗具治理天下之才，大漢開國之功臣，位爲六部之首，後封伯爵，但因陷入黨爭而被貶離京城！

袁崇煥

明朝第一名將，薊遼總督，以文臣身分統領遼東大軍，鎮守遼東數十年，讓滿清鐵騎未能踏足中原。

熊文燦

明朝大臣，福建巡撫及兩廣總督而掛兵部尚書銜，總督九省軍務，其人甚貪，頗有些才能，後爲張偉狡計所害。

文臣榜

人物介紹

江文璿

其人極具才華謀略，是以張偉放心讓其獨當一面，繼左良玉之後經營倭國。

陳永華

大漢第一賢臣，有治國之大才，與漢帝張偉相識於微識，更是漢帝身邊最得力的謀臣，雖未在朝中爲官，卻爲大漢培養出極多的人才！極受張偉所敬重。

鄭煊

前明降臣中最受漢帝張偉器重的文臣，極具治國安邦之才，大漢六部尚書之一，更被封侯爵。

洪承疇

前明三邊總督，明末著名文臣，以文臣之身統帥三軍，智計極深，謀略權術過人，最終卻敗於漢帝張偉之手！

文臣榜

人物介紹

孫偉庭

前明陝西總督，爲人行事狠辣，以文臣之身卻敢在打仗時身先士卒，可算是大明文臣中極少有的狠辣角色！後敗於張偉之手！

黃尊素

東林大儒，大漢興國文臣，官至兵部尙書，掌軍國大事，思想守舊，儒家思想難改，在漢帝張偉大力改革的過程中常提反對意見，但仍被封爵！

呂唯風

爲人才智過人，有治國安邦之能，支持改革，忠於張偉，極有主見和謀略，極得張偉器重，委以治理呂宋的重任。與江文瑨等人各自獨當一面，後在黨爭之時接替吳遂仲六部之首的位置，位及伯爵！

其他人物

人物介紹

李自成

明末義軍首領，又稱李闖王，領農民軍數十萬轉戰天下，而使明王朝風雨飄搖，一蹶不振。

張獻忠

一方奸雄，靠農民起義發家，轉戰天下，後寄身於蜀中，擁兵自立，爲人凶殘，常有屠城之舉！

柳如是

大漢皇后，賢德異常，性情溫柔，才貌無雙，出身低賤卻心靈高貴，極受張偉之愛！

吳芩

南洋大族吳清源孫女，自幼學習西方文化，其美若奔放的牡丹，高貴卻不失大方。張偉暗戀之人，後卻因政治原因未能結合，此爲漢帝張偉一生最大的遺憾。

其他人物

人物介紹

馮錫範

大漢軍法部最高負責人，鐵面無私，從不徇私，甚得張偉器重！

孫元化

爲人不好官場，一心只專於火器，乃是明末著名火器專家，也是大漢火器局總負責人，其人不修邊幅，不喜言語，狂放不羈，極得漢帝張偉寵信！位列伯爵，大漢開國功臣之一！

徐光啟

明代著名的科學家，孫元化的老師，奉天主教，其人學貫中西，力倡改革，助辦太學，力挺張偉！

李 岩

年輕有爲，智深如海，卻含而不露，不張揚，不喜官場，文武雙全，漢軍北伐中表現極爲出色，以戰功而得侯爵之位！

其他人物

人物介紹

高傑

大漢密探統領，爲人行事刁鑽陰險，頗有奇計！雖少上戰場，但其功不可沒，甚得張偉寵信！

鄭芝龍

海盜巨頭，經營海運數十年，富可敵國，但卻敗於張偉之手，使其海上霸王的地位被代替，後被明朝招安，官至兩廣水師總督。

勞倫斯

英國駐南洋的海軍高級軍官，因與張偉關係極好，而成爲英國大將，曾幫張訓練出一批極精銳的水師！

目錄

目錄

待近二十萬明軍主力次第逼將上來，漢軍防線開始緩慢後撤，並不與明軍大規模的交戰，而是借助猛烈的火力延遲明軍進逼的腳步。明軍也因為漢軍火力太猛，而且以守勢相峙，所以也並不敢就此猛攻，只是慢慢以半圓的陣形圍將上來，試圖將整個神威衛全然包圍起來。

呂唯風自然聽到那幾個晚輩壓抑痛哭，卻又飽含喜悅哭泣之聲。他也並不惱火，雖然他馭下很嚴，部屬稍有過錯便毫不留情的處置喝斥，可是此時他自己也很克制自己的感情，又如何去指責這幾個隨他離開家鄉多年，甚至是離開中國數千里之遠，到現在才能陪同回來述職的家人子侄。

呂唯風見他雖是突發奇想模樣，心裏卻明白這其實是早已謀定之事。他並不願意牽扯進黨爭之中，卻不料甫一回來，便已身陷其中。心中猛嘆口氣，嘴上卻已開口說道：「臣無德無才，蒙陛下如此信重，敢不以死效命？」

199—第十章 遼東將士—

趙率教已知道今夜戰事與往常截然不同。那喊殺聲自從一刻之前響起，一直未停。營門口的火光越發明亮，並且往內裏延伸，與往日只在營門附近燃燒不同。他側耳傾聽，只覺得營門處遼東將士特有的喊殺聲越發微弱，心裏又驚又怒，也不待下屬到齊，只帶著隨從親兵飛速奔馳，往營門方馳援。

222—第十一章 鳳陽會師—

盧州即克，張瑞的飛騎此時已由河南繞道攻至淮北，先後攻占臨淮關、雉河集，壽州、宿州、阜陽、太和、穎上、亳州等處，於是張鼐急速進兵，與萬騎、神威兩軍合力攻擊鳳陽城下，十餘萬明軍在迭遭重創深陷重圍之內。若不是洪承疇與孫傳庭一力壓制，促使明軍全部將校入城，鳳陽城內又有不少軍需物資，只怕一日之內，明軍便告覆滅。

240—第十二章 鳳陽城破—

虎大威聽了此話，彷彿覺得脖子一寒，一邊狂打冷戰之餘，一邊惡氣上湧。他站起身來，叫道：「既然如此，就反了他娘的！左右聽命，徵集將士，就說漢軍夤夜入襲，已潛入督師府中，咱們現下過去救援！」

目　錄

第一章 租田之法

柳如是見她如此，方覺得心裏暢快許多，又笑道：「我適才是心軟，給妳一個自新機會，豈不料妳竟是如此憊賴，竟在這裏和我玩滾釘板？妳收了犯官家屬的賄賂，拚了命地給他們說情，撞木鐘，又在宮裏妖言惑眾，妳有幾條命?!」

殿中各人原本是在十餘日前便求見張偉，商議遣送犯官及宗室家口十餘萬人赴呂宋一事。張偉知道他們名曰商議，實則是來尋他打擂臺，鳴不平來了。是故推三阻四，一直只推著忙，不肯召見。待後來求見的人越來越多，眼看再不好生撫慰一番，勢必要激起眾人憤怒，萬般無奈之下，也只得將各人召將進來，詳加解釋。

此時正被攪得頭痛，卻被這御史進來一鬧，場中原本凝滯嚴肅的氣氛立時大變，不但張偉仰天長笑，便是那些個老夫子們，亦都是禁不住笑了起來。

各人笑上一氣，那張慎言主管刑部，先皺眉向張偉道：「漢王，定鼎南京之後並沒有禁人民自閹的詔命。此人雖絕不可收用，卻也不好治罪。」

鄭煊等人亦同聲道：「此風斷不可長，請漢王將此人訓誡逐出，並詔有司宣諭天下，日後凡有敢行此事者，必交法司究辦。」

他們都是老成謀國之言，原以為張偉必定首肯。卻聽得張偉道：「此事不能如此罷休，需重重懲戒，以儆效尤！」

張慎言躬身道：「漢王，此事不可如此。不知者不罪，漢王不可以一己之私而壞天下大法，請漢王三思。」

「這個自然，然尚書可為我思一良策麼？這半年來，攜家口土地投充，求為皇莊者絡繹不絕；獻美貌婦人女子者充斥南北，奇珍異玩珠寶古董，乃至地方特產者比比皆是；現下竟又有如此殘父母之軀，博君王歡心者，若是不狠加懲治，有心人以為有機可乘，日後再有人如此，如何是好？」

他這番話一說，殿上各人立時面面相覷，不知道如何是好。那吳遂仲原本並不發言，想著一會兒勸張偉收留些原舊宮內的太監以備使喚，現下卻無論如何不能開口了。

張慎言知道張偉所言是實，這一年多來，不論是各地的地方官員、豪門巨紳，還是平頭百姓、尋常商賈，統統把世上飛的爬的、走的跳的，但凡是世上有的，歷經千辛萬苦尋了來，巴巴地獻給張偉，以希圖上寵，卻都被張偉嚴辭訓斥，一概不收。現下這些人不獻禮物，不報祥瑞，卻又獻上自家土地，願為皇莊，張偉正沒理會，又有人割了自己，願為太監，若是不狠狠扼殺一下這股風氣，還不知道要鬧出什麼亂子來。

沉思半晌，方向張偉答道：「既然如此，先將此人以擅造宮禁之罪斬首，然後由漢王頒佈法令，再敢如此者，一律如例如置。」

張偉點頭道：「就是這麼著。若是今日只將此人趕出了事，只怕日後還有麻煩。」

見各人都被此人引開精神，他忙站起身來，向眾人笑道：「今日說了半天，也已很晚了，大家請回，若是再有話說，我必定接見，再來詳談就是。」

他轉身欲溜，卻見徐光啓顫顫巍巍步上前來，向他道：「漢王……」

張偉忙擺手道：「徐老先生，今日已遲，若還有話說，不妨等到明日，如何？」

見他仍是不依不饒，只得立定身體，正色道：「各位的話我都聽進去了，不過是說流放呂宋太過狠心，放至臺灣，或是海南可也。況且這些人多半心懷異志，放到呂宋也是禍害，其實不妨事！」

他邊走邊說，語速極快，也不等各人能否聽清，只一個勁說道：

「那呂宋土地肥沃，地廣人稀，不過兩三百萬的土人居住，幾年前，呂唯風便開始命土人少兒穿漢服，說漢話，寫漢字。最多不過一二十年，那呂宋國的青壯土人便與漢人無二，發至那裡，又有何苦處？一年四季，都是溫暖如春，又有種種特產水果，那椰子我還每年命人送來飲用，再有銅、金等礦藏，這是多好的地方?!」

見徐光啓聽得發楞，張偉又笑道：「老先生，改日等新送過來的椰子到了，我必定差人送到你府上，讓你嘗嘗看！至於防著那些人作亂，倒也不怕。他們去萬里之遙，沒有宗族，沒有鄉黨，雖然有心爲亂，卻都並非是舊識，力量比在內地小上許多，縱是有禍亂，也比在江南鬧起來更好一些，可對？再加上有漢軍和廂軍，還有土人傭兵，還怕這些人不成！不妨事，不妨事的！」

各人被他的話說得心曠神怡，這呂宋一時間竟好似成了天堂一般，待醒悟過來，卻見他已出了殿內側門，被一眾禁衛擁著往後廷去了。

各人同時苦笑，知道這些事雖然做的不忍心，張偉卻勢必再難更改決心。

張慎言悻悻道：「漢王何其太狠！」又道：「還有下文。昨兒漢王派人正式行文下令刑部，日後凡可判絞，又或不絞可判十年重刑，或是判流徙三千里以上刑者，概發至呂宋墾荒！我原說要駁回，看現下的情形，漢王決心以下，此事又是軍令，非是民法，連御史台也是無法可想。」

徐光啓原本是今日前來諫言的諸人之首，此時心中已被張偉說服，又隱隱然知道他近日有意派兵圖北，唯恐江南生亂，是以一定要把這些亂源根除。

因嘆口氣，向張慎言道：「做大事者，有時候便需如此。你也不必再與漢王頂撞，他也有不得已的苦衷。況且，呂宋國向慕中華上邦，成祖年間甚至請求過內附歸屬一事，成祖因路遠難制，謝絕了事，今漢王有無敵水師，又何必不將這幾百萬的生民，遼闊富庶之土地收爲我有？」

見有人不以爲然，並不服氣，他又道：「漢王以戰起家，乃開國之君，與後世守成之主不同，切

不要以好大喜功，不該開邊釁一事來勸他。像他這樣的創業之主，絕然不會偏安於江南一隅之地，竊竊而自喜的！」

說罷，轉身向殿外行去。

待到了殿門高階之上，見一隊禁衛軍士正拖著那楊易安往宮外行去，顯是要拖他去殺頭。

徐光啓卻是視而不見，只瞇著眼看向西面的斜陽，按劍長嘆道：「丈夫當提三尺劍，平定天下！惜乎，吾老矣，不能助漢王一臂之力了。」

張偉急步出殿，唯恐又被這群大臣們糾纏不休，不能脫身。出得奉天殿，由左側門而出，由乾清門迤邐而入，見身後各侍衛雜役緊隨其後，笑道：「你們不必跟來，我略停一會兒這便過去坤寧宮，再無別事。」

禁衛們得他吩咐，便一一佇足不前，往各宮門殿閣巡邏清查，待夜色上來，各人提著羊角風燈由內廷出外朝，這偌大的宮室之內，只在奉天門東角樓上留有內閣及參軍部的值班人員，以備漢王隨時召見詢問，其餘所有的人員例在天黑之前出宮。

「下錢糧了，下錢糧了……」

隨著一聲聲宮禁雜役們的呼喊聲，一扇扇高大厚重的宮門被推起鎖好，直待第二天五更時分，方才打開，除非是張偉親令，任何人皆不可擅自打開宮門。此是明朝舊例，張偉因其確有必要，也沒有加以廢除。

「佃戶李狗兒毆打其田主一案，經刑部及都察院各司官、推官、法官會議，臣等皆以爲浙江臬司處斷得當，並無誤判。經查，那李狗兒原本便是刁猾疲玩之徒，雖不曾觸犯法度，然此番因田主催賦逼租，那田主王某不合與他口角，李狗兒操起房內長凳，將王某毆至重傷……臣等議：田主與佃戶雖不是主奴之分，然自古尊卑上下有別，李狗兒以下犯上，誠刁惡蠻橫不可恕之暴徒，浙江臬司所議絞立決之刑並不當。若恩出自上，臣等亦自當遵令而行……」

底下全是些頌聖套話及判例律令的援引，無論是中央刑部，還是浙省當日判案的法官，均是異口同聲，都道這佃戶該死，漢王不必遲疑云云。

刑部改革早已在兩年前開始，各地方官員早已得命，不再負責判案拿人之事。拿捕偵察等務皆由靖安部該管，捕到人犯後則由刑部審判，其後由都察院核查校對，若有不妥，則可駁回重審。這已經是很現代的逮捕、審判、審核三道手續的司法改制，比之原本的由執政官員兼理法官的制度強過百倍。

刑部除在中央有專門新設的判案老吏充做法官，並有合議斷案制度之外，還在原每省派有提刑按察使司。舊明制度，提刑按察使司只設在省城之內，署理一省的案件，現下卻是將提刑司強化加強，下派到府、州，縣，地方每有案件偵破，便由這些各級提刑司先行審理，若遇著死刑案件，或是犯人上訴，便有省級提刑司總理。判定之後，上交中央刑部復審，並移文案交由各級都察院審核。

張偉原想著這麼一弄，必然是再無干礙，以致政治清明，律法森嚴。前前後後改革施行近兩年來，卻總因一些下屬的判例而氣得暴跳。其因便是因此時並沒有全然改革前明舊律，除凌遲酷刑早被廢止，那些什麼大明律、例、判等舊章程仍然使用。張偉滿腦子現代思想，然而腦子裏卻沒有裝一部刑法回來，到底這法律如何改，該學習什麼先進經驗，卻是全無頭緒，是以看到一些不合心意的判例，也只能乾著急罷了。

佃戶打傷田主，在張偉看來，正是受欺壓的農民奮起反抗壓迫，乃是再正義不過的舉動了。然而在這些大臣和法官們來看，這是以下犯上，屬於十惡不赦的暴行。張偉屢次下令，勸導這些田主少收田賦，寬待佃農。去年春天甚至下令，在京畿地區實行政府規定田賦，凡有田之家租地給人的，與佃農的租約最多只能是三七分成，不准那些黑了心的田主將佃農的大部分收成剋扣剝削到自個兒手裏。

原以爲這是前所未有的善政，就是那些士大夫也必定是拍手贊同，眾口一辭的稱頌漢王聖明，誰料命令一下，首先跳出來反對的，便是朝中有土地田畝的大臣。眾人皆道：自古田主與佃戶的租約沒有政府干預的事，一個願打，一個願挨，政府定制純屬多事之舉；一則於理不通，二則甚難施行。

張偉聞聽，暴怒之下，便下令各級政府嚴加督管，不准陽奉陰違，一有發現違令者，一律抄家。在此嚴令之下，果真沒有人敢觸這個霉頭，整個江南大大小小的田主們一律修改租約，原本拿大頭的田主們變成了拿小頭的。除去有限的政府賦稅，再交納給田主之後，全江南的無地農民竟然也能有不錯的收成，手中也可以有幾個餘錢。

做到這個地步，張偉自然是十分滿意。只是這事情並非是在整個官僚集團贊同下施行，而是張偉借著絕對強勢的統治者，再有幾十萬大軍的威勢下，以橫暴的手段強力施行，將來是否有反彈，卻也是難說得很。

呆呆地看一眼那個刑部送來的呈文，張偉想起前日何斌來閒坐，說起近來不少田主不願租地，甚至是有大量的田主以賣地來抗議。而舊明的士大夫中有田畝土地的也不在少數，張偉這麼行事，竟一下子得罪全江南的地主豪門。雖是頭疼，此事既然已行到這個地步，也不能半途而廢。與何斌商議半天，又定下禁止荒廢土地的法案，交由刑部施行；政府大量的買入土地，以百分之二十的標準租給無地農民。如此這般鬧騰了幾個月，因強迫減租一事而沸沸揚揚的江南大局才算是穩定下來。

此事一辦完，原本緊接著必定是廢人口稅，改成按地畝收稅，行攤丁入畝一事。攤丁入畝一完，則可以施行官紳士民一體當差納糧，把施行千年的對士大夫的優惠盡數取消。這兩樣舉措都是非同小可，減免田租還只是皮毛，各地就鬧騰個不休，若是施行了攤丁入畝和士紳一體當差納糧這兩樣，只怕是明刀暗箭不斷，從此休想安生了。

那雍正皇帝之所以後世名聲極差，倒不為他奪嫡一事如何的不堪，實在是因為他實行了這麼多的政策，又在任內大抄文武官員的家，全天下的讀書人多半與他為難，暗中造他的謠言，將他的名聲弄得壞極。實則雍正倒當真是一個勤政之極的好皇帝，只可惜，許多得了實惠的百姓並不知道感恩戴德，而是隨著讀書人的口水編著這個皇帝的瞎話，什麼害死康熙、毒死兄弟、血滴子，最後又死在呂四娘手中。雍正若是死後有靈，當真不知道做如何想了。

張偉此時只是占了半壁江山，北方還有滿清、明軍、農民起義軍這幾股力量讓他頭疼，行起這些改革之事只怕比雍正還要難上幾倍，又教他如何斷然施行？無奈之下，也只得暫緩施行，只待打下全國之後，再言其他了。

想著近來種種煩難事情，原本還想與這些部臣爭上一爭的張偉，狠勁咬著自己的上嘴唇，一滴鮮血被咬落下來，發出一聲輕響，落在眼前的那呈文之上，濺開成一個小小的紅墨點。

長嘆一聲，在腦中想著那李狗兒如何的刁猾疲玩，橫行鄉里，誠屬可惡該殺之徒，一邊想，一邊將手中毛筆拿起，在沾染了紅印泥的硯台上略沾一下，在那呈文上寫道：「知道了！照部議辦理，勿庸再議。」

寫畢，甚覺挫敗的張偉急忙將那刑部呈文拿起放在一邊，待將那呈文擱好，竟覺得手上燙熱非常，急忙甩了幾下手，又狠狠地在桌上拍了幾下，待手上當真傳來一陣巨痛，方才覺得好過一些。他自天啓四年回到明朝，這些年來，手上的人命當真是成千上萬，卻從未同此次處死這佃農更教他難過。

「漢王，王妃命屬下來傳話，道是膳食在坤寧宮擺下了，請漢王這便過去用膳。」

張偉回頭一看，見是御前最受信重的羽林衛尉王柱子親自前來，因問道：「宮門各處都鎖好了麼？」

「是，全數鎖好。內廷除了在乾清門還有侍衛把守，沒有鎖上之外，其餘所有的宮門都已鎖上。」

張偉略一點頭，笑道：「你辦事，我放心。天乾物燥，著令宮內巡查的侍衛們小心火燭，一旦不小心失了火，那可不是耍的。」

他平時從不肯過問這些小事，今天卻是有一搭沒一搭的只顧說些閒話，讓王柱子丈二金剛摸不著頭腦，只得小心翼翼答道：

「是。這些事我都有交代，漢王把內廷安危交給咱們羽林衛，全因侍衛頭目多半是跟隨多年的老護衛了，辦事都肯經心，也很忠心。所以末將交代了，若是有疏漏誤事的，這麼多年的老臉也顧不得了！」

看一眼張偉神色，見他仍是一臉鬱鬱，王柱子不知道是爲了何事，只得繼續說道：「請漢王放心，侍衛們雖然不能進乾清宮的門，不過內廷之內有三四百健壯僕婦，都是精挑細選的力大膽壯之人；再加上管教訓練了幾個月才能入內廷侍候，若是有什麼危急，一時間也頂得上用場……」

他與張偉邊走邊說，穿乾清門直入內廷之內。左右跟隨著幾個小侍衛貼身護持，手中提著明瓦宮燈照路。

待到了坤寧宮外，聽得宮簷下懸掛的鐵馬在微風下發出叮叮噹噹的碰撞聲，張偉聽著王柱子仍在絮叨，回稟些宮內防務整飭上的小事，便向他笑道：

「柱子，我不過是吩咐一句，你就一直說個沒完，年紀輕輕的，倒成了老婆子嘴了。」

王柱子見他神色如常，拿他取笑，這才放下心來，亦隨之笑道：「漢王平常從不過問這些小事，

今兒突然問起來，我心裏怕得慌，生怕是什麼事做得不對，您要訓斥。」

張偉擺手道：「沒有的事！你去吧，小心戒備著就是了。」

王柱子應諾一聲，立時一個轉身，身上的鐵甲環片被他猛力一晃，嘩啦啦一陣巨響。

張偉聽得真切，心中突然一動，將王柱子召了回來，站在坤寧宮殿外的臺階上向他問道：「柱子，你老娘接過來沒？」

「漢王，上回您問過啦，我老娘和媳婦都過來了。就在皇城邊上置的宅子，上回您出門，還特意繞了一遭，到我家裏轉了一圈。」

張偉這才想起，便噗嗤一笑，向他道：「竟是如此，我現下記性竟變差了。」又瞇著眼看他，直盯得王柱子全身發毛，這才又道：「柱子，你媳婦生得倒標緻。想不到你小小年紀，倒挺能幹，上回見你媳婦，已經有五六個月的肚子了吧？現下估計是要生了？」

王柱子不自禁憨笑一聲，答道：「是啊，大概就在這個月了。等孩兒生了，不敢勞動漢王喝喜酒，卻是要請漢王給賜個好名字。讓那孩子長大了之後，也給漢王效力！」

「很好，這個事情我應承了！」

見王柱子挺胸凸肚，一臉得色，張偉突然斂了笑容，向他問道：「柱子，你在南京城外，可是置了土地田產？」

王柱子只是負責內廷禁衛，對朝中的政務從不過問，張偉也絕不允許外臣結交侍衛，是以他對前一陣子朝野紛爭甚大的減租一事並不清楚。若是別的大臣聽到張偉問話，想必會心中打一個突，想上一想再來回話，他卻老老實實答道：

「是，這事漢王也知道？我給漢王當差這麼多年，漢王待我不薄，賞賜總是最豐厚，所以這些年來也攢了幾個，都交給老娘好好收著。待全家大小接了過來，老娘就拿出錢來，叫我在城外買了百來畝地，這麼些年的積蓄可全用完了。」

「怎麼你不入股做生意，或是買條船讓人給你到海外貿易去？那可是生發更大，來錢更快。」

「漢王，咱是個粗人，只知道拿槍弄棒的。家裏除我之外，也沒有個頂用的男人，難不成讓老娘和媳婦拋頭露面的操心營運？買些土地來，每年收些租金銀兩，吃一口安生飯，也就是了。」

張偉聽了一笑，又問他道：「你買了土地不久，我便下令所有的田主一律減租。你怎麼說？」

聽到此時，王柱子才聽出這不是閒話家常，竟然是奏對格局，便不敢再怠慢，低著頭想了一回，方答道：「回漢王，臣不敢隱瞞。您下令減租，臣並不敢埋怨，這也是漢王體恤窮人的善舉，臣是贊同的。只是老娘和媳婦是女人家，只知道錢糧得的少了，著實是抱怨過幾次，被臣下訓斥過幾句，便也罷了。」

張偉凝神看他片刻，見他神情雖是略有不安，卻是落落大方，又素知其秉性老實，不會說謊，便向他嘉許道：「像你這麼想事的，才是真有見識的。那些個隨我過來的官兒們，一個個仗著官俸優厚，又有官員不准入股商行的規定，到了這邊之後，竟都是大買土地田產，一個個面團團做起富家翁來！上

次減租的事，雖然出面頂撞的都是舊明的士大夫，說怪話、放陰風的也都是江南的士子官紳，然則我卻知道，在裏面搗鬼的，卻盡有些臺灣過來的大員！」

他咬了咬牙，怒道：「當真是昏聵！豈不知我想盡辦法，不過是要百姓好過，百姓日子好過了，天下自然富庶，到時候什麼事做不得？偏只看到眼前的小利，一個個烏眼雞似的，就盯著那麼點田產賦稅！這也罷了，我竟聽說漢軍中也有將領買了田產，對我的舉措頗有怨言。我已命馮錫範查了，這樣的混賬，查到一個就用軍法殺掉一個！」

適才他殺了一個佃戶，心中猶疑不忍半天，此時發起狠來，卻又似千百顆人頭落地也不在話下。王柱子跟在他身邊多年，知道漢王不僅僅是說說狠話便罷，前一陣子軍中好幾個衛尉被處死，家產抄沒，全家已隨著此次發配的大隊前往呂宋。至於都尉果尉等小軍官，被處死抄家的只怕有數十人，是以聽了張偉的話，他竟沒來由地連打幾個冷戰。

因知道此事利害甚大，也顧不上再想，忙向張偉大聲道：「漢王殺的是！依臣下的意思，全家都殺了也不爲過！別人也罷了，漢軍的軍官哪一個不是漢王從苦海裡拉拔出來的？哪一個在入漢軍之前，不是窮得褲子也穿不上？俸祿拿著，軍爵和賞賜得了，卻是貪心不足，殺不足惜！若是再有這樣的人，臣願意爲漢王親自操刀，砍翻他幾個，這才能消了心頭怒火。」

他初時只是奉迎，說到後來卻當真是勾起了怒火。這老實人原本也是貧苦人家出身，還是張偉賞識他憨厚老實，又生得健壯有力，便將十五六歲的王柱子留在身邊，延請武術名家教導他武術，又教他識字，接了他全家來台享福。這王柱子是貧家出身，卻是十分孝順。家裏窮時，偶爾得了個白麵餅子也要拿回家裏孝敬老娘，若不是張偉，只怕不但是他老娘，就是他本人也不知道餓死在何處了。是故說到後來，當真是憤恨之極。

張偉見他說完，胸口卻仍兀自氣得起伏不定，便笑道：「你也甭氣，世人重利，這也是沒法子的事。反正我有馭下手段，誰也甭想在我手裏翻起浪花來。」

又頓足喝道：「去吧。我還不怎樣，你倒快氣死了。快些回了值房，安生當你的差去。」

見王柱子轉身走了，張偉一笑轉身，便往坤寧宮殿內行去。

待抬腳進了大殿，只見數十支盤龍紅燭將大殿內照得通明，暗黃的金磚被燭光映射得閃閃發光，便在這正殿當中，正擺放著由御膳房送過來的膳食。

張偉步到桌前，見桌邊擺著新熬好的綠梗米粥，看起來碧油油煞是饞人，便端起碗來喝上一口，又隨手拿起一個宮製糕點，吃上一口。

他早便餓了，因這糕點做得鬆軟可口，更勾起他的饞蟲來，大口咬上幾口，咕嚕咕嚕喝上幾口米粥，將那糕點送下肚去。方轉頭向侍候在一旁的尚食局尚書李英愛問道：「王妃呢？怎麼不見出來？」

張偉自廢除太監制度後，因知內宮不可能一直無人。思來想去，便決意以女官制度來代替幾千年來的太監制度。在後宮設尚官、尚儀、尚服、尚食、尚寢、尚功六局，各設尚書署理事務。這些女官各有品級、供給，由她們分別管理禮儀、人事、法規、財務、衣食住行等等各項宮廷事務。這六局下分二十四司，什麼司記、司寶、司依、司贊等等；又設內史院，召入才學皆優的女官入充，幫助張偉整理文案，做一些文字上的佐雜工作。如此這般，就以宮女僕婦將太監完全取代，不必再擔心內廷無人。

這些宮女中位高權重的，能接觸機密文件者，一律不准出宮，亦不准交結外官，若有需要聯絡外務，則由下層的粗使僕婦傳話，不准夾帶，不准傳遞私話，是以倒也不擔心她們能夠干涉朝局。至於女官們自身的爭權奪利，明爭暗鬥，張偉一古腦兒交給了柳如是管理，他是懶得煩這個神了。

這尚食局的尚書乃是負責整個內宮的膳食，下有司膳、司茶等司歸她統制，因御製膳食甚是重要，是以她在這坤寧宮內隨侍，見張偉與柳如是及張偉長女喜歡何樣膳食，那一天是何口味，便一一記將下來，吩咐膳房準備。

這女孩不過二十出頭年紀，原是江南某士紳人家的廚娘之女，那士紳犯了國法，被張偉抄拿全家，她與其母正彷徨間，因見內宮招用懂得膳食的宮女，便一橫心報名入宮，以自身特長博得柳如是賞識，命她做了這尚食局的尚書，居然也成了宮職五品的官員，際遇之奇，卻是她想也未曾想過的了。

此時張偉問話，她忙斂眉低頭，輕聲細語的答道：「回王爺的話，王妃在東暖閣內召見尚衣局的尚書錦霞姐姐，漢王若是要立時召見，奴婢這便過去傳命。」

張偉看她一眼，見她低頭垂首，聲音細若蚊鳴，便忍不住笑道：「妳倒真是大家子出來的。聽說妳在原本的主人家只是居於后室，幫著妳母親調製食物，當真是一個外人不見。此時讓妳做這個尚書，手下管著這麼些人，還真是難爲妳了。」

見她將頭又低上幾分，白皙滑嫩的臉龐上泛起細細的紅暈，俯仰之間，上身原本就挺傲的胸部卻又更顯挺拔。張偉盯著看了幾眼，忙咳了兩聲，收回了心神，吩咐道：「進去問問王妃，還吃飯不吃了?她便是不吃，肚裏的孩兒也得吃飯。什麼要緊的事，要說這麼久?」

李英愛被他盯得全身發毛，正巴不得有這麼一聲，忙福了一福，應諾一聲，便轉身往東面宮室行去。

她一轉身，卻又是一陣香風撲鼻。張偉暗嘆一聲，心道：「老子若是古人，只怕今晚就要這小娘皮伺寢了。」

正胡思亂想間，聽得那東暖閣內傳來柳如是的說話聲，隱約間彷彿是在罵人。這柳如是一向待人寬厚，又知道張偉不肯折辱下人，是以待宮女僕婦們一向親切，並不以王妃的身分欺人，是以此時聽她在內殿罵人，張偉一時間詫異莫名，忙站起身來，幾步追上那李英愛，路過之時，忍不住在她手上摸了一把，只覺得光柔細滑，手感甚好。

見她一臉驚惶，他肚裏好笑，卻是腳步不停，急忙入內。甫一入內，便見那尙衣局的尙書跪伏於地，正抱著柳如是的腿低聲哭泣。柳如是卻氣得滿臉通紅，胸前起伏不定，顯是怒氣未息。

她不久就要臨盆，張偉與她說話都是帶著小心，此時見她氣得非同小可，忙上前撫住她肩，勸道：「這錦霞平素看起來倒也老實，怎麼竟然敢頂撞妳?妳也別氣，此刻命她出去，明兒再理論不

遲。」

又向那錦霞喝道：「妳做錯了什麼事，惹得王妃這麼生氣？快些出去！明兒待王妃氣消了，再來請罪。」

那錦霞如蒙大赦，急忙碰了幾個響頭，向張偉道：「原是奴婢的不是，沒侍候好，惹得王妃生氣，下回再也不敢了。」

說罷便待起身離去。張偉正欲再勸柳如是，卻見她柳眉倒豎，喝道：「妳還敢虛言狡辯！漢王面前，妳也敢撒謊！」

站起身來，用手指指著錦霞，卻一時說不出話來。

張偉見她氣得手抖，兩眼中似有淚花，因知柳如是脾氣甚好，以前在臺灣時便常受奴僕下人的悶氣，吃了虧卻不肯說，只暗自生氣，當日若不是莊妃大玉兒，還不知道如何。忙又道：「來人，將這錦霞拉下去，打二十小板，以爲懲戒！」

外殿自有侍候的宮娥宮婢，其中不乏健壯有力者專司此職。聽了張偉命令，外面便有幾個僕婦應了，帶了繩子便欲進來綁人。

那錦霞泫然欲泣，向張偉行了一禮，淒然道：「奴婢得罪了王妃，罪不容赦，這便下去領罰就是。」

張偉正看得不忍，卻又聽柳如是喝道：「慢著！」

他心中生氣，忍不住向柳如是道：「有完沒完？打了板子就是了，何苦和下人為難。妳就是不在意自個兒身子，也得為腹中的孩兒著想。」

柳如是一聽，原本就氣極的人，更加受了刺激，一時間竟氣得頭暈起來，身子軟軟地向後面臥榻上倒去。

張偉見機得快，急忙將她扶住。這麼多年，她由花船上入張偉的將軍府邸，充做通房丫頭，又以卑賤之極的身分為夫人、王妃，因懼怕外人議論，一直以寬厚待人，便是受了欺負，也從不敢有所抱怨，生恐傳了出去，於自己名聲不好。比如與人爭執，只怕外面一議論，便立時說她是娼婦出身，品行有虧。是以這麼多年，甚少發火，也從不與人爭吵。此時這種場合，她言辭不利，辯說不通，竟致被張偉說上一通。兩人是恩愛夫妻，張偉又比她大上許多，是以從不肯拿重話說她，這一次是頭一回，也難怪她承受不住。

她氣極了，又想起當年在秦淮河畔花船上看到的姐妹們與嫖客鬥嘴說笑時的情形。那些妓女哪一個不是快嘴快心，刁嘴惡舌的？柳如是自小在船上長大，克制了這麼多年，此時被張偉勾得火起，便將張偉一把推開，向那錦霞冷笑道：

「我原是肯饒人的人，平素絕不肯與你們為難，便是有些不周到的地方，我睜眼閉眼也就過去了。想不到我一心慈，你們卻越發地上頭上臉了！」

見那錦霞仍做出一副怯生生受了委屈的模樣，柳如是不再著急，只慢慢坐回臥榻之上，向她慢條

斯理問道：「妳既然說妳並沒有私意，只是爲著漢王著想，我且問妳，妳是如何知道宮外消息，又如何敢在宮內四處散播傳話，妳是何居心？」

見錦霞面色蒼白，開始有些不安，柳如是又從鼻子裏哼出一聲，向她道：「妳不答，我來替妳答。」

她端起細瓷蓋碗，輕輕啜了一口，又向她道：「妳抵死不肯認賬，只道是和幾個相好姐妹說了，還讓我交出見證，與妳當場對證。當真笑話！妳諒我治不了妳麼？」

她從懷中掏出一樣東西，向那錦霞扔去，向她喝道：「拿去看看，這是什麼！」

那錦霞拿起一看，見是自家地契，心中一時明白過來，卻無論如何也想不通這東西如何竟會落在柳如是手裏。心中一時惶急，想要分辯，卻是無辭可答，只覺得身子慢慢變軟，竟癱倒在地。

柳如是見她如此，方覺得心裏暢快許多，又笑道：「我適才是心軟，給妳一個自新機會，豈不料妳竟是如此憊賴，竟在這裏和我玩滾釘板？妳收了犯官家屬的賄賂，拚了命地給他們說情，撞木鐘，又在宮裏妖言惑眾，妳有幾條命?!」

那錦霞已是被她治服，忙跪地叩頭道：「奴婢知罪，請王妃饒命。可憐奴婢家中貧寒，一時貪圖人家錢財，做了這些違禁之事。請王妃念在奴婢辛苦服侍一場，饒奴婢這一回。」

又向張偉哀哀求告：「請漢王恕罪！」

見張偉呆著臉不作聲，錦霞知道求他無用，忙又在地上膝行幾步，爬到柳如是身邊，叩首哀哭，求道：「王妃，饒了奴婢這一回吧。奴婢家貧，一時抵受不住誘惑乃有此事，其實並不敢心向著外臣，求王妃念在我一向經心服侍，饒我這一回。」

柳如是低頭一嘆，眼圈又是發紅。她一向心軟，此時肚裏有了孩子，更加的不欲與人生氣。若不是錦霞適才虛言狡辯不肯認罪，只怕訓斥幾句也就完了。此時見她如此，卻又令她當真難過。轉頭向張偉一看，見他面無表情，並不作聲。

柳如是與他在一起多年，知道這是他殺人前的表情，心中一顫，想要幫著說幾句話，一開口，卻偏說道：「這事情我也回護妳不得，如何發落，還是由漢王作主。」

說罷起身，長嘆道：「天作孽，猶可活；自作孽，不可活矣。」

又向張偉言道：「此事我知道你必定有了主意，我不便過問，只盼你別牽連太廣，有傷天和。不為別的，只當為咱們的孩兒祈福吧。」

張偉向她略一點頭，示意知道。見柳如是帶著眾宮女侍從出門而去，方又到臥榻之上坐下，向錦霞從容問道：「妳原本是貧家女兒，是麼？」

他雖是語氣平淡，卻帶著一股令人顫慄的威壓，不但是首當其衝的錦霞，便是留在殿內的其餘人等，也是頗覺心驚。

那錦霞伏首趴伏於地，顫聲道：「是，奴婢原本是南京城內的寒門小戶出身，與內史館的諸位姐姐無法相比。幸得漢王愛重，讓奴婢為一局尚書，領著五品官員的俸祿，奴婢全家上下無不感念漢王的

深恩厚德……」

張偉打斷她的頌聖話語，又溫言問道：「妳自從入宮來，缺了銀子使麼？」

「回漢王，奴婢入宮一年多，領取的俸祿足夠全家上下的衣食。」

「嘿！既是如此，那爲何黑眼珠見不得白銀子？爲了幾個錢，連全家大小的性命也不要了麼？」

第二章　北伐大計

又向他道：「廷斌兄，我決定對江北用兵！四川那邊也要即期攻下成都，殄滅張獻忠；江北一戰，由文瑨領兵過江！廷斌兄，咱們現下有這麼多的白銀儲備，江南政局穩定，不能再坐視北方糜爛，只等著皇太極先行入關了。我要先行動手，讓他沉不住氣，到時候再看他如何行事。」

那錦霞奏對到此時，已知性命難保，索性橫了心，抬起頭來，盯著張偉雙眼，絲毫不肯避讓，見張偉說到此處，不但不懼，反而格格一笑，譏刺張偉道：

「漢王，你自然不在意錢財，視金銀如糞土了！現下你只有江南，實則大家都知你志在天下，這全天下的一草一木都是你漢王的，你要錢做什麼？」

張偉見此情形，倒也不怒，心中竟隱隱覺得有趣，端起柳如是喝過的殘茶啜上一口潤喉，舒適的一咂嘴，方又笑道：「這話說得有趣。只要是人，有不貪圖錢財的麼？神宗皇帝之時，統天下他派了多

少礦監稅監？打滿人時，戶部請發內帑，他勒扣著不給，難道那會兒天下不是他的？」

說到此處，竟覺得上了這小丫頭的當，忙正容道：「所以他落了個身後罵名！銀錢這東西，就得用在該用的地方。不然，睡上面打滾麼？妳就是因手伸得太長，妄圖不該有的富貴，致有今日之禍！」

錦霞冷笑道：「漢王也知道人都愛銀子，那便對了。我家原本也只是尋常人家，甚至饑一頓飽一頓的苦捱，好容易女兒送到這深宮中來，雖說漢王說二十五歲放出，前明的時候，哪一朝不是這麼說？又有幾個放出來的！苦慣了的人，自然想辦法多賺些。」

見張偉要說話，她急忙又接著說道：「王妃說我收受外臣賄賂，這卻不是實情。那傳話夾帶的，原是我的三姑，讓我說小意私話的，卻是姑父。再有，他的土地原就有我家的一份，都是我辛苦賺得的銀子拿了出去買地。咱們原都是老實本分人家，血汗賺的錢買地生發，漢王你憑什麼讓咱們以低價出租給那些沒本事的人？」

張偉沉著臉道：「喔？沒本事？那妳說那些佃戶合該餓死?!」

錦霞亢聲道：「婢女沒說讓他們餓死！只是憑什麼佃戶拿大頭，田主倒拿小頭？這是哪一朝的王法？他們若是肯勤儉度日，朝廷田賦收的又低，咱們江南的土地收成都好，憑什麼不能積攢出土地來！漢王，你就是心太慈，太向著那些窮人。我家也是窮人出身，難不成不怪自己，不憑著本事積賺，就想著掠別人的錢來過好日子麼？若真是這樣，餓死也真是活該！」

她與張偉你一言我一語的折辯，意是絲毫不懼。看她利齒如刀，神色潑辣，各人連同張偉在內均想：這女子風骨竟是如此硬挺，若是個男人家，還不知怎樣。

張偉心裏一陣陣心煩，忍不住站起來，在殿內負手急行。殿內紅燭被他帶的搖弋不定，燭光閃爍，這偏殿內站著的上下人等，神色均是陰晴不定，張偉一一看去，竟覺得人人可疑，個個難信。又想起這件事在京畿一帶所行甚難，全江南的田主不過是因爲威壓之下勉強減租，如今回頭想來，此事行的確是太過孟浪操切，急於求成了。

便咬著牙道：「此事原本是我體恤窮苦人家而行的善政，卻不料天下的人都說不妥。也罷，自此往後，政府不干涉這種事情，由田主和佃戶自己決定。」

說罷扭頭看看四周，見那些有職分牌名的宮中女官都面有喜色，料來也是有地人家。聽得張偉如此決斷，都難掩心中快意，有那城府心機略差一點的，更是滿臉帶笑，只差笑出聲來。

張偉知道這也是人之常情，實在是沒法子的事。那李狗兒與田主鬥毆，何嘗不是因租約一事？如今看來，政府干涉民間自主的經濟運作，實在是有些得不償失。

「治大國若烹小鮮，張偉，你要慎之再慎啊！」

在心裏再次警告自己過後，張偉低頭向跪在地上的錦霞道：「妳是活不成了，不論如何，與宮外私相交結，傳遞消息小話，在王妃面前撞木鐘，在宮內興風作浪，更留妳不得！」

見她極是害怕，渾身顫抖，卻不肯再求他饒命，張偉心中雖是不忍，但也知此事斷不能就這麼算了，後宮沒有法度，只怕連他與柳如是的私房話都能傳出去，那如何得了？便頓足道：「妳的家人我不

會為難，再命人報一個意外身亡，不將妳明正典刑就是。」

錦霞不再說話，只是兩眼含淚，又向張偉連磕了幾個頭，站起身來，便隨著一眾粗使僕婦出去。

此事交辦之後，張偉心中極是不安。這一夜並沒有留在坤寧宮內留宿，而是回到乾清宮大殿之內，又批斷了幾個奏摺，到了半夜時分，方才勉強睡著。

到了第二日天明，張偉早早起身，用青鹽擦了口，洗漱完畢，便立時向在殿門處侍候的中年僕婦令道：「到宮門處傳命，讓外朝侍衛即刻出宮，傳召何斌、陳永華、施琅進宮，在文華殿召對。」見她領命而去，張偉又將昨日內閣轉呈的各地奏章一一批完，交給內史女官核對完畢，命人送還內閣。待天色大亮，各處宮門都已打開，方才帶著一眾侍從出乾清門，直奔文華殿而去。

行至半途，正遇著趕來侍候的王柱子，張偉朝他臉上一望，見王柱子微微點頭，便知道錦霞的事已經辦妥，當下也不理會，抬起腳仍往文華殿方向直走，弄得那些儀杖護衛們慌亂不堪，手忙腳亂方才跟上。

待到殿門之外，略一住腳，透過雕花鏤空的木窗往內一看，只見何斌等人都是呆坐不語，何斌只捧茶靜坐，面色從容；吳遂仲臉孔微微帶笑，意態閒適；只有施琅稍嫌不安，將頭扭來扭去，四處張望。

張偉怕被他看到，忙退後一步，用雙手將殿門推開，長聲笑道：「怎地？你們一個個面如沉水，出了什麼大事了？」

自何斌而始，三人都站起身來，何斌先向他笑道：「能有什麼大事，不過是沒有睡足罷了。你這會兒才出來，卻早早傳我們來。志華，現下你是漢王了，就這樣頤指氣使的？」

張偉乃是心裏不樂，後來批閱奏摺耽擱工夫，一時間忘了，聽得何斌埋怨，卻不肯明說，只笑道：「說起這事來，我心裏就不是滋味，此事也與咱們今日議題有關。」

三人聽他如此一說，便知道話裏別有文章，幾人都是心智深沉人物，哪肯先行問他，微微一笑，各自坐定，只等他說話。

待聽他說完，施琅於政務上素來不肯用心，只守定了武人不問文事的宗旨，是故雖見張偉兀自生氣，卻不肯作聲。吳遂仲原欲開口，但知何斌必定要先說話，是以沉默不言，只等他先說話，自己再來拾遺補闕。

何斌卻不理會這兩人肚裏的彎彎腸子，自己思索已畢，便吐氣開聲，說道：「這事情，原也是佃戶不對，雖非主僕，到底也有個尊卑上下。不過，判絞太重，改爲流刑即可。志華，你怎能這麼批了了事？」

他是閩省商人，早年在海上行走私貿易之事，於省內並無半畝土地，是以並不擔心他以私廢公。再者，他當初與張偉到臺灣，說起來，全省的土地家私都是他與張偉共有，兩人事業越來越大，何斌在其中不知道賠了多少，不過賺得一個內閣大臣及戶部尚書一職。現下江南試行民爵，何斌身爲上位大臣卻並無授爵，張偉私下裏早有關照，待到了將來，他何某人跑不了一個公爵的名分。有這些功勞情分，再加上他乃是赴台舊人，尊榮之極，是以無論何事，總是秉持公義，只憑自己的良心說話。無論是對某一派的臣僚，還是對張偉本人，從不肯敷衍了事；久而久之，此人雖不肯結派攬權，論起聲威，卻是遠在內閣首輔吳遂仲之上了。

張偉待他說完，正要點頭稱是，卻聽得吳遂仲笑道：「殺人無論怎麼說，都不是件好事。唐太宗一年只勾決二十九人被引爲千古佳話，這就是例子。然則話說回來，所有的法官推官都道此人按律當死，並無可赦之處，漢王不過尊重部臣，依律執行罷了。難道與所有的部臣士大夫都鬧生分，將部議見一次駁一次，才算妥貼？」

何斌聽了氣極，不怒反笑，向吳遂仲道：「前番漢王有命，在畿輔實行減租，偏你不肯應命，唆使屬下一個個跳出來反對。現下又是如此，你到底是何意？」

吳遂仲卻是不急，只笑道：「廷斌兄，你在內地並無土地，不知道其中利害，我與你也說不通，只和漢王說話！」

又沉聲向張偉道：「漢王，若是疑我沒有公義，只存私意，那我自然不敢再講；然則我吳遂仲雖然身爲文臣之首，俸祿極厚，卻不肯在江南置一畝土地。漢王若是不信，可派都察院陳永華去查，我若所言有虛，以頭頂首級相謝！」

張偉呆著臉道：「一事歸一事，不必扯到其他，你的人品我信得過！」

「既然如此，那麼就請漢王給內閣詔諭，停止規定田租一事。此事由政府來做，原就不適合，既然官員們和鄉紳都反對，白白惹出這些事端來。我以爲漢王行此事原意雖好，卻操之過急，這些事乃是動了江南根本，此時北方強敵猶在，怎能如此得罪全天下的士大夫？」

他原以爲張偉必定要對他的話進行駁斥，是以又準備了一肚皮的話準備回覆，豈料他剛一說完，就聽得張偉點頭道：

「這話說得很是，就這麼辦。一會兒你下去，立時草詔，就說我因慮及江南貧民生計，是以如此行事，既然出了佃戶因田租毆打田主一事，此事暫停。田租當收多少，由田主與佃戶自行決定。」

吳遂仲聞言大喜，忙起身一躬，笑道：「漢王如此，則萬事無憂矣。」

張偉伸出一根手指，向他令道：「只是有一條，佃戶打田主是不對，田主仗勢欺人，也是不成。詔諭裏一定要再三言明，我張偉治下，決不允許豪門富戶有欺男霸女的事！」

「這是自然，國家自有法律，任誰也不能如此。」

見何斌臉上有不悅之色，張偉向他笑道：「這事情暫且不再理會。土地兼併一事自封建之後就沒有停過，歷朝歷代都沒有什麼好辦法。我心裏倒有計較，可以解決此事，然則現在提起仍嫌太早，待過上幾年，咱們再行此事！」

又向他道：「廷斌兄，我決定對江北用兵！四川那邊也要即期攻下成都，殄滅張獻忠；江北一戰，由文瑨領兵過江！廷斌兄，咱們現下有這麼多的白銀儲備，江南政局穩定，不能再坐視北方糜爛，

只等著皇太極先行入關了。我要先行動手，讓他沉不住氣，到時候再看他如何行事。」扭頭向面露興奮之色的施琅道：「尊侯，你不需直接帶兵打仗，只需提調水師，準備兵馬，重回皮島，相機奪回旅順，襲擾皇太極的後方，不能使他帶著全師入關！」

他這北伐決斷雖是突然，各人卻也並不意外，自下江南起，北伐之事便一直是各人心頭最要緊之事，除非是那些秦淮河畔的脂粉騷客、渾不管外事如何的商人、埋頭於田間地頭的農人，下到稍有見地關心國事的江南百姓，上到各層官員與漢軍各級將佐，無一不以江南之事懸心。

「襲擾自然是水師的分內之事。」

施琅聽張偉一語令下，自無別話，坐在原處沉穩地一點頭，以示遵命，又向張偉皺眉道：

「軍事上當無問題。明軍戰力極低，便是以當日的十餘萬漢軍北上，亦可勢如破竹。現下漢王一下子便調動了二十餘萬漢軍，論起戰力，明軍自難抵擋，只是後勤甚是緊要。若只是打算占了蘇北淮北便停，那也罷了。若是有進一步入山東河南的打算，則糧草一事是否已籌辦妥貼，尚請漢王留意。」

張偉一笑，向施琅道：「你是擔心河南大災，山東疲敝無以自給，還需要咱們額外給付糧食麼？」

施琅默然點頭，不再說話。論起來，張偉自稱漢王，應天景命，以明太祖苗裔正宗自詡，這南北百姓自然都是他的子民，理應一體對待，並無差異方是。然而北方糜爛至此，現下攻過去，無疑是將崇禎治理不當造成的沉重包袱背負過來，無論是漢軍上下，還是政府文臣，心裏都頗覺爲難。

吳遂仲亦道：「論理，咱們背這個包袱很是難受；然則救一人命勝造七級浮屠，我不信佛，不過，天下事都不過這個道理。這兩年漢王雖是減免田賦，但江南土地富庶，又種植了大量新式作物，收穫遠勝從前。就說孫大學士的那些農書，就讓百姓們得益非淺。咱們有這個力量，只要有心，又如何能坐視北方百姓受那饑寒交迫之苦？」

何斌點頭道：「這件事你不用憂心。漢王早有交代，咱們自一入江南，便開始準備糧食。別處不說，就只鎮江的大倉就屯了幾百萬石糧，盡夠用了。」

他咂嘴道：「明初洪武、宣德年間，歲入糧三千萬石，屯於兩京及天下倉庫，竟致腐爛而不能食，號稱極盛之世。其實是收羅百姓以肥朝廷，以蘇、松、嘉、湖、杭五州負擔最重。現下咱們不過是收兩升兩合每畝起科，收取的糧食也足有三千萬石，不但夠官府與漢軍支用，還足以應付荒年與北方災民。各人都說漢王太重工商，不以農爲根本，其實都是言不及義，根本不知道志華的心思。現在看看，可不是活打了嘴麼。」

張偉聽了一笑，向何斌道：「廷斌兄，此事倒也不必多說，大家都不是瞎子，心裏自然有一筆賬。倒是北方用糧近在眼前，所需馬、騾、大車、民伕、藥草，都需抓緊備辦。大軍一動，則糧草後勤必需跟上，此事由戶部先行籌備，軍務上所需由漢軍大司馬府支應，民間支應，則由戶部派員施行。」

三人雖是他的知交故舊，聽是正經公務，仍不敢怠慢，一齊躬身道：「臣等謹遵漢王吩咐。」

「如此，就請各位即刻去操辦。」

見三人起身，一一往外行去，張偉又拉住施琅細細吩咐片刻，見他心領神會並無不妥，這才放他離去。

張偉見一切謀劃周詳，又停了幾項招致意見的改革之後，江南士民皆是人心大悅，都道漢王聖明。後方局勢穩定，施琅又已揚帆入海，前往皮島，相機奪回旅順港，以襲擾滿清後方。漢軍主力此時分爲神威、神策、金吾、龍驤、龍武五衛，連同萬騎、飛騎、炮兵，共三十萬人有奇；再連同二十萬人的廂軍部隊，已經是訓練有素，裝備精良的無敵雄師。

崇禎六年九月初，南方十省各自由各省巡撫、都察院巡按都御史、布政使司、臬司、藩司、學政、靖安巡防司、省御史院、駐防漢軍將軍、廂軍將軍一齊上書，勸張偉即刻北伐，解民倒懸。

崇禎早已失卻人心，比之因吃苦不過而造反的農民軍，其實各士大夫更明白明朝已是病入膏肓，難以挽救。然則因富戶豪門天生與貧民百姓的階層對立，使得明末時甚少有官員士紳投效李自成、張獻忠等義軍隊伍。那些地方上的豪門大族，更是以敉平賊亂爲己任，實則因暴亂的都是無地貧苦農民，直接威脅到了他們的利益，那才是非拚命不可。李自成敗退湖北之時，其實主力尚在，若不是他突然在九宮山被當地的地主武裝殺害，以其人其才，所創下的局面也勢必要遠超李定國、孫可望等大西軍餘部。

而此時占據江南的卻是以海盜起家，以工商貿易發達，本身就是豪富的張偉。其人曾受招安，乃是明朝的一品武官，受封過侯爵；治政臺灣多年，擁有治政經驗豐富的官僚隊伍；有著以臺灣官學、講武堂爲基礎形成的豐富的人才儲備；還有攻伐呂宋、遼東、倭國，瞬息間便平定江南的無敵雄師。這些因素相加起來，便足以讓全天下的士大夫心裏明白，這個自稱是太祖苗裔、建文帝後人的張偉，實則打的就是一統天下，爲皇爲帝的主意。有資格，有手段，有班底軍隊，比那些只是四處劫掠流竄，開倉放糧斬殺宗室貪官的農民軍強過百倍。便是崇禎自己心裏亦是明白，張偉才是他的生死大敵。

整個南方各省既然已經歸順，自然巴望著張偉能得到全國政權。一來得了北方統一全國之後，所謂的叛逆造反的罪名才會抵消。二來，張偉占的地盤越大，所需的官員自然也就越多，到時候派遣官員，任命守備，不都是這些先投效者優先？統一天下之後，對這些出力效命的官員士紳，自然有封公封侯的賜爵之賞。由普通士紳成爲豪門貴族，除非是改朝換代之時才有的盛舉；張偉實力強橫，政治成熟，當然是穩得天下，此時不拚命爲主子效力，又待何時？

於是張偉打算北伐、一統全國的風聲一出，整個南方無不爲之騷動。先是上層地方官員，然後又是中下層官員、士紳、在冊生員，只要被允許向中央內閣建言上書的，無不拚命表現，每天南京內閣收到的文書數以千計，都是力勸張偉即刻北伐，逮捕有罪宗室，誅除犯罪官員，整飭法度，撫育黎民蒼首，使得北方政治清明，生民各安。

錢謙益身爲禮部侍郎，這些事原歸不著他管，只是內閣首相與各輔相哪有工夫去一一觀閱這些堆積如山的文書？然而這些文書卻偏又不能怠慢。內閣中書官只能做些文案工作，哪能拆閱各省巡撫將軍的文書，又需要挑出有用的奏章寫出節略，送交上官閱覽後遞入宮中，無奈之下，非常之時行非常之事，內閣會議之後，只得調中央各部、司、局中的文學才智主官前來內閣辦事，將這些奏摺文書分門別類，一一寫好節略之後，再呈給內閣各相。

「密之，你來看這個。這一封，學生竟不知道如何是好了。」

坐在錢謙益對面，正凝神覽閱批覆的青年聞聲過來，將他手中的黔省都御史的奏摺接了過去，看完思忖良久，方皺眉答道：「茲事體大，依晚生的意思，不如現下就送入宮中，請漢王御覽便是。」

方以智的父親方孔昭論起輩分還比錢謙益晚上一輩，是以他在錢謙益面前十分謙恭，以晚生自稱。錢謙益雖有送錢給周廷儒以謀起復的劣跡，很爲士林所不齒，然而大節尚未有虧，又有多年的文章清名做底，倒也並不如想來那般被人藐視。

他此時爲禮部侍郎，官位與當年在北京時一般。此人是個官迷，心中仍是不足，只覺得自己論才論名，都不比吳遂仲與鄭煊等人差，現下卻與這幾人的地位天差地遠，實在是心有不甘。只是他屢次被張偉召入內廷召對，卻一直覺得漢王看他的眼神與別人不同，心中感覺甚是怪異，若想更謀高位，自然需得到漢王的賞識。他心裏沒底，卻是不折不撓，一心想著要博上寵，現下手頭的這一封奏疏的內容，張偉看了必定歡喜，是個難得的機會。

因向方以智笑道：「密之賢契，你說得很是，我這便拿著這東西去求見漢王便是，此地還要你繼續辛苦了。」

又笑道：「密之，你的見識才幹都很好，又有決斷主意，將來前途不可限量啊，只需好生做下去，封侯拜相也不是不可能的事。」

方以智此時乃是翰林侍講學士，專門負責給張偉提供諮詢意見，講述百代興亡故事。原本的史官職責已然交卸，他又一心要做名臣，便以城府養氣克己工夫訓練自己。此時聽得這個老前輩這麼露骨的誇獎，他面上只是微微一笑，心裏卻是警惕其意，不敢胡亂回答。

錢謙益拍拍他肩，笑道：「你是我的子侄後輩，我對你還能有惡意不成？只是聽說漢王前番大封民爵，你的兩個弟弟不是官員，已被封為國士，你本人也受封為中大夫。雖然說這爵位並無田畝，卻有儀杖勛章，身分比之現任官員還要貴重。老鳳清於雛鳳聲，你我兩家乃是通家之好，有什麼事守望相助慣了的；你現下如此出息，我當真是替你父親覺得歡喜。晚間有空，到我府裏飲宴！聽說你以前最愛秦淮歌妓，我招幾個色藝雙絕的，給你助興。」

說罷捋鬚微笑，命隨員收拾起文書，便待往宮中求見張偉。

方以智聽到此處，便知道這個宦海沉浮多年的老頭子對自己有招納結攬之意，意欲把他拉入以他為首、以黃尊素等人為招牌的東林黨內。他心中一動，覺得此事還是敬謝不敏的好，漢王雖不忌人結黨，然則東林黨老是以清流自詡，處處尋漢王的麻煩，幾件事情都與漢王發生齟齬，入這黨中雖然於清名上有助，卻是福兮禍兮難以預斷，自己甚得漢王賞識，沒來由要蹚這個渾水。

因笑道：「叔祖公厚愛，令晚生當真是感激莫名，只是自受封為中大夫以來，便以國士自詡，不敢再往胭脂風月場所去胡鬧；再有，邇來公務煩忙，也實在是抽不出空來。感激盛情，卻是不敢拜

領。」

錢謙益乃是在官場混成精的人物，哪不知道他的心思，當下微微一笑，也不相強，拿起卷宗便往外行，只是到了門口方回頭笑道：

「密之先生衣紈縠，飾騶騎，鳴笳疊吹，閒雅甚都，蓄怒馬桀黠之奴帶刀劍自衛者，出人常數十百人，俯仰顧盼甚豪也……這是說你當日在南京爲翩翩佳公子時的事吧？當日如此，今日這般，人哪，當真是變化無常之物。」

說罷，搖頭晃腦去了。

方以智看著他的背影遠去，臉色已是蒼白。良久，方向他去處狠狠吐了一口唾沫，低聲罵道：「老瘟生！給臉不要臉。我當年的事又如何，你拿來要脅我麼？」

雖如此說，心下卻是不安，思來想去只是煩躁得很。他五六年前在南京時，不過是二十出頭年紀，又是世家子弟，是以有挾弓弄箭，放縱豪奴，慷慨任俠之餘，難免有良莠不齊之事，雖有父執輩從中照料，仍難免遭人非議。此時錢謙益翻將出來，雖是不怕，卻又擔心以前的舊事有什麼證據落入他的手中。想了半天，只得猛一頓足，出門吩咐下人道：「來人，備馬車，往都察院尋陳院判說話。」

錢謙益自然不知道方以智被他一番話說過之後，下了尋都察院總憲大人陳永華試探的決定。

他滿心得意，對自己的靈機一動欣賞之極。話說起來，現下南京城中知名的官員文士，有幾個沒有過狂放不法，甚至藐視朝廷權威的事？私下裏閒談，說起這些人的所爲，自以爲是風流韻事，將來必定是流傳千古的佳話美談，在朝廷爲官之後，這些事情一旦被人翻了出來，未必不是要命的把柄。他自己此時尙沒有娶柳如是那樣的名妓爲妾，也沒有擁著小妾浪蕩遊湖的劣跡，因一直想起復爲官，所以在操行大節上把持得住，在這上面比之一般人強上許多。

至宮門之外，因身爲六部侍郎之一，自有腰牌魚符可直入禁宮，由侍衛們檢查核對之後，他便笑問那侍衛果尉道：「漢王現下在何處？」

「漢王現下在承乾宮，並無官員隨眾。錢大人若沒有要緊的事，可不必前去求見。」

這果尉是實心眼的好人，並沒有得到錢謙益半文錢的好處，卻好心點醒他，此時並不是求見張偉的最佳時機。

錢謙益大是感激，知道內廷侍衛與普通官員不同，一不得收受賄賂，二不得接受外朝官員的宴請，違制者獲罪非淺，是以也不敢亂來，只得點頭致意，向那侍衛微笑感謝，卻堅持道：「今日之事很是重要，還是需得求見漢王。」

「如此，大人請自便。」

那果尉做一個請君自便的手勢，錢謙益如抱嬰兒般地抱著一摞文書往承乾宮方向去了。

見他走遠，不免向其餘侍衛們抱怨道：「這老頭兒真是個官迷，有事沒事來尋漢王，一心想奉承主上。我看，漢王殿下也很不喜歡他。」

「正是，瞧他那樣，一臉的假笑，背地裏還不知道怎樣。」

「咱們從臺灣過來的，就討厭內地的這些個文人官員，一個個人模狗樣，滿嘴噴糞地說些大道理，其實還不是一肚皮的男盜女娼？」

說到這裏，各人都是忍不住笑，又亂紛紛說了幾件舊明官員的糗事以爲取樂。那果尉聽得不像話，訓斥道：「咱們當兵吃糧，管人家這麼多閒事做甚。漢王用人自有分寸，輪得到你們指點？混帳！」

將那幾個侍衛一通猛訓，把他們一個個罵得灰頭土臉，不敢再說。這果尉自己卻又忍不住沉吟道：「漢王剛得了兒子，愛若珍寶，此時在承乾宮逗弄愛子，這老頭子也真的太不曉事。」

錢謙益自然不知道這會兒被人家在背後罵得狗血淋頭，他一門心思要去討好張偉，哪顧得上去看那些宮門侍衛的臉色。他自然也知道柳如是剛爲張偉生育愛子不久，張偉這陣子忙於軍國大事，甚少有閒暇逗弄愛子，不過懷中文書卻也與那小兒有關，料來張偉必定也是欣喜無礙的。

待到了承乾宮外，自又有近身羽林衛士上前驗看了對牌魚符，問明了身分，然後方入內去稟報。

此處宮室錢謙益是頭一次來，只見綠樹蔭蔭，蟬鳴陣陣，他站在宮室迴廊之上，一陣陣穿堂風吹將過來，只覺得涼爽愜意。

正在肚裏思謀著如何面奏，如何回話討張偉的歡心，又如何借著此事大出風頭，卻見那入內稟報的侍衛快步出殿，向他過來板著臉道：「漢王命爾入殿。」

錢謙益心裏暗罵道：「命爾入內想必是漢王的話，你這小小侍衛連聲大人也不肯稱呼，當真是不成體統。」

此時心情甚好，也顧不上和他計較，略整一下衣袍，又正一正頭上的五梁朝冠，向那侍衛橫上一眼，便躬身往殿內行去。

他卻沒有劍履入殿的特權，在階下便將鞋子和佩劍除下，一溜小跑順著甬道直往殿內行去，待到了大殿正中一看，卻是瞠目結舌，一時間竟說不出話來。

只見張偉正趴伏在殿內金磚地面之上，背上趴著的正是幾個月大的世子。此是柳如是在生下長女之後，第二胎終爲張偉生了個兒子。張偉愛若性命，雖未冊封，眾臣卻已是以世子相稱，偶在內廷見之便下跪行禮。

錢謙益張惶片刻，立時醒悟，忙跪下拜見唱名行禮如儀。那小兒趴在張偉背上，正覺得有趣，卻見穿著紫色官袍，胖墩墩的一個老頭趴在地上，又哇啦啦大嚷一氣，小孩子家覺得有趣，只望著錢謙益發呆，不肯再隨張偉玩鬧。

張偉見錢謙益還趴在地上，忙令道：「錢公快起。」又向殿內宮女吩咐道：「來人，賜座。」

錢謙益急忙起身，向張偉恭聲道：「臣謝座。」說罷，歪著身子在椅上坐了。

見張偉也起身，在殿內御座上坐下，又舒適地伸了一個懶腰，便湊趣道：「漢王與世子天倫之樂如此，乃臣下之福也。此御座，將來必是世子佳座。」

張偉卻不如他所預料般的欣喜，只淡淡回道：「小兒輩將來的事將來再說，先生此來，有何見教於我？」

若是別的閣臣或是大臣來見，張偉這般舉止必定會被他們勸諫一番。古人最講究尊卑上下，張偉的身分如此，即便是世子亦不能騎於他身上，況且士大夫之家都是抱孫不抱子，對兒子都是冷冰冰模樣，哪有張偉這般行事的？上次陳永華見張偉與子嬉戲，倒是勸了幾句，被張偉以「無情未必真豪傑，憐子如何不丈夫」頂了回去，這錢謙益不但不諫，反上前湊趣，自是在人品上低了一格，未免讓人小視了。

錢謙益吃了一癟，心中戰慄，卻又鼓足勇氣道：「回漢王，臣今日此來，卻是爲黔省各官的奏摺而來。」

「喔？勸孤北伐嗎？此事寫成節略呈上來便是，何需勞動先生跑上一遭。」

張偉接過宮女送上的涼茶，又命人賜給錢謙益，方又道：「北伐一事勢在必行，幾個月前孤便已統籌謀劃，現下水師總督施琅已然帶兵出海，南京城內不日誓師，大軍即將有所舉動。先生關心國事，操勞一至於斯，孤甚感念。」

見錢謙益站起來，躬身行禮致謝，張偉不免又命道：「來人，將福建新送來的大紅袍包一斤來，給錢大人帶回府去。若無別事，先生就請回去。」

錢謙益有事沒事常來宮中求見，張偉倒也習慣，此時被他打擾，也並不責怪。只是錢謙益聽得張偉吩咐，卻急忙道：「臣還有事要奏。」

「唔，講來。」

「回漢王，貴州省的這幾份奏摺，雖則亦是請漢王順應天命，即時北伐，卻又有一語，臣不得不現下就稟報給漢王。」

說到此處，將奏摺命女官呈上，又沉聲道：「節略臣已寫在奏摺下面，大概意思，便是要勸漢王殿下稱帝，應天景命，撫慰萬民。」

張偉在即漢王位初，也曾經有人勸他稱帝，卻被他嚴辭拒絕，不肯答應。是以這幾年過來，再無人提起此事。現在一下子便有這麼多的官員聯名上書，懇求漢王即位稱帝，此事倒也當真是非同小可。張偉若是有心如此，只需將這些奏摺留中不發，那麼聞到風聲的文武百官，哪一個敢不上書勸進？只是稍遲一些，恐怕就是不可測的大禍，最少一條「心懷怨望」的罪名，就是穩穩落在頭上了。

接過奏摺，張偉呆著臉看完，輕放在一邊，向錢謙益問道：「此事你如何看？把你的想法說來聽聽。」

錢謙益撫膝端坐，見張偉動問，臉上立時興奮得發光，忙正容道：「回漢王，臣下以爲，且不論這幾位大臣所議當否，最少有一條愛重主上，願以漢王爲天下主的心思，這當真是難得。臣請漢王不論允或不允，也需褒獎。」

「唔，說下去。」

「至於此刻稱帝是否得當……」錢謙益沉吟片刻，方又侃侃言道：「臣以爲，此正是稱帝良機也。漢王新得世子，天下歡然。又要興師北伐，以王師的戰力，此去必定戰無不勝，攻無不克，天下垂手可得。那末，何必一定要等到在北京登基？當日太祖得金陵後，老儒朱升獻廣積糧、高築牆、緩稱王三策，現下漢王積糧至千萬石，有漢軍和天下無敵的水師以爲屏障，南方已無敵手，與太祖削平陳友諒、張士誠、方國珍後的情勢相仿。太祖首稱吳王，以吳元年爲號，後來削平南方後，便即位稱帝，於洪武元年命大將軍徐達與副將常遇春北伐，以南統北，我太祖乃第一人。漢王一切的情形都與當年太祖相似，論起兵威來，卻又強過當年；北方情形糜爛至此，又不如當年的蒙元，當是此時，不稱帝登基，以定大義，更待何時？」

他來此之前，便已打定主意一定要勸說張偉答應稱帝一事，是以一路上打好了腹稿，此刻說起來層次分明，有條有理。張偉雖不肯在此時登基爲帝，卻也不免有些意動。

第三章 出兵之前

江文瑨點頭道：「漢王所言極是。雖然先賢有言，兵者，詭道也，然則以漢軍的實力，還有什麼詭道能對付得了咱們？只要堂堂正正而前，遇敵則戰，逢城則攻，把後勤保障住了，以漢軍超強的火力，精良的裝備訓練，天底下沒有人是咱們的對手，滿洲人也不成！」

見張偉猶豫不言，錢謙益知道他被自己打動，心中不由得大喜，若是此事被他說成，雖然奏摺並不是他寫的，然而新朝的首創功臣第一人，卻必然是他。便又打起精神說道：

「適才所說，還只是其一。其二，漢王以百戰雄師渡江北上，雖說是解救北方受苦百姓，拯救萬民於水火之中，然則大義名分未定，雖以靖難爲名，卻只有藩王名分，用崇禎年號。那麼請問漢王，如何對待明皇？逮之？弒之？囚之？此刻若不稱帝，將來難免有逼宮之難堪，流傳於後世，名聲甚是難聽。再者，關外的胡人尚且稱帝上了尊號，難不成漢王還不如他？南方臣民無有不盼漢王更進一步爲天

下主，此時稱帝，正好下應黎民百官之請，上應天命，北伐之事則無往而不利，馬到功成矣。」

說到此時，張偉實已被他說服。因沉思片刻，方向他笑道：「茲事體大，容我細思之。」竟站起身來，將錢謙益雙手握上一握，溫言道：「先生愛我，將來必有所報。」

輕輕的塞給錢謙益一個「將來必有所報」，命人將他送將出去。見他輕飄飄腳不沾地似的走了，張偉心中暗笑，知道此人也確實是有幾分才幹，然則人格上缺陷也很明顯，崇禎不以他爲輔臣，倒也算是識人。

心中思忖今日此事，慢慢踱至外朝奉天門附近。卻見江文瑨會同周全斌、張瑞幾人連袂而來。幾人行色匆匆，在奉天門外驗了對牌，便一頭撞將進來，欲往承乾宮方向而去，竟沒有看到張偉就站在門側。

張偉見了有趣，便下令侍衛不必跟隨，隻身一人跟在他們身後，想要聽聽這幾人說些什麼。

卻聽得張瑞邊行邊道：「幾位，咱們眼看就要動手，今日見過漢王之後，只怕就又要並肩馳騁疆場，想起來，大丈夫領數萬兵，縱橫海內無人可敵，也是人生一大快事。」

江文瑨只是一笑，卻不答話。

周全斌道：「你別說嘴。高傑的司聞曹不知道做什麼吃的，對面的敵兵駐防等事還是含糊不清，我這心裏還有些忐忑不安，你倒興頭起來了。」

「那又有何妨，此次過江，以你的金吾衛爲先導，長峰兄的神威和我的飛騎追隨其後，十萬大軍加上大大小小過千門的火炮，百萬明軍都不是對手。何況對面至多有十幾萬老弱之兵，又有何懼？」

周全斌笑道：「自然不是擔心打敗仗，實在是……卻是說不出來。只覺得此次北征，還是要小心為上。」

江文瑨此刻也點頭道：「全斌擔心的其實是滿虜和災民一事。咱們打得不順手，攻得慢了，只怕滿虜出來搗亂；攻得急了，戰的地盤大了，又怕災民難以應付，一個不好，就陷身泥淖之中。」

他長噓口氣，嘆道：「漢王留著神策和飛騎全師，又詔命國軒那邊迅速征平四川全境，相機攻入陝西山西，就是要形成兩翼夾擊之勢。兩位，明軍好辦，只是此次北征，咱們將與滿人正面對戰，此一戰而定全局，請務必慎之，再慎之！」

「長峰說得不錯，我將全天下漢人的興衰大業交托爾等，是要有如臨深淵、如履薄冰的謹慎之心。」

三人耳中聽得真切，正是張偉就在耳畔說話。三人都是吃了一驚，忙止住腳步，扭頭一看，見張偉微笑站於身側。互相對視一眼，都看出對方眼中的埋怨之意，卻是不及說話，忙一起下跪，向張偉行禮。

「都不必跪。禮儀之事在朝會、拜謁、召對時別出錯就是，別讓那些御史們揪了你們的小辮子，鬧得大家沒趣。平常時候，我還是你們的大將軍，可成？」

他這番溫馨體貼的話說出來，三位漢軍名將一時間都大是感動，也不再堅持跪下，向張偉一抱

拳，齊聲道：「遵命！」

張偉一笑，又道：「別在此處說話，我也不想到殿內召對，如對大賓似地，怪悶的，咱們不如到北海略轉一轉，邊走邊談，如何？」

「是，漢王要到何處，臣等只管陪侍就是。」

隨手一揮，召來一個四人抬的肩輿，江文瑨斜眼一瞧，見那肩輿座上正放著飾有明黃四團龍的坐墊，張偉老實不客氣地一屁股就坐將上去，毫不避諱。

他微微一笑，也不放在心上。時人雖重上下尊卑禮儀，不敢稍有逾越，然而誰有這膽子敢去質問張偉有違藩王禮制，僭越犯上？

張偉將手舒服地搭在輿上鍍金盤龍扶手之上，向他們笑道：「這幾天太過操勞，竟是乏得很了，我就坐在這上與你們邊走邊說，如何？」

「請漢王隨意就是，臣等自當陪同。」

此時已是九月初，北方各省都已是暑氣盡消，金秋將至之時，南京城內卻仍是火暑酷夏，熱浪灼人。這宮室內照例不能種樹，幾人在空曠之地被太陽曝曬，不過轉眼工夫，便已是滿頭滿臉的熱汗。

張偉坐在肩輿之上，隨著輿夫一晃一搖的擺動，感覺到一陣陣微風拂面，穿宮過殿之時，又有穿堂勁風撲面而來，是以不但不熱，反覺得舒適異常。

見張瑞等三人一臉的油汗，張偉便命道：「來人，去取些窖冰製成冰水，製成酸梅湯送來給三位將軍消暑解渴。」

跟隨而來的幾個僕役飛奔而去，到了內廷角門而止，知會了裏面的宮婦之後，稍頃，便又捧著鏤金食盒飛奔而回。將盅碗遞給張偉等人，見他們飲用之後，方又將用具收回，仍是跟在身後小心伺候。

張偉雖不喜奢糜，不欲多用下人，然而朝廷體制有關，卻也疏怠不得。此時身邊什麼宮女、僕婦、侍衛、力士環繞身邊，紛紛揚揚伺候差事。待到了紫金山下改建而成的北海行宮，各人站於高處舉目望去，只見四周盡是巍峨宮殿，華美壯麗一覽無餘，宮殿內外影影綽綽盡是侍衛宮女穿梭其中。這一切自然都是專爲張偉所設，陪同張偉前來的幾人早已不自覺間便被這股神秘莊重的氣氛折服，只覺得眼前的張偉既熟悉又陌生，既親近又疏離；一時間都沉默下來，竟然是無人說話。

見這幾位身經百戰、戰功赫赫的愛將皆做出小心翼翼模樣，張偉早已下了肩輿，站在各人身前負手而行。見無人開口，他便自顧自道：「適才你們進來，見了錢謙益沒有？」

周全斌上前半步，在張偉身旁笑答道：「見了。因要來見漢王請示軍務，就沒有與錢大人招呼致意。」

張偉長嘆口氣，突然向各人道：「眼前這宮殿王氣，這輝煌壯麗，讓諸位英雄盡折腰麼？三代之時，禹舜不過居於草舍之內，並沒有宮殿儀杖，全天下的百姓都敬服他們，也沒有人想傷害他們。社稷乃是公器，並不能私相授受，所以上古先王們也沒有專權奪利的心思，更不會借著甲兵、權臣、宮室，還有各種各樣的學說來維持著自己的統治。自始皇帝一統華夏，將天下視爲私產，荼毒生民，敗壞風

俗，焚書坑儒，天下再無國士，盡皆皇帝臣僕、天子家奴。」

他突然這麼長篇大論的議論開來，各人都不知其意，一時間聽得目瞪口呆，瞠目結舌，竟不知道如何答話爲好。

過了良久，見張偉只是低頭沉思，四周層林盡染，一片通紅，正中湖面波光蕩漾，湖面上，各種五彩斑斕的水禽正於其中嬉戲追逐。因張偉不喜雕鑿，是以這北海四周多半是天然景色，只是稍加整修而成。遠觀是青山綠水，近看乃是楓林如畫，水光瀲灩，當真是江南秋景絕色，觀來令人銷魂。

自周全斌以下，原都很喜歡這湖光美色，只是張偉心事重重的模樣，說話令人怪異莫名，各人皆不敢怠慢，均打起精神來伺候，唯恐他突然惱了，又不知道是誰要被訓斥了。

張偉其實從不無故訓人，然而也是從不饒人。掌權多年所有的那種城府氣質，也委實教人害怕，張瑞等私下裏都曾言道：「漢王不打不罵的，站在他面前，卻幾乎要怕得發抖，當真是怪異得很。」

「怎麼都不說話？」

他心情有些怪異，也很有些惱怒。周全斌等人都是他一手拉拔出來的上將，現下在他身邊就已如此，一句重話都不敢說。光是一個漢王就已眾叛親離，稱帝之後，只怕就只能如那御座一般，四邊不靠了。

「嗯？」

帶有威壓性的一聲過後，周全斌知道再不答話，張偉必定是惱了，忙笑道：「臣等不知漢王心意，只是一介武夫，哪敢胡亂答話。」

「臣？哼！爾等可知，臣在上古春秋之前，乃是奴隸自稱。人分十等，臣乃第五等……」

原本想長篇大論，闡述一下人分等級是多麼愚不可及的事，卻想想自家權力在手之時，呼風喚雨之際也煞是得意，見下屬們在眼前巴結小心，心裏也隱隱然很是快慰，此時拿這些大道理說人，雖然說得嘴響，難道又豈能毫不心虛？

嘆一口氣，將三人喚上前來，把適才錢謙益所言告之，然後注視著幾人的眼睛，盯著問道：「你們覺得如何？」

這事情當真是重要之極，雖然稱帝不過是張偉更進一步，由王而帝；然帝位一定，整個江南局勢也必然大變，對北伐一事也大有干係。

沉吟半晌，三人對視一眼，便都躬身一禮，異口同聲道：「政治上的事，軍人不該過問。」

見張偉木著臉並不作聲，江文瑨只覺得心中一寒，忙又道：「軍人不得干政，這是漢王的訓斥，是以我們並不敢違拗。不過官面上的話是如此，然則無論在公在私，漢王乃是漢軍之主，江南之主，眼下又要北伐爭奪天下，早登帝位以正視聽，以定大義，是以文瑨勸漢王依了錢謙益的條陳，接受勸進，成爲天下之主。再者，臣等雖無不礙，其餘歸附的各級文官，將佐軍士，無不都盼漢王更進一步，自己也有個進階地步。此也是人之常情，請漢王莫怪爲是。」

說罷，立時跪下，伏地叩首道：「臣江文瑨願奉吾主即皇帝位！」

周全斌與張瑞哪一個不是人中英傑，久練成精的人物？見他如此，兩人立時有樣學樣，一起跪下道：「臣等願奉漢王殿下即皇帝位！」

張偉噗嗤一笑，將三人一一扶起，溫言道：「你們忒是胡鬧。不過是問一下你們的看法，就鬧出這麼一齣來。」

見他們依次起來，垂手立於自己身側，張偉滿意一笑，向他們道：「先頭的話對，我原是不該問你們。因一向與你們相與慣了，所以當成自家人來問。軍人不問政治，這個該立爲法度，永爲後世子孫牢記，咱們得做出個表率來。也罷，這件事漢軍不必過問，只等著朝廷議定後的決斷就是。」

說罷，引領諸人在北海四周遊逛，邊觀看周遭景色，邊負手與各人閒談說笑。他心中已經有了定論，此事倒也不再有所掛礙。是以邊談邊說，將三人的軍務細要問了清楚，又吩咐了諸多細務，一直鬧到天色將黑，四周隨侍的宮人掌燈上來，張偉方向他們道：

「我不過是吩咐你們幾句。漢軍行軍打仗，從來講究的是以獅搏兔，以萬斤之力壓向敵人，當之者無不粉身碎骨。他就是知道了咱們打仗的章程，也是無力可擋，這便是我張偉用兵的方略！我在臺灣隱忍多年，並不肯發，難道是因爲懼怕麼？實在是因爲訓練培養一支強軍所需所耗甚重，沒有足夠的財力和人力支持，我斷難動手啊。」

江文瑨點頭道：「漢王所言極是。雖然先賢有言，兵者，詭道也，然則以漢軍的實力，還有什麼詭道能對付得了咱們？只要堂堂正正而前，遇敵則戰，逢城則攻，把後勤保障住了，以漢軍超強的火力，精良的裝備訓練，天底下沒有人是咱們的對手，滿洲人也不成！」

說到此處，他不禁微笑道：「漢王，臣下前幾天去了孫元化大人的火器局，連綿縱橫數十里大，熟手工匠和學徒足有近十萬人。孫大人和我說，僅是這南京火器局的規模，每年就需用鐵四百萬斤！其餘銅鉛錫等物也是每天川流不息的運來，我去的那天，鑄炮局一下子出了二十多門三千斤的野戰火炮，其餘各類火器無數。我現下方是明白，漢王為何執意保有江南即可，而不是在當年趁著明軍齊集江北，一戰而勝之，趨山東直入畿輔，旬月內直入北京城內。臣當日思之，未嘗不是覺得漢王行事過穩而沒有機變，現下想想，臣實在是鼠目寸光，不及漢王多矣。」

他這一番話說得入情在理，聽得張偉不住點頭，待他說完，便向他笑道：「文瑨的見識又進益了一層，我很是高興。」又目視周全斌與張瑞，向他們道：「所以無論如何，北伐一事，大局上是穩，而不是急進，只要穩紮穩打；全斌往攻鳳陽、宿州，文瑨與張瑞直接由鎮江往攻揚州，往北攻淮安、海州。爾後你三人會合一處，相機而動。」

他沉吟道：「明軍原本在江北各地駐有大軍，後來調回近半，實力是弱了許多，只是現下江北明軍由誰統領尚不得知，前番說是傅宗龍，此人倒是有些才幹，你們不要輕敵。依我看來，江北明軍雖號眾多，加上鄉勇等兵十幾萬人，其實都是京營和九邊軍隊中的弱兵，戰力太低。皇帝就是把洪享九和袁督師一併派來，也是無用。況且北面打的是撫平川陝後再攻入湖廣的主意，能戰的關寧兵、陝兵、榆林、大同等邊兵都在陝西境內。這一年多來，洪享九被李自成在甘肅寧夏一帶騷擾，四川張獻忠還有近

半的川土，都是膏潤之地，實力不弱，明軍一時也不能急圖，一年多來他並無建樹，勞師費餉毫無起色，若不是此人心機深沉，善與交結，朝內並無人說他壞話，皇帝以前又很是信重於他，只怕早就將他褫職拿問了。咱們這邊一動起來，他必定要出兵過來勤王，中原腹地得之可得北方，失之則北方必不可守，明軍主力必定大集河南，而河南開封乃是中原腹心，所以若是不出我料，決戰必定是在開封城下！」

江文瑨等人都是打老了仗的，自然知道張偉所言甚是有理，便都點頭道：「臣等省得，請漢王放心！」

聽得張偉又道：「北伐一戰關乎社稷存亡，漢家興衰，自然不只是派你們幾個出去。況且當年明太祖派徐達親征，專屬征伐之事，常遇春奇男子，非達不能制。你們三人各自爲戰，凡事協商而行，若是有了爭執，旁人並不好決斷。所以若是戰事有了反覆起伏，我多半是要帶兵親征以策萬全的！」

他是開國帝王，不似後世守成之主，此時倡言親征，這幾名心腹大將也並不吃驚，只是低頭回道：「臣等必定和衷共濟，好生打好這一仗，使漢王不必親征，就可安享太平。」

說到此時，天色已是全黑，這北海四周與不遠處的宮室內外都已是四處張燈。張偉說到此時，也是倦極了，只是北伐一事干係重大，他卻不能不向各將交代得清楚明白，方才能放心。

因向不遠處站立警戒的王柱子命道：「來人，就命在海子當中的亭中設宴，我要爲幾位將軍壯行！」

說罷，引領著幾人沿著抄手遊廊逶迤而行，在湖北上了竹橋，在海子中繞來繞去地走了一回，方到那中央的涼亭之上。此時天色早就黑透，在這湖中之上，暑氣盡消，一陣陣涼風吹起，將各人的袍服拍打得啪啪作響，眾人都只覺清涼舒適，愜意之極。

侍侍衛們命僕婦在亭內點燃聚耀燭臺，數十支燭光將這湖心亭照得如白晝一般。剛坐了一會兒，又見不遠處宮燈閃爍，卻是尚食局下統的司膳司的官女們端著飯桌紛沓而來。

眾人只聽得一陣顫響，張目一看，卻是一個個妙齡美貌少女恭恭敬敬齊眉端著放好碗筷酒菜的小小几桌，雖被眾人看著，卻一個個眼觀鼻，鼻觀心，只小心翼翼先將那繪彩几閣放在張偉面前，又一個個在周全斌等人面前放好，方又侍立在一邊不語。

張瑞見這些侍女們一個個眉目如畫，膚若凝脂，走起路來香風撲鼻，一時間大是意動。眼前的酒菜雖然看起來精緻可口，聞起來噴香有味，又哪裡及得這些美人更讓人意動銷魂？

他四處張望，只覺自己眼前的這個擺膳宮女最爲漂亮，禁不住誘惑，向她不住猛瞧，直盯得那美人面紅赤耳，低頭垂首，眼皮都不敢往上抬半分。

他自己只覺得甚是有趣，卻忘了此是宮中，這宮女都是漢王近侍，哪能容他這麼無禮？好在張偉此時餓了，並不在意，便是見了，也只以爲是趣事一樁。只是他雖如此，做臣子的又如何敢放肆大膽？周全斌與張瑞交情甚厚，此時見了著急，忙向他咳了一聲，張瑞茫然抬頭，見周全斌向他擠眉弄眼，這才醒悟，老臉一紅，便要舉筷吃菜。

雖然只是小小動作，張偉卻已被驚動，抬頭一看，見張瑞與周全斌面色怪異，張瑞身前侍候的宮女面色漲紅，他心中一動，已是瞭然於心。

因向張瑞笑道：「秀色可餐麼？」

張瑞忙站起身來，低頭認罪道：「臣在漢王面前失儀無禮，臣罪當誅。」

說罷，又嘻笑道：「這事臣是有不對，不過也怪漢王的宮女生得太過漂亮，這才引得臣失儀了。」

「棄聖絕智大盜乃止，擿玉毀珠，小盜不起。莊子的話好生無理！慢藏誨盜，冶容誨淫，藏的不好就該偷，長得好看就活該被強姦？什麼道理。張瑞，你自個兒好色，還想推到別人身上不成？你一向就是這個毛病，認罪失了你的面子，是以一定還要饒上一句，把罪責往別人身上推上一推，你就好過了？哼！其心可誅！」

張瑞原本只是說笑取樂，卻不料張偉沉著臉狠訓了他一番，原本已經坐下，忙不迭又站起身來，低聲道：「臣有罪，請漢王責罰。」

見周全斌與江文瑨面露不安，也要站起，張偉大笑道：「我又不是怪你好色！你這傢伙，有錯就認，然後要改！一個好將軍，必定是一個能承認錯誤的人，若是諱過搶功，欺下瞞上之人，只能逞一時之快，長久必敗！所以你帶兵打仗我最不放心，因你個性太強，氣血太足，到現在也沒有受過什麼挫折，你要記住：驕縱易敗！」

說到此處，各人才知道張偉的用意，原是要借著這小事在用兵前提點一下一向處於順境的張瑞。周全斌與江文瑨都是心計深沉、性格沉穩之人，是以他十分放心，而張瑞身為一軍主將，卻時時有血氣之勇上來就不顧一切的舉動，是以借著這個因頭訓他一通，倒是張偉受重調教的好意了。

張瑞正被他訓得灰頭土臉，卻是一聲也不敢吭，待聽到張偉的那些訓誡教導之辭，句句都是衝著他的毛病誠心指教，哪有半分怪罪他的意思。只覺得鼻頭一酸，向張偉哽咽道：

「臣知道自身毛病不小，若不是漢王賞識臣的武勇和忠心，斷然成不了一軍的主將。臣知道自己個性太強，經漢王這麼一教導，臣確是知道錯了……」

他絮絮叨叨只是說個沒完，張偉忙打斷他道：「成了！我只是說要你小心謹慎，卻不是讓你變成個膽小鬼。你張瑞就是敢打能衝的勇武之將，難不成你要和全斌學？」

不待他答話，又令道：「來人！將這宮女好生梳妝打扮了，由王妃給些物品銀錢做陪嫁，將她送到張瑞府裏去！」

張瑞嚇了一跳，忙道：「這個，臣……」

「適才還色瞇瞇地盯著人瞧，現下又不想要了麼？我知道你的秉性，只要討了去必定不會委屈人家。如何，此時不要，下次可就別想了。」

張瑞瞄一眼那美貌宮女一眼，咬一咬牙，叩首道：「臣謝漢王，臣必定以死報效漢王恩德！」

他這麼一受，不但自己得了實惠，將美人迎至府中，就連周全斌與江文瑨亦是心羨不已，同時向

他道：「當真是福兮禍兮，被訓了幾句，就得了這麼個美人回去，你好福氣！」

張偉亦帶著周江二人取笑了張瑞幾句，待各人笑上一氣，方正容箕坐，向他們道：「說正事吧。」

揮手命閒雜人等盡數下去，只留著幾個心腹衛士留著侍候，張偉待亭上再無旁人，方開口道：

「前番與你們所言，還只是江北明軍這一方的情形。滿人那邊，我已派了施琅出偏師過往遼東，以策萬全。四川那邊，國軒與孔有德駐兵渝州，與張獻忠對峙有年，我已下令，若是明軍大股調往中原，張獻忠必定有所異動，或是他，或是李自成，必定會跑回來搶地盤。所以我讓國軒他們窮攻猛打，張獻忠若無異動也就罷了，稍有動靜，國軒他們就一力猛攻，將張部李部盡數封在玉門關外，讓他們狗咬狗去！」

說到此處，張偉呷一口茶，目視著江文瑨道：「你來說說看，我的方略有何不妥之處沒有？」

「不敢。漢王佈置並無不妥，只是依文瑨看，卻有分兵自弱的弊病。」

「喔？」

江文瑨面色如常，侃侃而言，並不理會張偉等人臉色，只是依照自己所思說道：

「以漢軍實力，不論怎麼打，哪怕以五萬人過江，江邊的明軍也勢難抵擋。不過漢王一面讓咱們渡江，準備在中原與敵決戰，一面又派施總督往攻遼東，挑釁滿虜，一面又要國軒猛攻張獻忠，甚至還要與李自成部接戰，如此這般，不正是分兵四掠，弱己強敵麼?漢軍再強，最好還是集中大兵，調國軒與龍武衛的主力回荊襄，由襄陽相機直入河南，與我們一東一西，夾擊明軍主力，若是這般，漢軍損失必小，到時候無論合擊滿清，還是西去滅張獻忠、李自成，都行有餘力矣。臣所思如此，請漢王慎思。」

張偉滿意的一點頭，笑道：「長峰不愧是我相中的大將之才，一語中的啊！不錯，我現下是多方樹敵，強敵弱己，一下子在幾千里路同時開戰，若不是咱們有船隻、直道郵傳通報消息，軍中還養了信鴿，否則，連協調通傳軍情都不能夠。如此這般，我豈不是昏聵之極的主帥？」

江文瑨微咬嘴唇，卻不作聲，只雙手按膝，凝望張偉，等著他的下文。

卻聽張偉又道：「你說是分兵弱己，其實不然。四川的龍驤和龍武若是攻破成都，直入陝西，下西安，入山西，由榆林、宣府、大同、懷來直攻北方，不比在中原纏戰的好？中原戰事，這兩衛不必插手，你們盡應付的來。國軒他們的任務，就是要相機直入京師！」

到此時各人方才明白，張偉分三路兵的用意，便一齊躬身道：「漢王妙算如此，臣等嘆服。」

「不必鬧這些虛禮，今兒你們也乏了，克期就要進兵，早些回去安撫士卒，準備軍務去吧。」

「是，臣等遵命！」

三人站起身來，向張偉抱拳行了一禮，便待離去。張偉長嘆一聲，只覺得渾身疲軟，便待坐輿返回內廷，卻見周全斌突然轉身，向張偉道：

「漢王，前兒我在參軍部輪值之時，收到一廂軍衛尉的條陳，其言很是有理，適才忘了說起，漢

王此時乏了，卻不知道當說不當說。」

張偉雖是疲累，卻不得不打起精神來，向他微笑道：「全斌，你不要鬧這些，我乏透了，快些說吧。」

「是。那衛尉說道，漢軍水師強大，不妨由施將軍帶著幾萬軍力直入天津，仿當年征伐江南時的舊例，只是此次多帶強兵勁卒，多備攻城器械，明廷雖然有所準備，又如何能和咱們的兵相比？若怕過於行險，也該由水師入海州，襲擾明軍身後，前後夾擊，可收奇效也。」

張偉打了一個長長的呵欠，笑道：「這人倒還有些見地，不過北京雖重，卻不及滿人入關更重要，我不能冒這個險，放任滿人沒有後顧之憂的入關，是以水師的步兵不能動，一定得去遼東。」

又沉吟道：「至於海州麼，倒還可行。參軍部研究北伐戰事時，也曾言及此點，反是我覺得漢軍作戰該當如泰山壓頂，不必行此穿插跳躍的戰術。然則大家都有此見，倒是我太固執了。也罷，就命五千兵出海，由海路攻海州，襲擾敵後。那衛尉是誰？記功，賞爵！」

「那衛尉李岩，聲名才幹都很不錯，可惜只是個廂軍將軍，指揮不了漢軍，如若不然，臣必定要調他到我部下的。」

張偉霍然而起，負手而立，沉思半晌後方道：「廂軍不入漢軍，是因爲廂軍多半是舊明軍隊整編，都是將軍的私人部曲，雖經改編卻有妨礙，漢軍內絕不允准將軍私其部卒。這個例子任誰也不能開！至於李岩其人，我也知道其名。你寫信告訴他，要麼隻身由廂軍入漢軍內，仍當衛尉，要麼帶著他部下往安慶方向調動，江北一打起來，他便帶兵過去駐防，有什麼才幹，到時候使出來！」

說罷，命周全斌等人退下，自己亦回內宮歇息不提。

他將黔省官員奏請即皇帝位的奏摺留中不發，全江南上下果然聞得風聲，誰不要做新朝功臣，誰不願意在漢王前留一個出身地位？是以此事一出，一時間更是沸沸揚揚，大江南北及北京城內都知道，漢王張偉必定要從臣下所請，在南京即位爲帝了。

崇禎六年十月初，因一切準備已然就緒，張偉不願爲自己稱帝登基一事耽擱北伐。在前兩次推掉群臣擁立的奏表之後，終於在第三次接受勸進，挑選黃道吉日先親祭明太祖陵，遣內閣大臣鄭烜、袁雲峰告祭昊天上帝，諸多表面文章做完之後，於皇極殿燕居，群臣至奉天殿懇求方出，告天，奏樂，內閣大臣奉玉璽表章，皇帝冠冕，穿戴換服完畢之後，群臣高呼萬歲，舞蹈拜伏，鬧騰了幾天，方算完了此事。

自此之後，張偉宣示改國號爲漢，不提靖難之事，只又命人重寫表文，只說百姓苦難，皇帝失德，他張偉要應天景命，解民倒懸了。

「混帳！如此不知羞恥，竟然敢大白天的在這裏坐地吃茶！」

這茶居的廳堂之內，正有一名頭戴方巾、手執灑金湘妃竹扇，身著繭綢直裰長衫的儒生拚命呼喝大喊，指著一名臉色蒼白的少年破口痛罵。

那少年亦是身著長衫，只是青布所製，看起來破舊不堪，倒是頭上的儒生方巾是嶄新的湖綢所製，光滑鮮亮，當真是十分搶眼。

雖然被那儒生指著鼻子痛罵，這少年並不慌亂，只沉著臉坐在原處，端起茶館內的茶碗喝茶，向著那儒生微微冷笑。

「這少年倒真是大膽，我很喜歡。」

張偉頭戴瓦楞帽，身著醬色直身，腳蹬皂底官靴，活脫脫一副奸商打扮。身後站立的卻是王柱子等禁宮侍衛，一個個都是筋肉盤結、孔武有力的模樣。

第四章　廢除賤籍

見各位重臣都是臉色灰敗，卻都不敢再勸。張偉滿意地一笑，咬一咬嘴唇，又向各人道：「我原說是以寬仁為政，待諸臣百姓如撫吾赤子，誰料一味寬大卻是不成，一個個都以為我殺不得人麼?自然，我斷乎不會以非刑殺人，國家設刑，原本就是要處置敢於蔑法之人，犯了我的法，我絕不饒！」

他在宮裏待得膩了，大軍亦已在他和參軍部的提調下陸續過江，與江北明軍有小規模的接觸。初時調兵準備時忙得他分身乏術，再有當日登基爲帝時的忙亂累積下來，待到了此時，諸事已然準備妥貼，好比拉滿的弓箭射將出去，持弓的人心頭卻是一陣輕鬆。他雖不能完全放手，但前方戰事正如他之所料，這陣子又是乏透悶極了，是以帶了十幾個精明強幹的侍衛偷偷溜出宮禁，假扮成商人模樣，四處閒逛取樂。

這一行人看起來甚是扎眼，若是在當年張偉未入江南之前，早就有官府中人前來盤查。這幾年

來，各處都是大行貿易之事，在原本的陪都南京都新設海關，別說各處的大商人，就是金髮藍眼的洋夷城中，也是多出不少。百姓們看多了，也沒有了當初的新鮮勁兒，再沒有人大驚小怪。

先是在雞鳴寺一帶的廟會裏四處閒逛，品嘗一些江南小食，又在棲霞山之西的甘家巷附近觀賞六朝石雕，逛得乏了，便在這漢西門前附近的小茶坊裏歇腳喝茶。看著來往客商人群，茶館外的生意人操著各處口音鄉談吆喝買賣，張偉正自感慨，卻猛然間聽到那書生斥罵責怪，便扭轉頭來，一心一意看起那邊的情形。

那書生原本不過虛言責罵，誰料聲息一起，茶館內外便奔進一些閒人指點旁觀，他卻不過面子，正在爲難，卻突見兩個儒生在門外路過，忙叫道：「孫年兄，王年兄，二位年兄快些進來！」

那兩人都是穿著玄色直裰，頭戴方巾，因聽到他呼喊，便立時奔將進來。三人行禮之後，那先在茶館內發難的儒生便向後入內的兩人怒道：「你們看，這個賤民小烏龜也敢頭戴方巾，在這裏坐地吃茶！」

那兩個儒生一見之下，也是氣怒非常。原本那書生一個人時還不敢動手，這兩人一來，三人膽壯，激怒之下立時都衝上前去，一把將那少年提起。其中一名略胖的儒生「呸」一聲在那少年臉上啐了一口濃痰，喝罵道：「混賬行子，你不過是個花船上的小烏龜，居然也敢穿戴方巾！」

那少年臉上怯色一閃而過，亢聲道：「我這不是方巾，是國士巾！瞎了你們的狗眼，少爺原不想和你們計較，卻越發上頭上臉了！」

幾名儒生聞言一驚，急忙退了幾步，仔細一瞧，發現那頭巾雖然和儒生頭巾樣式大略相同，卻是用赭黃絲帶，上繡「漢」之小字。眾人拿眼瞅了，果真是國士巾。

這國士雖是民爵中最末一等，卻可與縣令分庭抗禮，朝廷也有年例賞賜，很是尊榮；又有吏部造冊呈案，僞造者死罪，是以這少年絕不敢戴假的國士方巾。

雖然看得真切，那開初尋釁的儒生扭頭想了一會兒，卻又道：「憑什麼你也不能戴這頭巾！你一個花船妓院裏長大的小烏龜子，你也佩戴這頭巾！」

說畢，立時將那少年的頭巾拽將下來，又在他臉上劈啪打了幾下，其餘兩個儒生上前相幫，一時間拳打腳踢，不一會兒工夫就把那少年打得鼻青臉腫。

張偉原以爲眾人必然會上前相勸拉架，卻見茶館內外站滿的閒人一個個都是面帶笑容，甚至有幾個閒漢大聲叫道：「不知死活的東西，活該被打死！」

張偉將手一招，把茶館老闆叫來，故意操著一口半生不熟的官話問道：「老闆，人家明明戴的是國士巾，這幾人怎麼還敢打人？漢王……喔不，今上早有命令，國士雖是民爵中最低一等，不過不論行業，都是有功於國家的人才有機會授爵。這少年小小年紀就有爵位，想必是家中非富即貴，難道這些人不怕人家家中來尋仇麼？」

那老闆五十餘歲年紀，身材早已發福，胖呼呼的臉上一直掛著和善的笑容，聽到張偉問話，扭頭往那少年一看，卻不自禁斂了笑容，用鄙夷的眼神盯了那少年一眼，方向張偉答道：「這位爺，我勸您

少管閒事。出門在外的……」

被王柱子的眼神一瞪，那老闆猛地打了一個激靈，忙又在臉上堆起笑容，哈腰笑道：「當然，像爺這樣家大業大，手頭闊綽的自然是百無禁忌的。」

張偉伸手在懷中掏出一錠五兩的足紋銀錠，向那老闆笑道：「老闆拿去，換些新的桌椅板凳來，客人們坐了也舒服。」

那老闆兩隻眼睛笑得瞇了起來，急忙將那銀子收了，又左顧右盼一番，方向張偉道：「這小子自幼就在這附近長大，他家原是賤民戶籍，永樂爺年間就有旨意，這些賤民們只能操樂戶、船民、糞夫等賤業。這小子姓方，他一家子都在秦淮河上討生活，他爺就是個大茶壺！」

他嘖嘖有聲，順手操起抹布在張偉桌上殷勤地抹上幾把，又以極親近的語氣向張偉道：「這些賤民都是操持了幾百年賤業，一個個都壞到骨子裏。也不知道漢王……」

他輕輕打了自己一個嘴巴，又道：「也不知道今上爲什麼會賜給這種賤戶國士的爵位。反正不管如何，四鄰街坊都不肯尊他敬他，看他戴著這頭巾就越發地想揍他！今兒正好被這幾位秀才遇上，打了一頓，只怕還好些。」

張偉微微冷笑，不再多問，揮手令他退下。正欲說話，突見門外一陣嘈雜，只見一巡城御史領著一群靖安軍士排開眾人入到店來。張偉心中一動，不再說話，只看他如何行事。

那御史皺著眉頭在茶館內尋一乾淨座位坐下，召來那幾個儒生與少年一一問話，雖見那少年被打得遍體是傷，卻是不聞不問，只聽那幾名儒生說完，又召來茶館內外的閒人問了話，便向那幾個儒生訓道：「你們好生大膽，國士乃是今上授予的民爵，爾等居然也敢毆打！」

見那幾個儒生面色慘白，顯是嚇得不輕，那御史又道：「姑念爾等乃是誤擊，並非有意爲之。回去知會你們的老師領訓，並不得輕易上街浪遊，若再敢如此，本官絕不饒你！」說罷起身，輕拂袍袖，斥道：「去吧！」

那幾個儒生心中大喜，忙施了一禮，恭聲道：「學生們知錯，多謝年長兄的教誨，再也不敢如此。」

「不必多說，快些回去。」

待那幾人迅即離去，那御史又向那少年道：「既然是朝廷的國士，做事也需有個尊卑體統，如何弄成這個模樣？本官會知會御史台的各位都老爺，好生議一下你的爵位資歷是否得當。」

也不等那少年解釋，便起身拂袖而去。眾人見沒有熱鬧再看，便也紛紛散去，只留下幾個閒漢，兀自指著那少年發笑。

見那少年憤然起身，略整衣衫昂首而出，張偉站起身來，忙追上前去，在那少年肩上一拍，笑道：「這位國士，且請留步。」

「你也要來打我麼？或者，想取笑我？」

見他兩眼瞪得血紅，鼻子仍在流血不止，張偉黯然一嘆，向他道：「你莫要慌，我是過來問你，你的祖先，可是當年靖難一役死難忠臣之後？」

又命身後的王柱子取來草紙，遞給那少年擦了身上血漬。見他兀自狐疑，上上下下地打量自己，張偉向他點頭道：「你不需亂猜，我不是商人，不過我的身分也不會說與你知道。你小小年紀，性格倒是十分堅強，我很喜歡。不過，過猶不及，適才你要是討個饒，何至於被打成這個模樣？」

「呸！向他們討饒？」

他適才被打得極重，吐出的口水還帶有血絲。張偉不禁憐道：「好孩子，對得起你的祖先。」

他此語一出，那少年眼中已是含有淚珠，只是強忍著不讓它掉落下來，便向張偉鄭重答道：「先祖建文朝陳迪，因靖難一役死難，家中六子皆死，只餘一幼子六歲，幸逃得死難，卻被加入賤籍，終後輩不得為正業，受盡世人白眼欺凌。」

「那你如何又成為國士？」

「我父親原是花船上的管事，漢軍當日南下，先父便道：既然是以靖難起事，不論真假，想必是要為祖先們平反翻案，無論如何，要助大軍一臂之力。是以漢軍攻城之日，父親不顧安危，於夜裏跑到城門處引領大軍。我家世居漢西門外，對城內街道情形知之甚詳，那夜巷戰，父親立功不小，後來不幸被明軍一箭射死，功勞卻被漢軍記了下來。去年授爵，便授給了我國士之爵。」

張偉聽得慘然，已是知道就裡。這陳姓少年原本是賤籍之家，平日裏想必受人欺凌，地位甚是低下，因父親拚死得了爵位，得脫苦難，是以他一心想彰顯其父功勞，穿著這國士袍服穿街過市，卻不料被人看了忌恨，致有今日之苦。

也不多說，只掏出懷中一枚小小對牌，向他道：「我在宮中認識些人，你性格堅韌不屈，今上最喜歡你這樣的。宮中現下正招侍衛，我看你雖不習武，身子卻還壯實，你拿著對牌去宮中應試，若有一線之明得中，卻不是光宗耀祖？」

一邊說，一邊將對牌遞將給他，卻不料被他一手打落，又聽那少年恨道：「我不要，我也不會為今上效力！」

「這是為何？」

「當年說是靖難，也追封了方大夫和我家先祖，卻不肯赦免南京十幾萬賤民戶籍，再有全江南各城之中，哪一城沒有賤民？今上不管不顧，靖的是什麼難！這也罷了，前一陣子說是減免田賦，我雖是國士，朝廷補貼卻是有限，家中人口眾多，一家子在城外租了十幾畝地，原本是想好好辛苦一場，足夠吃用，將來再憑著我的俸祿買幾畝地，從此在城外安居，不必進城見人的臉色。誰料今上朝令夕改，又收回前命，那田主原本並不甘願如此租地，前命一收，就立時將我家土地收了回去。現下我每天以國士的身分又重操賤業，被人輕視！」

說到此處，他心中苦情再難止住，仰天長嘆一聲，大叫道：「父親，你死得冤！身居高位的人，哪有一個說話算話，又有哪一人是真心體恤百姓的？」

張偉被他說得面色發白，心中當真是難過之極。過了半晌，方低下身子撿起那對牌，向那少年低

聲道：「你不必生氣。據我所知，今上這幾日便會有恩旨下來，赦免所有賤戶，全數脫籍爲民！至於爵位，只是爲了恩顯爲國效力之人，想指著養家卻也是難，國家財政多有用途，怪不得今上。你還是去考侍衛，侍衛俸祿極高，夠你養家糊口了。」

說罷，將對牌強塞入他手，自己仰天一嘆，大步而行，再也不敢回頭去看那少年的臉色。

張偉興沖沖出宮閒逛，卻惹得一肚皮的怒氣回來。見他大步在前悶頭而行，王柱子等人知他心緒不佳，各人都不敢怠慢，均板著臉尾隨其後，由神武門逶迤而入，過坤寧宮而不入，直到乾清宮大殿之內，張偉方停住腳步。

「傳內閣大臣、御史台輪值御史、刑部輪值法官、都察院輪值推官，應天府尹、應天靖安提刑司入見！」

見王柱子面露難色，張偉斥道：「怎地？」

「官家，此時已快到下錢糧的時候……」

張偉大怒，原本坐於御座之上，此時怒而起身，逼視著王柱子道：「是我做主，還是這宮規做主？」

王柱子急忙應道：「自然是陛下您做主。」

說罷，轉身急出殿外，至奉天門傳令去也。張偉頹然坐下，心中激蕩，只覺得各種想法按上去又冒出來，當真是紛亂繁蕪之極，一時間竟不知道如何是好。

悶坐了一會兒，殿外尚有餘光，殿內卻已是烏黑一片，沒有得到他的命令，在乾清宮侍候的宮女們並不敢上前點燃蠟燭，是以在吳遂仲等人聽命趕來之後，只得在一片昏黑中向張偉跪下行了禮。待聽到張偉命各人起身的命令，各人借著起身窺探張偉神色，只是都張大了眼，一片漆黑中卻又怎能看清？

只聽得張偉在御座上令道：「召爾等來，是為羽林將軍王柱子上書言事，懇請廢除賤籍，充准賤戶科考的奏摺。」

此事雖也是重大政務，卻非急務。此語一出，殿內原本不知出了何事，甚至猜度北伐戰事或有失利的大臣們盡皆愕然。

吳遂仲略一思忖，便笑道：「陛下之意如何？」

「現下是在問你！」

內廷召對之時，吳遂仲身為文官之首，有時候先問一下張偉的看法和意見也是常有的事，此時卻被他冷冰冰頂了回來，吳遂仲不禁一呆，忙一躬身，答道：「是，臣失言。」

又低頭想了一下，方道：「陛下，這賤戶原是太祖盡收北元功臣降戶，充入教坊司等處充做賤奴，其後又是靖難之後，成祖盡收建文遺臣以充賤業。兩百餘年過來，整個南直隸，乃至廣州都有此類人在。此類人不得科考，不准為官，以下流賤業為生，雖當年都是貴人忠臣後裔，然則到了今時此日，統天下的百姓都瞧不起他們。陛下若開恩赦免賤籍，只怕天下騷然。臣以為，此事可徐徐圖之，慢慢改變人心，爾後方可允准賤戶科考，一視同仁。」

說畢，躬身退後，只等張偉發話。卻聽得張偉又問道：「卿等之意若何？」

「臣等皆是贊同首輔的意思，此事不可急迫而行，弄得天下讀書人爲之騷然，卻又何必？」

「陛下改得了戶籍，卻一時扭不轉人心。只需恩旨免除禁錮，爾後幾代之後，原本操持賤業的都成了清白人家，那時候才可以允准科考。明朝舊例，某家有一人爲戲子，其家所有上下人等概不允准科考，比及三代之後，方可參加。這便是例，請陛下慎思。」

「王將軍其意雖美，卻是一介武夫，不解民情。且陛下早有成規，武人不得干政，請陛下駁回其議，嚴加申飭，以杜武人干政之弊！」

張偉雖看不真切，卻也知道此時說話的乃是刑部尚書張慎言，因冷笑一聲，答道：「王某雖是武人，卻又有宮廷近侍的身分，並不是漢軍的將軍，司徒太過敏感了。」

眾人都知道那王柱子大字並不識幾個，哪能上什麼奏摺給他？今日之事，想必是張偉自己的意思。只是在殿上召對的多半是大儒文士，一時間讓操持了幾百年下九流職業的賤民可以參加科考，公然奔行於國家掄才大典的科場之內，這讓他們無論如何也不能接受。

「廷斌兄，你如何看？」

自張偉稱帝後，唯一還能與他互稱表字，言笑不忌的只有何斌、陳永華等寥寥數人。何斌感其厚意，操持起戶部之事來更是辛苦了幾分。這陣子大軍過江，種種後勤補給銀錢劃撥大半都落在他肩上，此時累得兩眼發黑，渾身疲軟，聽得張偉問話，他便有氣無力答道：

「這事情我不懂，既然陛下問了，那麼依我看來，佛法云眾生平等；孔夫子當年也曾云有教無類。諸位大臣和我不同，我是個商人，不是孔門弟子，未知各位對孔聖的話如何注解？」

看見各人的神色，料來是有些尷尬，何斌又懶洋洋道：「各位先生說人心難以短期內扭轉，我看是各位自己就先很不舒服吧。陛下都不計較門第出身，偏此時各位倒是顧慮甚多。這殿上的諸位，哪一位是高門士族出身？不都是寒門子弟麼！若是魏晉時，只怕別說做到中央部閣重臣，就是尋常的小官，各位也是休想。何某言盡於此，請各位大人慎思之！」

張偉想不到何斌竟能說出如此條理分明，還夾雜著聖人語錄的奏對來，大喜道：「這話說得近乎情理。廷斌兄，三日不見，當刮目相看呀！」

正喜悅間，卻有一近侍奔到張偉御座之前，向他低頭說了幾句。張偉立時喝道：「來人，掌燈！將他帶上來！」

他一聲令下，早有準備的宮女們依次上來，穿花蝴蝶般的在殿內穿梭奔走，一盞茶工夫不到，這大殿內所有的宮燈都被點燃，一時間燭火通明，明亮如白晝。

眾閣臣和受召而來的都察院及靖安司的官員們這才看清張偉神色，只見他神色安然，倚靠於御座之上，目光卻不是看著眾人，而是若有所思望向殿外。各人正納悶間，卻見張偉嘴上露出一絲笑容，向著大殿門前一努嘴，笑道：

「現下過來的這一位官員，正是我的好大臣，御史台和南京府尹選的好御史。」

各人扭頭去看，見那御史被一隊如狼似虎的大殿侍衛捆住臂膀，官帽歪了，領口撕裂，就這麼狼狽之極的被押上殿來。此人神色惶急，胸口還有些酒漬菜汁之類污垢之物，顯是在飲宴之時被逮了過來。看他的神色模樣，哪有半分張偉所言的「好大臣」風範？

正納悶間，卻聽得張偉獰笑一聲，向那官兒道：「燈紅酒綠之時，鶯歌燕舞之際，突然被捆至此處，心中是何感想？」

那人卻也強項，向張偉亢聲道：「陛下非禮待臣，臣不服！」

「你不服?!來人，把他在那茶館的所爲說給諸位大臣聽聽！」

早有一侍衛奔上前來，將張偉帶同各侍衛在漢西門內茶館的見聞口說指劃，向殿內諸大臣一一道來。他倒是嘴巧，將一樁小事說得異彩紛呈，高潮迭起。只聽得眾人時而一驚，時而大怒，張偉看到眾人臉色隨那侍衛譬說而陰晴不定，一時間忍將不住，只欲笑出聲來。

「啓奏陛下，臣處置是有些慈軟，然事出有因，那幾人乃是誤擊，臣命他們到學校接受師長訓誨，也覺得盡夠了。」

「還敢強辯！國家早有明言，敢辱及民爵及軍爵者，主犯死罪，從者皆流，其家產籍沒；有敢包庇放縱者，與主犯同罪。」

見那官員臉色蒼白，還要辯解，張偉不由他再說出話來，立時喝道：「法官何在？此人罪不容赦，立時拉至刑部刑場絞死，由爾監刑！絞死之後，其家產籍沒入官，家人盡數流放呂宋，即刻起行！」

他此番處置又急又重，當真是暴風驟雨一般，令所有大臣倉猝間不能上前解救說項，只眼睜睜看著那刑部法官帶著人押著那官員下殿去了。

鄭煊聽得那人不住呼喊求饒，口中喊著鄭老師救命云云，想來是自己爲學道時取中的門生。只是張偉最忌科場取士，學官升座大收取中的學子爲門生私淑弟子一事，自入江南以來，早行廢除，所有取中學生一律依宋制爲天子門生。此時那人這麼喊將出來，他若上前求情，便是無私也有私，至公也無公。他又從未見過張偉如此發作臣下，自入南京以來，張偉凡事以寬仁爲主，甚少殺人，便是閹黨貪官，也不過抄家發配，此時他滿臉殺氣，仿似誰出來說話，便要將那人一併處置，如此重壓之下，他便是心中如何難過，也是再不敢出來說話了。

殿內除了何斌之外，其餘各文臣也都從未見張偉如此手段，一時間都嚇得傻了。只有何斌見那人被拖死狗般拖將下去，卻是噗嗤一笑，笑謂眾人道：「陛下與我初入臺灣時，一夜曾殺千人，咱們也未曾皺過一下眉頭，殺這麼一個小人，如殺雞耳。」

張偉聽得此言，亦笑道：「當日之事與此時不同。我這會子殺他，還是讓刑部執行，依的是國家法度，並沒有非刑殺人。」

又令道：「今日動手的三名儒生，一律處絞，家產籍沒，全家發配呂宋。茶館老闆及一眾閒人盡數捕拿，一律發配！賤戶之稱，至今日起廢止。著靖安提刑司及巡城御史四處查訪，再有敢言賤戶者，

一律發配！」

見各位重臣都是臉色灰敗，卻都不敢再勸。張偉滿意地一笑，咬一咬嘴唇，又向各人道：「我原說是以寬仁爲政，待諸臣百姓如撫吾赤子，誰料一味寬大卻是不成，一個個都以爲我殺不得人麼？自然，我斷乎不會以非刑殺人，國家設刑，原本就是要處置敢於蔑法之人，犯了我的法，我絕不饒！」

說罷，轉身由殿內側門而出，只留下眾內閣大臣面面相覷。

直過了半晌，方由吳遂仲先道：「陛下行雷霆手段，斷然處置奸佞，吾等身爲大臣，理應鼓舞歡呼才是。」

說罷，就地跪下，對著空蕩蕩的御座行禮如儀。由他領頭，其餘眾臣自然不敢怠慢，隨他一起跪下行禮謝恩，禮畢之後，方才魚貫而出。至於黃尊素與張慎言等儒臣心中是否贊同張偉適才處斷，又是否會暗中有甚舉動，卻是誰也不知了。

經此一事之後，廢止賤籍一事再也無人敢出來饒舌。那幾個書生只是毆打了國士，卻被判絞、流放，此事由官府報紙登出行刊江南各省之後，原本對民爵漠不在意，甚至覺得滑稽可笑的各級官府再也不敢敷衍了事。由各行各業充斥其中，而並非是由儒林中人獨大的國士等民爵，終於開始顯山露水，在南方十省中地位彰顯。

崇禎六年，漢始元年十月，漢軍渡江之後，屢破名城。海州一鼓而下，原駐防的只是一名參將，領著三四千疲兵，漢軍不過艦炮略放幾炮，內地明軍甚少見識火器之威，大驚之下立時潰不成軍，四散而逃。後方為漢軍襲擾，渡江而來的大股漢軍火器犀利，衣甲精良，教那些明軍如何抵敵得住？在揚州略做抵抗，明軍主力迅即後撤，倒教一心想對明軍圍而殲之的周全斌頗是鬱悶。張瑞原本要領著飛騎全師追擊明軍，卻也因並未有大戰惡戰，明軍主力未遭重創，與周全斌會議之後，又請示張偉知道，決意由揚州北上，與海州漢軍會師，在淮安徐州等地會殲明軍。

江文瑨卻是由安慶揮師北上，一戰而下合肥、濾州等處，兵鋒直指鳳陽。因鳳陽有明廷總督，監軍太監，還有大股的京營士兵，明廷又以鳳陽為皇陵所在，曾是明朝中都，無論地勢與名氣都勢必不會棄而不守，是以他決意暫停急進，由前部軍威脅鳳陽附近，逼得明朝添兵於此，要如海綿吸水般，將附近的明軍吸引至此，然後可一戰聚殲。

旬月之間，江北明軍全線潰退，並不能抵住漢軍兵鋒。當是此時，無論是張偉，還是遠在北京的崇禎，都將眼光投向西北，在明朝危急存亡的關鍵時刻，也只有洪承疇、袁崇煥等人指揮的陝西邊軍與關寧鐵騎，才能與漢軍稍做敵手了。

殿角處放置的金自鳴噹噹響了十一下，張偉抬眼一看，不自禁伸一個懶腰，向身邊侍立的乾清宮侍櫛女官迅速走上前去，趁著他雙手和前身離開御案，急忙給他換上新茶，又遞上毛巾擦臉。

「承旨何在？」

承旨女官共四人，正四品，專司為張偉傳遞指令之用。聽得他吩咐，立時有一承旨女官上前，應

道：「臣在。」

她聲音清朗乾脆，張偉聽得一怔，仔細瞧她一眼，便問道：「是皇后派妳過來的？倒是頭一回見妳。叫甚名字，出身何處？」

「官家，臣原本是內史館侍詔，專司爲官家潤飾起草詔旨。皇后說官家這裏的承旨尙少一人，其餘姐妹支應不來，是以派了臣下過來。臣名司馬矢如，父秀才，自幼讀《列女傳》及《女四書》，因家境貧寒，官家招女官時便報名進來。」

她滿嘴的「官家」「臣」，教張偉聽得發笑。舊明規制，太監和宮女稱皇帝爲皇上，稱太子爲小爺，太監宮女都自稱奴婢。張偉都嫌其難聽。想起自己來時的年代，政府都被稱爲「公家」，是以仿宋制，命內廷稱自己爲官家，女官們都稱臣。現下除了內史館挑選的都是自幼讀書識字的宮女外，其餘的女官雖言是官，但大多不過是侍候起居飲食，多半是大字不識一個的舊式女子。此時讓全宮上下都依女官體制，自稱爲臣，也是爲了培養這些女子爲官的自覺。

聽她回答的乾脆俐落，言行舉止落落大方，雖是姿色平常，卻也不卑不亢，不似尋常宮女，聽得張偉問話就膽戰心驚，不能自已。

「甚好，妳對答的很好。現下妳過去東二所傳旨，命值班的侍詔將這兩道旨意潤飾擬好，明早便交給內閣值臣明發。」

「諭內閣：內閣協理大臣、戶部尙書、署理海關稅賦尙書何斌公忠體國，辦事勤謹甚得朕心，著加授太傅，欽此。」

她雖心裏吃了一驚，卻並不敢多話，又低頭看另一張：

「諭令：內閣諸臣不必親領部務，著各大臣舉薦推舉大臣推任。欽此。」

見司馬矢如低頭疾步而出，將那兩道詔諭拿著匆匆而出。張偉滿意一笑，又低頭看几案上的軍報。

周全斌與張瑞一直沒有與明軍主力接戰，明軍雖然每戰必潰，然則其主力並未大損，江北的司閭曹探馬又有消息，道是崇禎皇帝聽聞張偉稱帝北伐，一則大怒至吐血，二則拚力調集北方兵馬南下，準備在中原地區與漢軍決一死戰。此時的山海關總兵已由二十出頭的吳三桂暫為署理，其餘吳襄在寧錦一戰中被清兵俘獲，被迫與祖大壽一齊投降。若不是山海關的關寧兵精銳都是吳氏家兵，只忠於吳氏家族，二十來歲的吳三桂絕無可能接任總兵一職。此時崇禎皇帝輸紅了眼，一時間竟顧不得滿人時時刻刻想著入關一事，竟下詔命吳三桂只留部分老弱兵丁守關，其主力三萬精騎及十餘萬口男女百姓全數入關，在畿輔一帶安置。

消息來源到此時卻被紛亂的戰火打斷，京師戒嚴，南北交通斷絕，走私商人們可以不在乎被明軍當成間諜的危險，卻不能無視頭頂漢軍射出來的炮彈，再加之戰事一起，四處都是敗退的明軍潰兵。這些潰兵燒殺搶掠無所不為，當真是比土匪強盜更危險幾分，是以自戰事一起，南北交通逐漸斷絕，便是京津海路亦是不通，江北明軍如何，竟是漸漸失卻聯繫。

張偉研判著眼前的這一張張軍報，心中隱隱覺得不對，卻是說不出所以然來。依照崇禎的性子，斷然不會允准這十餘萬明軍不戰自退，做保存實力之舉。松錦之戰，若是緩緩進兵，縱是不能得勝，也不會慘敗；明軍解救開封之圍，也是崇禎拚命督戰，致有朱仙鎮之敗。朝廷言官亦是對前方戰事指手劃腳，不依不饒，什麼勞師費餉，畏敵不戰，種種大帽子扣將上去；皇帝也是動輒對督師大臣以免官、下獄、殺頭來威脅，又有哪一個督師大臣敢冒天下之大不韙，不住的丟棄國土，畏戰不前？

心中猜度不已，卻是不得要領，因提筆寫道：「覽畢知悉，今雖明軍主力盡退，已不敢戰，然則其主力未損，爾等不可輕師冒進，遇敵不可浪戰，總歸待江文瑨攻拔鳳陽，與爾等會師一處，其後三人合師，再言其他。」

寫畢，放下毛筆，輕吁口氣，這才覺得滿身輕鬆，起身步下御座，向侍立在旁的司膳女官白沉香笑道：「上飯來。」

那司膳女官微微一躬，輕聲拍了幾下，見殿外有人探頭探腦，便輕聲道：「官家傳膳。」

一隊隊司膳司下轄的宮女們先入大殿，將長桌擺好，然後手捧食盒，提至桌旁，然後方端出一份份由銀碗裝置的菜肴，將菜邊放置的銀牌一一取出，再以乾淨銀針一個個試探完畢，方才由白沉香向張偉稟報道：「請官家用膳。」

張偉用眼一掃，見林林總總的各式菜肴擺滿一桌，沉了臉道：「何必如此奢靡？」

「此是依尚食局所新製的御膳食單而做，臣等並無逾制。」

「罷了，著尚食局重訂食譜，總以清淡補身爲要，不必如此奢靡浪費。」

口中雖如此說，卻也著實被眼前的各式精緻宮廷菜吸住眼球，忍不住一直打量，卻有大半的菜見所未見，更別說叫出名字來了。

白沉香見他如鄉下土包子般左顧右盼，扭捏不肯下筷子，知他並不認識，便輕笑一聲，向他道：「官家，這些膳食都是尚食局千辛萬苦自北京和南京御膳房的存檔中尋了來，又特意尋了不少北京御膳房的大廚前來，這才是正經的御膳。以前做的，都是敷衍那些南京留守太監們的，哪能和這比呢！」

說罷，又指著一盞盞銀盤道：「蘋果豬肉一品、糯米鴨子一品、萬年青燉肉一品、燕窩雞絲一品、春筍糟雞一品、鴨子火熏餡煎黏團一品、燕窩火熏汆鴨子熱鍋一品、肥雞雞冠肉一品、羊肉絲一品銀葵花盒小菜一品、銀碟小菜四品……」

她正說得口舌生津，心內極是自豪，眼前這些膳食雖不是她親手製成，卻也是司膳司的功勞。

卻聽得張偉沉聲道：「製御膳菜譜一事，除了尚食局的意思，還有誰插手其中？」

「回官家，尚食局原本不得吩咐，並沒有想到這一層，倒是前些日子查肅外朝與內廷時，黃相爺和鄭相爺，還有幾位尚書侍郎大人，都說官家的食譜太過簡陋，沒有天家尊嚴風範，需好生制定，以爲萬年垂範才是。」

張偉冷笑一聲，命道：「將這些全撤下去，賞給隨值的女官們用了，只給我留幾樣小菜下飯就是。」

見她還要說話，又道：「此事經我吩咐，不要再爭。食譜菜單一事，妳去請示皇后，例如從前爲好。」

他雖也欲遍嘗美食，卻強自按捺下心中欲望，冷眼看著這些宮女又將膳食撤下，心中冷笑，想道：「若說是惡意，也未必見得，不過是想討我的好罷了。不過由儉入奢易，由奢入儉難，怪道古人帝王很難慎始慎終，因爲拍馬奉迎之人，當真是無孔不入，無所不在；即便是心腹大臣，倚爲腹心，也無不想在小節上逢迎事上，以博上寵。即便是數百年後，又能好到哪去？」

張偉在心中嗟嘆一番，自回坤寧宮柳如是處歇息去了。那批示乃是軍務，卻是連夜送將出去，由專使送往周全斌及張瑞軍中。

第五章　鳳陽疑兵

張瑞與周全斌對坐於廳內東西兩側的梨木太師椅上，見各人都看了手諭之後，便皺眉道：「此次明軍打得很是狡猾，咱們渡江之時，原以為明軍必定抵死相抗，誰料在江邊的盡是些鄉勇防守，明軍大隊望風而逃，根本不與咱們接戰。若是放手讓咱們猛攻，只怕這會兒都能打到濟南了。」

此時兩人卻已是合兵一處，共同屯兵淮安城內。淮安乃是蘇北的名城大鎮，明清之際的漕運樞鈕中心，此時黃河尚未改道由山東出海，而是直入淮北，奪淮入海。是以這淮安一地雖然地處平原，卻是溝渠縱橫，水患不斷，饒是土地肥沃，人民勤勞，遇著大水，卻是連溫飽也難。

接到張偉手書之後，周張二人立時在原淮安知府衙門內聚集眾將，將張偉手書給校尉以上軍官傳閱完畢，方差人拿回存檔放妥。

張瑞與周全斌對坐於廳內東西兩側的梨木太師椅上，見各人都看了手諭之後，便皺眉道：「此次

明軍打得很是狡猾，咱們渡江之時，原以為明軍必定抵死相抗，誰料在江邊的盡是些鄉勇防守，明軍大隊望風而逃，根本不與咱們接戰。若是放手讓咱們猛攻，只怕這會兒都能打到濟南了。」

「沒錯，現下淮安周邊的沭陽、宿遷、東海各縣都在咱們掌控之下，與海州漢軍已連成一片，明軍主力一路退縮至徐州、兗州；一路往援河南，駐守開封。咱們只需直入山東，擊潰山東明軍，爾後與江將軍的神武衛軍合擊河南，中原一戰而定天下。何必在此等候江將軍攻克鳳陽，然後大軍直往開封？」

張瑞側目一看，是新調入不久的飛騎衛尉沈金戎。見他一臉桀驁不馴，顯是對自己甚至是張偉的佈置都甚是不滿，因喝道：「上官們議事，哪有你插嘴的分？來人，叉出去！」

府衙正堂外有的是侍候的親兵，聽得主官吩咐，立時暴諾一聲，便待進來拿人。那沈金戎冷笑一聲，起身便行，竟不待親兵們來動手。

張瑞頹然一嘆，捧起茶碗來猛喝了一口，氣道：「他奶奶的，再這麼熬下去，軍心都不穩了。傳令下去，沈某擾亂節堂，罰俸一月。」

他雖是被這沈金戎氣得無奈何，大罵他狂悖無禮，卻也知此人心中有些計較，並非無能之輩，是以怒氣雖盛，也只是罰俸了事。

周全斌卻是不動聲色，只淡然一笑，立即岔開話題道：「卻不知道文瑨那邊如何。咱們不如派一支輕騎過去，與文瑨形成包抄之勢，以防著城內明軍不戰而逃，如何？」

「文瑨也曾有此意，倒是陛下說鳳陽乃是明朝中都，皇陵所在，明軍敢棄揚州等處，斷然不敢不戰而棄鳳陽。」

「雖是如此，還是派一支兵將過去，以策萬全的好。」

張瑞見他堅持，自己也覺得如此甚是穩當，因笑道：「如此，便依你就是。你軍中並無多少騎兵，這支兵派少了無用，還是由我軍中派人過去便是。」昂首令道：「將沈金戎帶回來！」

那沈金戎雖被他下令攆將出去，然則軍議未完，他卻也不敢擅離。此時聽得傳喚，便急忙入內，叉手向兩位大將軍行了禮，然後便低頭不語。

張瑞先向他斥道：「小子無禮，竟然敢在軍議場所胡鬧。若是當年在臺灣時，只怕你屁股都被打得稀爛。」

見他雖低頭不語，卻仍是一臉不服氣模樣，張瑞便又訓道：「你只看了幾本兵書，便謂天下無人？只看得眼前明軍好打，卻不知螳螂捕蟬、黃雀在後的道理麼？打仗打迷了心，就只知猛打猛衝，這樣下去，不過是個黑旋風李逵罷了！」

這話正是張偉在他臨行前交代時所言，周全斌在一旁聽得真切，見他此時拿這些話來訓斥部下，立時掩不住笑意，忙端起茶碗遮住了臉，這才罷了。

沈金戎初時還不服氣，待聽到後來，心中卻有一絲明悟。他也是極聰明自負之人，雖然因其位卑職低，沒有什麼全局眼光，此時被張瑞一點，恍惚間便有些明白。

張瑞見他神色，頗覺滿意，此時此地也不便多說，只令道：「你既然想戰，那麼就由你帶五千精騎，往鳳陽方向迂迴哨探，遇著小股明軍，可自行接戰，不必稟報請示。與江將軍接頭之後，一切聽他指揮行事！」

沈金戎聽得有仗可打，立時忘了適才的委屈，忙屈膝一禮，抱拳道：「末將遵令，定不負大將軍所託！」

自節堂出來，已是傍晚時分。沈金戎回到本部駐地，傳令屬下諸校尉、都尉來見。日前剛下過大雨，眾將自各處趕來，牛皮軍靴上沾滿泥巴，就在他的大帳外寒暄問候，讓各自的親兵拿著短刀削去厚泥，又使勁在帳外的草墊上擦上幾下，略乾淨些，便各自報名請見。

沈金戎是豪門世族出身，最愛乾淨，此時見自己原本整潔乾燥的大帳內盡是這些粗人甩的爛泥，心中不悅，卻只得向他們笑罵道：「甩什麼甩，一會兒出去還不是一樣！」

各人聽他斥罵，便不敢再亂走亂動，只亂紛紛笑道：「大人一向整潔慣了，屬下們滿腳的泥，很是不恭。」

「不必如此。倒是大家議一議，我們該當如何行事？」

他歪斜著身子，往几案前傾，目光炯炯看向諸人，沉聲道：「大將軍命我將五千精騎，往鳳陽一地邀戰截擊。大將軍以重任壓在我的肩上，這自然是信得過我，這才下如此命令。諸君都是我的心腹，此次或勝或敗，或榮或辱，都在諸君身上。」

「衛尉大人待咱們一向不薄，咱們敢不效命？依屬下之見，今夜好生歇息，明早五更起身，直奔鳳陽。那明軍坐困城中，咱們雖從後方插入，卻也無妨。沿途收拾小股明軍，爲江大將軍遊走掠陣，待兩軍會合，衛尉大人的功勞便是頭一份！」

「正是此理，請大人放心！」

沈金戎正聽得滿意，嘴角微微帶笑，卻一眼望到有一都尉默然不語，並不肯上來做忠勇效力狀，因向他問道：「李侔，你說說看！」

李侔躬身行了一禮，抱拳道：「回衛尉大人，屬下位卑職輕，此處都是屬下的長官，哪有屬下說話的分。大人的安排，屬下只管聽著就是，再無他話。」

他雖是說話恭謹有禮，神色如常，兩眼內卻是波光閃動，顯是心中明明若有所思，並非如他所言的那般聽命而已。

沈金戎格格一笑，向李侔道：「李都尉馬球打得好，是以陛下親口允准你由廂軍調入漢軍行伍。原以爲你只是以騎術搏擊見長的莽漢，這幾個月來，一舉一動卻凜然有大將之風。年紀雖小，卻是老成得很。交給你統帶的幾百人馬，你都管束的很好，軍中森嚴有序，一聞小李都尉之名，軍漢們無不垂手而立。今日軍議，言者無罪！來來來，把你的想法說說看！」

李侔聽他誇獎，雖有乃兄李岩交代，卻還是忍不住有一絲喜色湧上眉頭，強自按捺之後，又向沈金戎一躬身，答道：「既然大人一定要屬下說，那請恕屬下失禮。」

「你說！」

「張大將軍命衛尉大人往鳳陽游走掠敵，所爲何事？不過是擔心鳳陽明軍如同淮、揚一帶的明軍那般，未經接戰便潰敗而逃。按說，飛騎全軍三萬人全數往鳳陽一帶也是該當的，只是又需提防山東明軍南下，是以才派大人領兵前往。依屬下的見識，此時大雨初霽，道路泥濘，我師都是騎兵，行走困難。大人若是一意往鳳陽殺敵立功，只怕有悖兩位大將軍派大人出戰的初衷。」

沈金戎心中明白，飛騎之所以不能動，倒不是需防著明軍重新集結南下，而是隨時提防著關外突發之事。只是此時卻也不便明言，只微微點頭，向李侔道：

「你說的雖是有理，然而大軍出動，不與敵接戰卻遠走游弋，這未免說不過去！我沈某受陛下大恩，敗家子弟又重有今日，安能不爲陛下效死力？」

帳內的漢軍軍官無一不是張偉於泥塗草野中拔擢而出，身受其重恩，聽得沈金戎如此一說，自然是大有同感，因一起抽刀呼喝道：「願以死以報陛下深恩！」

更有李侔的頂頭上司向他斥道：「爾一個小小廂軍都尉，也不知道走了什麼門路，使得咱們陛下親准你入漢軍，你需得老實聽令，實心報效，再敢胡言亂語，我定不饒你。」

見李侔臉色蒼白，雖是心中不服，卻緊咬雙唇並不還嘴，心中大奇。這李侔不過二十出頭年紀，卻有著如此擔當城府，見識手段皆是不凡，當真是令人驚嘆。

當下也不勸解，由著衆將將那李侔折辱一番，然後才又佈置各人的行軍路線，分配軍務下達指示，亂哄哄鬧將一氣，方令各人退下。

見李侔也隨眾人下去，沈金戎忙命人將他傳回，也不待他說話，劈頭便道：「你說的其實有理，只不過我肩負重任，不可以因你的見識就改弦更張。我身為統兵大將，卻不能只偏聽你一人。」

李侔不避他的眼神，與他對視，只覺對方眸子直視自己，並不因對視而稍有紊亂。他想起兄長在自己臨行前吩咐道：「其心不正，則眸子亂焉。要識人，不要狂縱……」

想到此處，心裏微微一酸，卻不知道奉命駐守廬州的兄長現下如何。他自當日在南京校場馬球大賽之後，因張偉的賞識而有了調入漢軍的機會。原本他不捨兄長，還想留在襄陽廂軍之內，倒是李岩因知廂軍無甚前途，自己不能拋卻屬下，其弟有這個良機，卻也不能放過，因精心挑選了幾個自己栽培出來的精幹手下跟隨，又將其弟好生教導一番，兄弟二人這才依依惜別，自此李岩仍駐襄陽，李侔卻因騎術入了飛騎衛，原任副都尉，因治軍嚴謹，操練有方，北伐前方提任都尉。

又聽沈金戎沉聲令道：「你帶本部兵馬，我再撥給你兩百精騎，你帶著這隊騎兵往河南界內巡遊，偵探敵情。明軍不肯交戰，只顧後退，幾位大將軍和將軍們都心懷疑慮，雖然探得山東境內確有明軍駐屯，卻不知道是否乃是邊軍主力。現下明軍動向到底如何，仍如霧裏探花，這樣不成。我飛騎戰士都是以一當十的豪傑好漢，五百精騎遇著大股明軍自然是不能戰，小股萬人以下的，卻也並不懼他。你可不必過分深入，只需哨探清楚，有什麼異樣敵情，立時回來報我！」

「是，屬下遵令！」

見他臉色興奮得潮紅，沈金戎大笑道：「小李將軍騎射俱精，勇冠三軍，我等你的捷報回來！去吧！」

李侔躬身向他行了一禮，轉身按劍昂首而出。身上的甲葉碰撞起來鏘然作響，不一會兒工夫，便已聲息全無。

沈金戎只覺得疲憊之極，往座椅後一倒，撫著張瑞賜給的調兵令符，心道：「其弟如此，其兄更是何等的英傑？若有機會，倒要見上一見。」

當夜各營將領督促兵士早早歇息，準備好鞍轡草料，漢軍後勤此時已甚是先進，種種食物多半是製成罐頭，到時候稍加煮熱便可食用，不必如同明軍那樣，半夜就得起來埋鍋造飯。

待第二天天色微明，雖是天又降雨，淋淋瀝瀝小雨遮天蔽日的拋灑下來。雖然雨勢不大，卻將所有將士身上的鐵甲次第打濕。各營的都尉們早就帶領著部下紛紛起身裝束完畢，待諸校尉清點完畢，這才到大帳去稟報沈金戎知曉。

「動身！」

冷冷掃一眼在雨中森然直立的幾千將士，沈金戎翻身上馬，只吩咐一句，便將馬腹一夾，當先往宿州方向馳去。

沿著淮河行了兩日之後，落在最後的李侔引領著幾百騎兵慢慢脫離大隊，往河南境內而去。

幾千騎兵由泗州過固鎮，先折向北，至宿州方停。一路上除了偶遇地方士紳的團練鄉勇，卻並未與明軍精兵相遇。雖然斬殺了不少鄉勇士卒，沈金戎心中卻越發焦躁起來。屬下各將見他神色如此，不敢怠慢，只越發小心謹慎，四處哨探打聽敵情。

待到了宿州城外，原以爲地方官員和守備明軍必然聞警而逃，卻不料那宿州知府及推官等文官，連同城內守備明軍將領一齊上城，分守各城城門。也不知道從哪裡弄的幾門神機炮，見飛騎將士近前則搖旗吶喊，胡亂開炮以壯聲威。

除了明軍將士之外，還有許多鄉兵及城內的居民也在城頭，雖無武器，卻使些磚頭土塊，飛騎將士離得近了，便動輒有幾百人使勁將石塊等物扔將出來，雖砸不中，倒也使漢軍將士不便靠近。

沈金戎鐵青著臉騎馬在宿州城外轉了一圈，方向屬下各校尉都尉們嘆道：「我們沒有攻城器械，敵人又防備這麼森嚴，急攻損耗必大，甚至攻城不下。」

各將面面相覷，情知他說的是實。飛騎以野戰爲主，甲冑並不厚重，城頭守備明軍甚多，城頭上熱氣蒸騰，顯是備有熱油等物。這小小的宿州城池，看來竟要大炮配以肉搏，方能攻克。

「大人，我們原本便是要往南，這小小城池，就是留下也並無大礙。」

沈金戎冷笑道：「你知道什麼！明朝的地方守官哪有這麼盡職的？這宿州城內一無藩王，二不是什麼戰略要地，爲何如此固守？我料其中必有緣故。就是城頭的明軍，也必定不是原本宿州的守備兵馬。」

他沉吟片刻，毅然道：「他們這是要保退路，保糧道！我料鳳陽那邊，必定屯駐有明朝大兵。戰線橫亙於神策衛、飛騎及神威衛之間，截斷我三軍聯絡。集中兵力，先攻江大將軍的神威，倚堅城破神威後，由鳳陽往淮揚，與山東明軍或是合擊，或是分於各處固守，可使我全師如陷泥沼。」

見各人都是臉色蒼白，顯是震驚於自己的這一番分析，冷笑道：「他們想得甚美，膽子心計也夠大夠狠，只是沒有餘力隔絕我師，咱們一路飛騎奔來，阻路的全是些鄉勇雜兵，那是因隔絕三軍的明軍多半是步兵，來不及調動迎擊。不過再往前去，阻力想必越來越大，也必定都是些明朝精兵在前。你們說說，咱們是回頭報信，還是一往直前？」

說罷，以目光巡視諸將，見各人雖然神色略有慌亂，卻並無一人退縮，雖無一人言聲，卻已是答案分明。

長笑一聲，招來親兵頭目，吩咐他帶二十人火速奔回，知會張瑞等人。待一眾親兵騎馬狂奔，往來路急馳而回，沈金戎方向一眾屬下笑道：「如此，咱們便往南去！」

「是！」

四千餘騎精銳漢軍遠離城垣，開始往南方而去。

蹄聲如雷鳴般響起，又漸漸消失於遠方天際。站在城頭強自支撐，一直指揮著屬下嚴防死守的宿州知府這才鬆了口氣，只覺得汗透重衣，雙手顫抖。命也持械護衛在城頭的家人將他攙扶下城，直到了城內的府衙門前，卻不進去，提著一口氣站在府衙門前，命人拿著手本入內求見。

「督師大人有命，傳！」

一個中軍旗牌官自儀門處跑來，至府衙門正門左側的角門前將那知府的手本交還，又打著官腔道：「督師大人命爾即刻進去，立刻傳見。」

那中軍官渾不把他這五品的朝廷官員放在眼裏，他卻是不敢怠慢，忙往身後使了一個眼色，自有家人長隨急步上前，將一包黃白之物塞到那中軍官的袖中。

用手捏將一捏，臉上露出一絲笑容來，向知府道：「太尊大人，督師大人此時心中甚是歡喜，適才你遞本求見，他老人家說你恪盡職守，膽氣也壯，很是誇獎了你幾句。」

「是是，多謝中軍老爺提點。」

這知府一諾連聲，急忙邁著碎步往後堂而去。一路上卻都是督師的標營親兵，衣甲鮮明侍立於路旁，門禁甚是森嚴。待到了後院二門處，卻又是那中官親領，方才得進。

待到了後院正堂的滴水簷下，由旗牌官先進去稟報，命那知府立於階下等候。他左顧右盼，見階下已是站得滿地，全都是些總兵、將軍之類。他一個也不認識，卻也不敢胡亂招呼，只得向人家微微點頭頷首，微笑致意便罷了。

「傳他進來！」

這小小宿州知府的後堂並不能完全隔絕聲音，那中軍官入內不久，宿州知府便在外聽到裏面的督師大人傳喚之聲，心知立時就要傳他入見，忙又略整一下官袍，將烏紗帽扶正，直待中官出門，在階上

喊道：「宿州知府立時入見！」

「是，卑職遵命。」

他急忙大聲應了一聲，一直居於這小小的淮北窮州，無甚治績，整整六年沒有升調，哪曾見過如此的大陣仗？一時間慌了手腳，竟向一個小小武官大聲應諾，點頭哈腰。

因聽到階旁侍立的文武官佐的輕微笑聲，這知府也知道自己當真獻醜，鼻子上已是沁出汗珠，當下卻也顧不得，只邁著碎步直往裏進。

這後堂原是他接見客人，家常說話的場所，再熟悉不過的地方。此時鵲巢鳩占，一入堂內，便看到原本的那些家常擺設、古董字畫、長條桌椅全數不見。堂內正中擺放了一個大大的沙盤，正有幾個文官模樣的官員與將佐圍於沙盤兩側，輕聲說話議論。正門牆上卻懸掛著幾柄寶劍，皆用黃綢包裹，顯然這便是聞名卻未曾見過的「尚方寶劍」，劍下是長几，上面卻放的是官印，也是用黃綢包裹，印旁放置的是一些文書之類，有一張看似正寫到一半，毛筆便放在其側。這顯然便是欽差督師十省兵馬、太子太保、兵部尚書、湖廣總督洪承疇大人近期內處斷軍務的場所了。

眼光右移，原本是擺放迎客桌椅的地方，卻是放置了一張精緻臥榻，上面端坐一人，正手持卷宗，凝神細看，不是洪承疇，卻又是誰？

史書上載洪承疇相貌威猛，並不像一個典型的南方閩人，倒似一個北方豪傑。原本於萬曆年間中了進士，在地方爲官，講究的是居移體，養移氣，蓄養官威；待他由一個小小兵備道擊破流賊，在陝西全省官員驚惶失措之際，他卻猛然間大放異彩，由巡撫而總督，繼而指揮十幾萬大軍，帳下有巡撫、巡按、各道、知府、總兵副將參將等文武官員凜然聽命。這麼些年過來，其原本刻意做出的高官要員的氣質之外，又有了一種帶兵大帥的殺氣。再輔以他的相貌體徵，身分地位，鮮有中下層官員見了他不害怕的。他自己本人也很滿意屬下官員的這種心態，甚至有意借助尚方劍和中軍標營的氣勢來使各處的總兵大將們害怕，以便於指揮。

此刻站在他眼前的這個小小知府，他並不放在眼裏，也沒有刻意擺出什麼姿態儀杖，便這麼身著便服，戴著頭巾於堂內相見。見他戰戰兢兢跪倒在面前，行禮如儀，又向他高聲報了職名，然後便趴伏在地上不敢抬頭。

他很滿意這知府的行止，適才漢軍鐵騎繞城之際，因城內有他的總督標兵和各統兵將領的親兵，再有調入城內守備的萬餘精兵，他倒全然不擔心城池被破。然則這個知府並沒有勞煩到他，自己帶著一眾屬官，以及城內原有守備兵馬，再又召集城內百姓搖旗吶喊以壯聲威，就那樣輕輕巧巧的逼著幾千漢軍精騎繞城而去，倒也算是個難得的人才。

微微點頭，略彎一下腰，虛伸了一下手，向那知府道：「鄭年兄請起身，不必多禮。」

鄭知府仍在地上碰了一下頭，方才起身，偷偷打量一眼洪承疇的神色，見他臉上略帶笑容，顯得很是親切，乃開口奉承道：「大人辛苦如此，竟夜宿於此。來日指揮大軍，必能連戰連捷，敉平叛亂中興大明。皇上派大人督師，當真是識英才，用英才，學生不勝感佩。」

洪承疇淡淡一笑，向他道：「學生蒙聖上錯愛，敢不奮力掃除妖氛乎？」

「正是，大人身後的這幅『君恩深似海，臣節重如山』便是大人風骨的寫照，讀來令人覺得蕩氣迴腸，當真是……」

說到此處，他特意做出一副感動不已的模樣，伸手遮在眼前，作拭淚狀。這一番作態終於使得洪承疇忍不住笑意，咧嘴一笑，向他道：「學生我只是以此自況，並不敢受年兄的如此誇讚。」笑了笑，又急忙斂了，咳了一聲，向他道：「年兄此次守城，甚有功勞，來日我必奏明聖上，必有褒獎。」

鄭知府忙彎腰躬身，低聲道：「總是大人指揮若定，並不把小小賊勢放在心上。安居督府如常，城內人心得定，卑職只是恪盡職守，並不敢言立功。」

「無妨，該居功時也不必太過謙抑。」

見他還要遜謝，洪承疇不耐道：「此事不必再說，你只需好生把守宿州，待我移節往南，親赴戰場之際，切不可自亂陣腳，遇敵慌亂！宿州、亳州等地，乃是我大軍糧草調集的後方要地，切切不能有失。我留有大兵和總兵官，再留有虎蹲炮和神機炮，敵人步兵一時半刻不能來援，騎兵沒有火器和攻城器械，甚難攻城，你只需與留守的總兵好生協力辦差，此戰過後，自有你的大功！」

「是是，卑職明白。」

官事交代完畢，洪承疇心計深沉，善於交際，卻又改換面容，讓那知府坐了，溫言勉慰一番，方才端茶送出。

此事處置完畢，他已是疲累不堪，適才沈金戎領著大隊騎兵繞城之時，他雖不怕城池被破，卻很擔心是漢軍大隊攻來的先兆；又擔心騎兵原路退回，回去搬兵，甚或是在宿州附近逗留，擾亂糧道。待得知全數漢軍盡往南去，顯是那將軍判定了自己的打算，是以要突破明軍大陣，前去知會江文瑨的神威衛。

想到此節，他不禁微微冷笑，且不提往南去不遠便是明軍主力的陣地，還有此番被他千辛萬苦帶來的半數的關寧鐵騎，那隊騎兵縱是驍勇，又能如何？況且明軍的攻勢即將發起，縱是此時被那江文瑨知道，他也是回天乏術，只能陷入苦戰之中了。

「蠢才！」

他在心裏默默罵了一句。甚爲自負的他，自然不會在心裏感受到漢軍飛騎的自信和勇力，還有面對友軍即將受到優勢敵軍圍攻時的焦慮。至於他所謂的求援和斷絕糧道，在沈金戎等漢軍將領的眼裏，只需要漢軍提前有了準備，就是眼前有五十萬明軍又能如何？只需憑藉火炮和火槍的優勢擊垮眼前的明軍，哪裡需要什麼戰術陰謀？一時沒有抓到與明朝精兵決戰機會的漢軍將軍們，此時眼見有大仗可打，哪裡又能按捺得住。張偉一向用兵正合，不肯出奇謀，也是這群丘八將軍們遇敵則戰，並不肯仔細思謀的原因所在。

此次漢軍北伐之前，已然是聲聞天下。明朝中央雖不能說是耳聰目明，倒有不少東廠和錦衣衛的

番子僞裝成走私商人，混入南方。雖然收效並不很大，全江南都在議論的事情卻又如何打探不出？

崇禎聞知漢軍即將北伐之際，當真是憂患之極，無可復加；待又聽到張偉稱帝，更是張惶失措，不能自已。

他在歷史上堅決不肯南遷，實則乃是大臣誤他，倒並不是他一心要殉死。在李自成在西安稱帝之際，眼見北方大局糜爛，便有不少言官進言，請求皇帝南下，然而都云請帝南征，實則是避難以全半壁江山。崇禎卻因北宋南遷後喪權辱國，再也無法恢復之事而躊躇難斷，不肯答應。乃下旨問內閣大臣及各部大臣，問及南遷是否該行。誰料眾臣卻也因宋室南渡一事聲名太臭，也不肯爲皇帝擔這個罵名，於是扯皮推諉，都是含含糊糊不肯明言，又將皮球踢回給皇帝。

崇禎無奈，只得將此事擱置不提。後來有言官請太子赴南京主持大局，他便沒好氣道：「朕經營天下十幾年，尚且如此不濟，孩子家又能做什麼？」

再有當年北京曾經歷過數次圍城，清兵都是無功而返。而農民軍戰力甚低，更是不及清兵，他心中有了僥倖想法，覺得事情還不至於敗壞至此。誰料李自成自誓師東向，一路上望風披靡，宣府、大同、懷來、居庸關各要塞重鎮的守將無一不是出城歸降，不用李自成動手便乖乖將城池送上。

總因明朝已然是日薄西山，崇禎帝繼位十七年，處置政務失當，用文官則文官貪汙，用武將則武將畏死；真正的名臣良將，卻又被他自己動手殺戮。待到了李自成建號稱帝，一路上的守將乃至監軍太監無不覺得大勢已去，此時不降，更待何時？至得北京城下，太監曹化淳獻城投降，京師外城迅速丟失，明朝乃亡。

當日崇禎輕視農民軍，心中抱有幻想，此時對漢軍的實力卻知之甚詳，張偉經營臺灣多年，政治軍事無不拿手，漢軍東征西討，原是明軍中最精銳的一部，連勇冠遼東的滿人都在張偉手裏吃了大虧，江南幾十萬明軍，不過數月間就被他蕩平全境，兩年間江南物茂民豐，政治清明。明朝的名臣大將紛紛歸降，卻不像農民軍拉攏個平常的舉人士子都是極難，更別提地方豪強。若是幾十萬漢軍全師揮軍北上，又教他如何抵擋得住？慌亂之下，除了又下罪己詔，許諾「再苦吾民一年」，剿滅叛賊後必定免賦，期望用這種空頭支票安定民心；又下詔赦免農民軍及江南叛軍叛臣的大罪，除了張偉等人之外，「餘者皆不問」。

在施行了這幾個如同癡人說夢般的舉措之後，他心中卻殊無自信。此時南方已失，便是遷都避難也是無處可逃。無奈之下，便下令棄守山海關，命吳三桂率僅餘的關寧兵入關聽命，薊鎮總兵唐通也不必守薊；至於薊鎮、關寧一帶的漢人，聽其自便，健壯男丁悉數入關。至於清兵會如何動作，如同殺紅了眼的賭徒一般，他卻是不管不顧了。

待接到洪承疇、袁崇煥、盧象升、孫傳庭等在陝甘一帶督師與農民軍作戰的各大臣的上書，將他們議定的與漢軍作戰方略研習過後，雖不贊同棄守淮揚，總覺該寸土必爭，死守不退才是正理，卻因這幾人都是他很是信重的能臣，因風雲際會後於一處督師，是以有這聯名上奏之舉。他思來想去，總覺得依著他們的計策，或許還有一線之明，無奈之下，便下旨允准。

除了留下袁崇煥與盧象升領少部分原九邊的明軍和關寧兵繼續鎮守陝西，以防高李二人和張獻忠趁亂來襲，其餘的明朝精兵悉數由洪、孫二人率領，全部由河南入淮北，準備以優勢兵力，擊退漢軍一路，然後會合京營兵和河南、山西、山東的巡撫兵馬，夾擊在淮揚一帶的漢軍，縱不能勝，卻也有了力量死守。漢軍對後勤依賴過大的特點此時已被明朝君臣知曉，只要能拖上半年，漢軍勞師費餉，必然支持不住，到那時或是反攻，或是再行別策，主動權便回到明軍這邊了。

洪承疇自入淮北之後，立時整飭防備，曉諭地方士紳，四處用欽差關防佈置兵力，收攏防線。他也確實很有才幹能力，努力之下也將原本人心惶惶、官員百姓都欲投降的淮北整頓得甚有起色。不但可以確保糧道通暢，還成功的封鎖了與淮揚那邊的消息往來。若不是張瑞等人心中有些擔憂，派了沈金戎帶兵前來，只怕在明軍大股進攻之前，漢軍將無法得知明朝竟有如此魄力，行此決戰之事。

洪承疇又在宿州停了兩日，會集了陸續趕來的邊軍將士，傳檄命各部總兵陸續向南，他自己帶同在陝西與農民軍作戰時的精銳明軍五萬人，以總兵猛如虎為中軍，總兵白廣恩掌火車營，秦翼明等三總兵殿後，拔營起寨，野戰大軍及押糧車連綿十餘里，一同往鳳陽方向移去。

他知道此類戰事很難在短期內結束，總是擔心漢軍斷他糧道，又擔心北方糧草一時接濟不上，或許便壞了大事，是以將糧草次第備於沿途堅城之內，凡有需用，便可以隨時起運，又不必擔心從遠處搬運時被敵人襲擊。

第六章 九邊聯軍

忙碌了近兩個月，他總算在這淮北之地集結了榆林、懷來、大同、居庸等九邊世代軍戶的邊軍強兵，再有陝甘、山西的衛所鎮兵，關寧騎兵大部，共十四總兵，十九萬人，內有騎兵近五萬人，火車營有大小火炮近千門，無論是兵員素質，還是騎兵數量，火炮數量，都是當時明軍所能動員軍隊中最精銳，最強大的力量。

忙碌了近兩個月，他總算在這淮北之地集結了榆林、懷來、大同、居庸等九邊世代軍戶的邊軍強兵，再有陝甘、山西的衛所鎮兵，關寧騎兵大部，共十四總兵，十九萬人，內有騎兵近五萬人，火車營有大小火炮近千門，無論是兵員素質，還是騎兵數量，火炮數量，都是當時明軍所能動員軍隊中最精銳，最強大的力量。

因戰事急迫，洪承疇並沒有進京陛辭，只是在臨行之際，接到崇禎硃諭，諭令他一定不可以拖延

時日，相機決斷，聯合由江北一帶撤退的明軍速戰速決，切不可畏敵懼戰，只需將帥用命，士卒效力，以數倍於漢軍的精銳明軍，又有何懼？

接諭之後，洪承疇立時修書上奏，表示不管如何，一定會盡心竭力，報效君恩，縱戰死而不悔。他又知道明軍雖多，戰力比之漢軍實在太差。就是火炮，他屬下的近二十萬大軍也有千多門火炮。不過都是些虎蹲炮、神機炮，這些都是些碗口粗口徑的小炮，打出的炮彈不過是些加大的火槍鐵丸，十門火炮只怕也抵不過漢軍一門。是以心中忐忑不安，不但沒有必勝的把握，反而時時覺得此戰很是危險，委實是沒有信心。

待他到了河南商丘駐節之時，漢軍已然開始誓師北進，與他預料的不同，漢軍並沒有一意強攻快進，由山東入河南，而是在發現明軍頻頻後撤，不敢交戰之後，反而越發穩妥，並不肯分兵冒進。

局勢這般發展，使他原本打算在河南與猛攻而來的漢軍交戰的打算全盤落空。他自然不知道這是張偉的交代，漢軍之所以不肯趁勝猛追，倒不是顧忌明軍如何，實則是隨時防範著清兵入關罷了。洪承疇不知就裡，卻在漢軍進兵的路線中發覺淮北的江文瑨一路離南京、鎮江等屯兵之地較遠，不似在淮揚一帶的漢軍，身後隨時可由駐屯在江南的漢軍支援。發覺這個良機之後，他當機立斷，立命孫傳庭先行往鳳陽督戰，他自己先赴宿州等處收攏人心、整飭軍務。待一切就緒，原本擔心淮揚一帶的漢軍主力往攻淮北，與江文瑨一部互相策應，卻發覺對方仍只是在原處不動，只是往北擴張，並沒有往西面來。

大喜過望的洪承疇自然不肯放過這個良機，在他看來，漢軍戰力再強，也無法抵擋四倍於它的明軍攻擊，再加上鳳陽乃是明朝中都，自從前幾年被流賊攻破之後，又重新耗費了大量的人力物力重新修築，以堅城利炮精兵強兵鎮守，城內糧草充足，足可支持一年以上。漢軍攻城不下，城內外的明軍裏應外合，打城下漢軍一個措手不及，則大局可定矣。

他與丁啓睿等督師前線的文官統帥不同，自恃身體健壯，並不喜歡在平日行軍的時候坐轎或是坐車，而是在他的中軍標營和親隨家丁的護衛下騎馬而行。明朝凡是文官出爲督師，都會在家鄉宗族裏選取健壯族人以爲親兵，這些人一則是親戚鄉人，二來用銀子餵飽了的，戰時賣命向前，逃時決不會拋棄主帥先逃，是將帥們用來保命之用，最是信重不過。

這一日不過行了五六十里地，全軍上下卻已甚覺疲累。就是洪承疇本人成日騎在馬上，也很覺乏累，只是軍務繁蕪，卻很難歇息下來。他屬下的親隨們還在爲他搭建大帳，他便在原處坐定，命人擺下了文案處斷軍務。不過一會兒，天色就暗將下來，親兵們點起火把站在他身後爲他照亮。待帳篷搭好，中軍的伙伕頭目前來請示，問他是否要現在就用飯。

他沉吟片刻，用威嚴低沉的嗓音喚道：「來人！」

他的親兵頭目知道喚的是自己，立時跑過來跪下，恭聲道：「督師有何吩咐，小人立刻去辦。」

「去喚猛如虎過來。」

「是！」

那親兵頭目站起身來，很是小心地倒退著身體退下。然後立刻叫了幾名小兵，分頭去前面的大軍

陣中去尋延綏總兵猛如虎。

待那猛如虎依命趕來，洪承疇已然用過晚飯，在帳內繼續批示公務。猛如虎在外帳大聲報了職名，又在外面靜候了一炷香的工夫，方聽到裏面咳了幾聲，聽到洪承疇命道：「請猛總兵進來。」

雖然等了許久，猛如虎卻並不敢有何抱怨。待聽到喚他進去，立刻站起身來，入帳之後向洪承疇跪下行禮參拜，待喚他起來才恭恭敬敬的站在一旁。洪承疇的馭下之道乃是對文官較爲客氣，對武將就很嚴苛，稍有過錯就遭訓斥。甚至丟官罷職還是小事，他初任三邊總督之時，就曾經用尚方劍處死過三鼓不到的參將。所以這些武夫對他很是畏懼，並不敢稍有怠慢。

洪承疇看他很是恭謹的站在帳內，垂著手等著自己吩咐，心裏很是滿意，卻不敢稍加姑縱，只沉著臉道：「兩日後便與先期到鳳陽的大部會合，此番會戰，各部大多來自九邊，只有爾等是由各省抽調而來。」

見猛如虎要說話，他呆著臉道：「不是說爾等不如邊兵精銳，畢竟皆是隨我征戰多年的宿將，奮勇效力多年，我很是信得過。」

「末將遇督師知遇之恩，此番與賊合戰，如虎必定督促部下拚死向前，以報聖上與督師大恩！」

「甚好。本督要的便是你這句話！此外，必要與其餘的各總兵和衷共濟，都是爲了國家效力，切不要抱定與人搶功，保存實力的念頭！」

「是，末將不敢如此。都是朝廷兵馬，哪一路受損都是朝廷的損失。末將的兵也是朝廷供養，並不敢有保存實力、擁兵自重的念頭。」

「若有，我也決計不能饒你。尚方寶劍，正是爲你而設！」

「是！末將決計不敢！」

「如此，你的功勞我也會如實上奏，封侯之賞，亦有可能得之！」

到了此時，洪承疇方才滿意。因爲部下良莠不齊，有邊兵，有衛所鎮兵，雖然都號稱是各省精銳，其實其中很有些兵將並不能戰。而殺良冒功，四處劫掠卻很是拿手。到了戰陣之上，遇強敵則畏首畏尾，情形稍有不利就搶先而逃。這都是明軍的宿疾，洪承疇能力再強也是無法。然則此番作戰實在關係太大，不但是他本人的生死榮辱關係所在，甚至是明朝存亡的關鍵，所以這幾日，他每天都召見各總兵副將，諭令一定要保有軍紀，甚至又處置了幾個桀驁不馴的大將，以做敲山震虎之用。

至於孫傳庭那邊他很是放心。孫傳庭之部多半是邊軍，多年在一起配合作戰慣了，戰力紀律都強過各省班軍，再有孫傳庭爲人自負，剛毅果決，也很有能力手腕，在他治下，想必各總兵副將都不敢有何異動，只需他兩人竭誠合作，把這群老粗鎮住，讓他們拚死效力，督促著部下死戰，此番戰事就很有可能得勝。

將猛如虎訓斥告誡一番之後，洪承疇本欲令他退出，突地想起一事，叫住退往外帳的猛如虎道：

「昨日那股漢軍騎兵該當已與我師接觸，其部是敗退散走，還是突破往南，此時孫督師並沒有派人來報，或許他們還在相機而動。你派出一名副將，領著幾千騎兵前去尋找，若是他們還沒有與我師接戰，就知會孫督師務加小心防備，不能讓他們尋得空隙逃竄……去吧！」

猛如虎被他一番揉搓，當真是又驚又懼。洪承疇的什麼「封侯之賞」，他是想也不曾想過。明朝到了這個地步，國勢已經衰微到轉瞬即亡的地步，別說不容易得到封爵，就是此時封賞予他，又有何用？高迎祥李自成等人流竄寧夏、張獻忠占據川東，據說朝廷此次能調走大兵，還是張獻忠上言朝廷，願意領有川東之地以爲屏藩，不再和朝廷作對之故。局勢紛亂如此，猛如虎之流雖然只是區區地方總兵，卻也驚覺明朝暮氣已重，再難挽回。只是當一天和尚撞一天木鐘，待局勢明朗之際，他自然也有自處之道。此時雖尚方寶劍懸在頭頂，這自損實力的事情他卻是萬萬不能幹的。有兵在手，便是要處置他也要先想想後果。若是自己手下的心腹將士都盡數戰死了，到時候他便是無罪，只怕也是個替罪羔羊了。

想到此處，不禁微微冷笑。想向著督師大帳處啐上一口，卻仍是不敢，只招手叫來自己的親兵，吩咐道：「你到那個河南副將陳永福處，傳我的軍令，就叫督師吩咐，讓中軍派出騎兵前去搜尋昨日的那股賊騎，若是搜尋不得，就去知會孫大人。今夜月色尚好，道路可見，要他此刻就挑選人馬，即刻動身！」

見那親兵拿著自己的令符騎馬去了，猛如虎暗地裏一笑。想到那陳永福一臉的桀驁不馴，並不把他這個總兵管看在眼裏。他此次從河南帶來的兵馬中有兩千多騎兵，很是精銳，猛如虎也不敢爲難於他。此時正好借著督師鈞令，一則讓這陳永福去吃吃苦頭，二來若是他打上敗仗，卻正好能借機收拾他。

他洋洋得意回到自己的軍帳之內，召來幾個眉清目秀的親兵小廝一起飲酒作樂，待酒意上來，便挑了兩個工夫上佳的擁入後帳出火去也。明軍軍中決計不允准帶有婦女，各級將帥只好在男色上下工夫，這也是當時的特色，這猛如虎自然也不能免俗。

待那傳令親兵趕到之時，陳永福所部將士此時已多半在帳篷裏酣然入睡。連日趕路，各人都是辛苦異常，又面臨大戰，體力不支者最易戰死。這些人都隨著陳永福征戰有年，哪會不知道這個道理。是以一吃罷晚飯，各人也不多事，均老老實實鑽進帳內歇息。那令兵一到，就揚著頭將自己大帥的命令傳將下去，也不顧陳永福等人臉色鐵青，立時翻身上馬，回營尋樂子去了。

「操他娘的！這猛如虎真不是東西！」

「這不是明擺著爲難咱們麼！將軍，咱們不理，去尋督師大人辯說！」

見那親兵在黑暗中去得遠了，陳永福還兀自呆立原處低頭不語。他屬下的各參將、千戶、都司等各級軍官便嚷將起來，一個個氣得渾身發抖，只欲去找洪承疇理論。

陳永福十五歲便投身行伍，先在昌平當兵，做到都司後回河南老家，這兩年一直隨著各個督師四處作戰，此時已經做到副將的高位。他性格卻不似一般的軍人那麼直爽，遇事很少激動，無論是什麼情況都很能隱忍。

「總兵大人已然說明，此令乃是督師親自下的令。雖然督師並沒有指定哪一部前去，不過想必也是由他安排。你們前去吵鬧，不正好給他整治我們的機會？」

見各人都被他說得不再言語，陳永福嘆一口氣，向各人道：「都是爲朝廷效力，何分彼此！挑選

兩千精騎，我親自帶隊！」

他手下的心腹將官們自然不依，亂紛紛上前勸說，勸他不必以身涉險。卻聽他慨然道：「人家五千人不到，便敢衝前我師十餘萬人的大陣，我們後有洪督師的大隊人馬，前面是鳳陽大陣，難道咱們堂堂王師，就沒有人及得上賊兵的勇武麼？我陳某不才，卻期盼著與他們激戰一場，倒看看誰是真正的英雄豪傑！」

說罷，立時命人挑選健壯勇武兵士隨他同去。他的部下軍紀甚好，雖然在睡夢中被驚醒，卻都不敢有什麼怨言。一個個披上甲冑，翻身上馬，跟隨著陳永福先小步馳出營地，然後便在月光下順著大道慢慢加快馬速，往南方奔馳而去。

陳永福率著疲憊不堪的部下直往南狂奔了一夜，待第二天天色微明，已到了新集地界，距鳳陽城不過百餘里路程。這新集鎮上已駐有千多明軍，由一個千戶官領著，看守軍械物品及巡靖地方。因此地並無甚緊要，只不過預備將來退兵時以爲緩衝，是以這一隊明軍只是由原本鳳陽城內的守兵調撥而來，不但戰力很弱，軍紀也是很差。

這兩千多騎士雖然疲累，騎術精良者卻盡可以趴伏在馬背上歇息養神，然而戰馬奔馳了一夜，卻急需稍息回力，飲水餵料。

甫一進鎮，便見到一眾明軍守卒或是歪斜帽子，敞著大褂曬太陽捉蝨子；或是與鎮上閒人磨牙閒逛；或是蹲在地上下棋玩牌，散漫凌亂不成體統。

陳永福也是從下層低級武官做起，倒也不覺其怪。只皺著眉頭向身邊的親兵令道：「快去尋他們的長官來！」

他的部下卻不似他這般好說話，那親兵頭目帶著十餘名手下，於鎮口外狂飆直入，將那些個懶散明軍驚得一路跳起，稍有躲閃不及的，不免要挨上一蹄，直疼得齜牙咧嘴，喝罵不止。待到了鎮口明軍把守之地，那一眾兵丁哪裡還敢上前阻擋，一個個溜之大吉，躲到一邊。

待那千戶官被眾親兵帶回，這鎮上已是雞飛狗跳，人聲喧鬧。各人只道是漢軍攻了過來，那手腳快的已然收拾停當，準備帶著家小躲到鎮外山上。

陳永福雖見這新集鎮上混亂如此，並不理會，向那衣衫不整的千戶官問道：「你在這鎮上多久了？」

這千戶官昨兒與鎮上富戶、無賴們賭了一夜，因手風甚好不捨離場，贏了百多兩銀子後已是日上三竿，各人都烏眼雞似的再難支撐，這才散了場歇息。他正睡得香甜，卻被這夥強盜似的明軍拖將出來，心中當真是憤恨之極。卻因問話的是一位身著副將戎裝的將軍，他不敢不答，只黑著臉打了一躬，答道：「回將爺，小的在此地駐守半個多月了。」

「日前可有敵軍來襲？」

「沒有！」

「可有敵軍路過？」

「也沒有！」

陳永福見他一臉不耐，略點點頭道：「你成日裏還不知道在哪裡鑽沙，只怕是不等人家的馬蹄踏到你肚皮上，你也不能知道。」

「回將爺，小的不歸您管，這事也輪不著您來教訓。小的若是辦差不力，自有上官來責罰。這位將爺若有緊急公務，只管辦去，不要在小的頭上作威作福。」

他被陳永福說穿，也不理會，將大帽戴上，轉身便走。只行了兩步，卻被陳永福的親兵攔住，不放他走。

陳永福冷笑一聲，將手裏的馬鞭向他一指，沉聲道：「你若是我的屬下，立刻叫人砍了你的腦袋！」

也不和他多說，只向自己身邊的下屬令道：「不進鎮，全軍就在鎮外歇息一個時辰，派些人去鎮內尋草料餵馬！」

他心裏著實煩憂，這新集地處戰略要道，卻因沒有屯積軍糧便如此漫不經心。派駐的軍隊如此，鳳陽方面的明軍戰力如何也不問可知。這一戰還沒有打，失敗的陰影已籠罩在他心頭。他與農民軍作戰雖然從未敗過，當年在昌平附近做軍官時，連接與入侵的八旗軍交過幾次手，每次都是甫一接觸明軍便是全師潰敗，哪怕是一萬人對一千，也是稍一交手便大敗虧輸，總是因軍紀太差，將軍畏戰，軍士惜命之故。此番要對陣的漢軍戰力和威名都不在八旗之下，這些全無軍紀，又沒有戰意的明軍士卒是否望風而逃，當真是不問可知。

深沉的嘆一口氣，只好安慰自己道：「孫督師與洪督師都是朝廷最有本事的能人，他們治軍很嚴，屬下也都肯拿命死戰，也許未必就如我想的那樣。」

卻又想道：「只是那幾千漢軍騎兵飛上天去不成？這新集是至鳳陽的必經之所，難道他們不走捷徑，卻要繞道而行？」

他在新集鎮外百思而不得其解，卻不知道沈金戎其實早已於新集鎮外悄然而過，只是小股小股的半夜路過，人馬含枚，不准出半點聲息。是以新集鎮裏鎮外竟然並不知曉。

漢軍飛騎在鳳陽城北連綿二十餘里的明軍大陣附近已轉悠了一天，卻是尋不到明顯的防守空隙。沈金戎眼看時日耽擱，唯恐明軍即將趁著江文瑨不備發動猛攻，心中又急又恨，卻因明軍人數委實太多，各處營寨排列的井然有序，犄角相連。他雖然多方設法，卻總是不能找到薄弱之處突破。

「這明軍統帥，倒也真是了得！」

昨夜派出哨探的部卒又是空手而回，他又不能多派人手，唯恐被明軍發覺。

「罷了，吩咐下去，各部吃點冷食，不准走動，好生休息。待今夜子時，咱們衝他媽的！」

「是！」

他的一眾屬下立時齊聲暴諾，並不遲疑。飛騎乃是漢軍精銳之師，這些軍官都是百戰之餘，刀山

血海裏廝殺出來方有今日。各人在這荒郊野地裏躲了這兩天，均覺難忍之極。終日不能走動，蚊蟲叮咬再有鬼火燐燐，當真是憋得一肚皮的鳥氣。是以沈金戎一聲令下，不但無人覺得他瘋狂亂命，反倒都覺得合理之極。

由早到晚，這一支漢軍騎兵養精蓄銳，蓄養體力。待到了半夜子時，全部上馬，前往由僞裝成百姓的探子查出的距鳳陽對面漢軍營地最近之處，先由前隊下馬，將明軍營寨前的木柵拔去。

此時前方再無阻攔，不遠處的明軍刁斗燈火通明，營內隱約傳來巡邏明軍的腳步聲息。

沈金戎將佩刀一抽，又將掛在馬腹的圓盾在左胳膊上繫牢，待全數屬下均是如此料理完畢，方將手中馬刀一揮，當先一騎先衝向敵營，口中大喝道：「狹路相逢勇者勝！殺！」

四千多飛騎同時隨著他大喝一聲，爾後緊隨其後，一齊往明軍營內衝將過去。近半飛騎將士不管其他，只顧跟著主將直往前衝，凡有驚覺奔出的明軍士兵均瞬息間成了他們的刀下之鬼。其餘飛騎將士點燃早已準備好的火把，四處飛奔飛拋。不過一炷香的工夫，明軍大營內已是亂成一片，幾萬明軍正是酣睡之際，誰也料不到身後突然有大股敵軍來襲，一時間兵士四處逃散，將官們喝止不住，自己也慌了手腳，一個個只能收攏著身邊的親兵護衛，先圖自保。待各處火勢大起，再也沒有人奮力抵抗，均是拚命往外逃竄，不敢在這火場內稍加逗留。

孫傳庭此時並不在鳳陽城內，而是在城外軍營中處置軍務。他已知道洪承疇即將到來，眼見大戰即起，各種軍務更加繁多，盡數壓在他的肩頭。這會兒雖然大半的將士都早已入睡，他卻仍然在軍帳內批覆公文，因燭光暗淡很是傷眼，正欲放下毛筆歇息，猛然間驚覺帳外隱約傳來火光亮影，又聽聞到喊殺之聲。

他不顧身分地位，立時從座椅中猛跳起來，只穿著中衣倉惶奔到大帳之外，向聞聲趕來的中軍官問道：「怎麼回事？」

那中軍官原本俊俏的臉上也滿是驚惶之色，顧不上向他行禮，慌忙答道：「稟大帥，是總兵王樸大人的大營突遭敵襲，王大人抵敵不住，已經被敵人打敗，往趙率教總兵的大營方向逃去了。」

孫傳庭知道深夜突然被襲很難抵擋，害怕是敵人大股來襲，因王樸一部潰敗而全師皆潰，頓足罵道：「無用之徒！竟致如此大敗，若是壞了我的大事，我必取他性命！」

見那中軍也是一臉惶然害怕神色，孫傳庭很是不滿，向他怒道：「取我的尚方劍，去趙率教營中，命他立刻整頓人馬，迎擊敵人，命王樸立刻回營收拾本部兵馬抵敵，若是不從，立斬！」

那中軍知道他馭下極嚴，手段狠辣，動輒殺人立威，忙不迭應了，帶了百餘親軍，拿了孫傳庭的尚方劍往趙率教營中去了。

孫傳庭見他不敢怠慢，立刻過去傳令，這才稍覺放心。又站在原處往王樸營中打量，只見火光雖盛，範圍卻並不廣，喊殺聲也並不很大，他又問清了敵襲來處，這才知道並不是鳳陽方向的敵人來進攻。

他神色嚴峻，命趕來的總兵和副將們在原處候命，自己只是納悶：「這一股敵人是從哪裡過來？

難道事機洩露，淮揚一帶的敵人攻過來了麼？若是這樣，只怕是大事不妙！」

這一夜所有的明軍上下都不得睡。那王樸得了命令，當真是害怕之極，立刻引領了幾千本部兵往回廝殺，待他趕將回去，漢軍早已突破阻擋，去得遠了。他指揮著兵士救火，又知會趙率教快些率騎兵追趕敵騎。待第二天天明，點檢死傷，只發現些戰馬的屍體。

漢軍來回衝殺，別說是傷兵，就連戰死者的屍身也全數帶走。王樸原想稟報上去殺敵若干的如意算盤，也立時落空。無奈之下，只得先安撫士卒，命屬下副將參將們領著兵士重立營盤。自己也顧不上洗漱打扮，故意仍是灰頭土臉的往孫傳庭營中趕去。

待他趕到孫的大營，趙率教卻早已帶著追擊的關寧兵返回，正在向孫傳庭稟報。王樸不敢作聲，只悄悄的站在武將們的班末，等著孫傳庭發落。

偷眼打量，見孫傳庭的神情並不如何難看，只聽得他說道：「趙將軍辛苦，如此，便請回營歇息。」

趙率教原本只聽袁崇煥的調遣，只是遼東根基已失，此番朝廷嚴令，卻是不得不來，只帶了半數的騎兵隨同而來。孫傳庭因他並不是嫡系，實力卻強橫於諸軍之上，對他也很是客氣，並不如同對其他武將那麼霸道。

此時大帳內外的各級武將都是心中害怕，不知道這孫督師會如何發作。孫傳庭馭下甚嚴，爲人威嚴果決，很是手辣。此次大營被襲，幾千敵騎來回衝擊，如入無人之境。趙率教追趕不及，只得眼睜睜看著那些騎兵繞過鳳陽城池，直入對面的漢軍大營之內。他若再近得幾步，只怕漢軍的火炮便立時轟將過來，是以也只能無功而返。

各人知道大帥此時必定怒極，沒準就會拿誰發作。至於大營被衝破的王樸，卻必定是首當其衝。眾將看他面無人氣，灰頭土臉的站在班末，心中都是同情之極，均想：「此人只怕性命難保。」

孫傳庭待趙率教施禮而退，方又重新坐下，向著眾將訓斥道：「本撫院自都兵以來，從未有過大營被敵兵衝破一事。昨夜敵騎不過數千，入我十數萬人大營之內卻如入無人之境。諸將，爾等可知羞愧乎？」

見眾將都面露難堪，不能回答自己的問話，他仍是不依不饒，又道：「若不是念在大戰在即，正是用人之際。本撫院必定會請出尙方寶劍，斬殺無能之將！」

說到此處，他厲聲喝道：「王樸安在？」

王樸正心懷鬼胎，忐忑不安，被他厲聲一喝，幾欲把苦膽嚇破。忙出班跪下，向孫傳庭道：「督師大人，末將有罪，請念在跟隨多年，鞍前馬後……」

孫傳庭斷喝道：「不必多說！來人！」

他的帳下親兵料想他要殺人，早便備好繩索備用，聽他吩咐立時進來，將王樸按倒，捆了個結實。

卻聽得孫傳庭喝道：「帶下去，責打二十軍棍！若再敢因忽懈怠，臨陣脫逃畏敵如虎，我定斬你

不饒！」

那王樸當真是意外之極，原以爲必會被帶出去殺頭，卻不料只是責打二十軍棍，一時間人頭得保，當真是喜從天降。忙跪頭認罪，口中念念有辭，感謝督師饒命的大恩。

孫傳庭也不管他如何，只向著帳內被他震懾得畏畏縮縮的武將們令道：「事機已洩，隱藏無益。況且洪部院即將到來，命我軍前移，至鳳陽城下連營。待他一到，便向賊兵進擊！」

被漢軍突破營防之後，孫傳庭很是緊張了幾天，一連數日調兵遣將，將戰線南移十餘里，已是與攻城的漢軍公然對陣。

洪承疇已於半路便得知此事，他因知道漢軍騎兵過境，倒也並不如孫傳庭想像中的那般震怒。兩人合兵之後，孫傳庭雖不擔心洪承疇申飭，卻也因大營被人襲破一事頗覺丟臉。他生性極是好強，因此事便不大敢去見座師。直待洪承疇安頓下來，傳檄諸將入見。大戰即起，孫傳庭無奈之下，只得扭捏著帶著一眾幕僚親隨，前往洪承疇的大營拜見。

他雖然性格有些狷狂，又很自負，並不是很把洪承疇這個名聞天下、威震朝野的尙書總督，太保督師放在眼裏。只是洪承疇性子陰柔，很能退讓於他，官位遠在他之上不提，況且又還是他的老師，所以無論如何也要給其相應的尊重。兩人都是文官二品，便在洪承疇的軍帳裏平磕了頭，然後又以見師禮參拜，洪承疇自然不肯受他的禮，兩人揖讓一番之後，方才在帳內坐定。

「百雅兄，我兄不必爲漢軍突營的事苦惱。事出突然，蝨賊又純是騎兵，原本就難以防備。況我師將帥疲玩廢事，若不是我兄臨危不亂，指揮若定，實乃國之干城，令學生敬佩。」

孫傳庭初聞他提起當日之事，很覺得有些難堪，心中正在不樂，卻聽到他的讚譽美言，不但將他立營不當、防守不嚴以致縱騎衝營逃逸的事輕輕揭過，又將他好生誇讚一番，好像當日若不是他，明軍勢必全師潰敗，一敗而致不可收拾。

他雖知道洪承疇言過其實，不過是在哄騙於他，卻仍是欣喜不已，只板著一張國字臉，向洪承疇道：

「老師所言極是！諸總兵副將陋習難改，雖臨大戰而疲玩依舊，門生氣得不成，幾次三番想請大令懲戒。總因大戰在即，不能動搖軍心，待此戰過後，若還有不以國事爲重，欲私其兵以自肥者，門生總要殺上幾個，這才教他們知道朝廷法度！」

他惡狠狠地說完，見洪承疇微笑點頭，以示贊同，於是便扭轉頭去，用目光掃視著大帳內外的十餘名總兵官，還有副將參將等眾武官，見他們一個個低下頭去，不敢與自己對視，心中滿意，便又回轉過頭來，向洪承疇道：「請制軍大人訓話！」

由自稱門生到稱洪承疇爲制軍大人，這便是說私誼敘完，開始正式的說軍務。洪承疇也不客氣，向與會的各文武官員道：

「本部院自持節總督軍務以來，無時每刻不思我聖上信重之深恩厚德。我大明立國已逾三百年，歷代聖天子垂拱而治，恩澤遍及草野，山川雨露皆受聖恩；今上宵旰圖治，仁德愛民，並非是庸碌無爲之君；是以雖東虜造亂於遼東、陝甘四川流賊為患、逆賊張偉造亂於江南，然則我朝根基深厚，這些逆亂之賊現下看起來氣焰滔天，實則我天兵一至，奮力一擊，無不望風而逃，無有不克者！本部院自領軍日起，從無敗跡，這便是我朝深恩遍及民間，人心思治，並不欲從亂的緣故。」

他試圖為這些武將打氣，是以不肯把實情說出，而是在此大言炎炎，將亡國之象已露的明朝說得仿似眼看就要中興，而滿清和張偉的新漢就如同跳梁小丑，不足以為他明朝大軍的對手一般。其實他督師作戰這麼些年，倒確實沒有打過什麼敗仗，只是大多是與戰力極弱的農民軍作戰，根本沒有與關外的滿人和漢軍交過手。在場的諸總兵反有多半是和清兵交戰過，當真是每戰必潰，從無勝績。至於說起崇禎仁德愛民，各將更是詫異之極。各處天災不斷，人民流離失所，皇帝不但從無賑濟，反變本加厲，將萬曆年間的各樣加派又翻了幾倍，賦稅之重，直如斷線風箏一般直搖上天。各將若不是撈些兵血，吃些空額，只怕連當褲子也繳納不起皇糧，如此重壓之下，各地造反起義不斷，情形如此，明朝已是日薄西山，沒有幾天的國運了，這洪承疇身為部院大臣卻如此睜眼說瞎話，當真是教人覺得可笑之極。

見幾個不老成的總兵大將面露怪異之色，洪承疇也知道自己的話很難服眾，便咳了兩聲，又道：「自然，國家積弱已久，非一兩日便可扭轉。東虜騎射盔甲都精於我師，南賊火炮火槍又強於我師，爾等與之交戰多有不利，是以有了畏敵懼戰的心思。」

說到此處，他聲調轉高，厲聲道：「縱是如此，此番朝廷花費鉅資調集了北方數省及九邊大軍近二十萬，號稱四十萬大軍討賊。對面的賊軍不過五萬，我天兵是其四倍，還有鳳陽堅城可恃，進可以為支援，退可以爲盾牌，此戰如若不勝，諸君又有何面目再見聖上，又有何面目對家鄉父老？」

他這一番訓話很是嚴厲，與他以前總是以私交和勸慰來鼓勵手下將軍奮力作戰不同。因爲不但是京師裏有交好的大老寫信，道是諸科給事中對他拖延時日，不肯立刻與敵決戰不滿，就是皇帝本人也很有疑慮。朝廷國力衰弱，此次調集了如此多的軍隊，餉銀糧草都是拚命擠將出來，耽擱一天，便是一天的饑荒，所以就是有心容忍，只怕他再不肯決戰，皇帝也不能容他了。他手底下的十幾萬兵還有餉銀可得，那山東附近的幾個總兵官早就不能得餉，上諭命各總兵就地自籌，其實就是命他們就地搶掠。國勢如此，他便是有千條計策，也統歸於一個字：戰。

「若有避敵畏戰者，斬！不聽號令者，斬！貪功冒進者，斬……」

由中軍官背誦洪承疇與孫傳庭商議好的十八犯斬軍令，洪承疇又將各總兵軍一個個叫上前，交代軍務命令，叮囑慰勉他們一定要好生出力作戰。待各總兵官將權杖軍令領下，又都大表決心，表示此次作戰決不逃跑，也不會保存實力，各人都會督促部下出力死戰。

孫傳庭一直端坐於洪承疇之旁，耳中聽得真切。待最後一名總兵也行禮退下，他便微笑著向洪承疇道：「老師馭下有方，調配得當。門生看各武官都很肯賣力，此次作戰一定能夠得勝，門生很是敬佩。」

「不敢。決戰之時，還仰賴百雅兄居前就近指揮，學生於後押陣，此戰縱是得勝，我兄也是功在學生之上。」

第七章　鳳陽對峙

待近二十萬明軍主力次第逼將上來，漢軍防線開始緩慢後撤，並不與明軍大規模的交戰，而是借助猛烈的火力延遲明軍進逼的腳步。明軍也因為漢軍火力太猛，而且以守勢相峙，所以也並不敢就此猛攻，只是慢慢以半圓的陣形圍將上來，試圖將整個神威衛全然包圍起來。

孫傳庭與一般的明朝士大夫不同，自從帶兵之後，就每日習武不輟，是以他雖是文進士出身的文臣，倒也有一身的好武藝。在川陝剿賊時，他就經常帶著巡撫標營親自上陣，每每親手斬殺敵軍，勇武之名就是崇禎都曾聞知，是與盧象升齊名的文臣中的勇將。

此時聽洪承疇恭維，他也不客氣，只是點頭道：「來日戰事一起，門生必定束甲往前，督促各將拚命死戰。老師只管在後押陣，靜候佳音！」

說罷，起身告辭。因決戰在即，洪承疇知道他也有很多軍務要安排，要與自己的心腹將士再行訓話，所以也並不留他，只是親自起身相送，一直送到轅門處，方才轉身返回。

此次軍議上午便開始，到孫傳庭與各將都全部辭去，已經是夕陽西下，暮色漸漸上來。洪承疇靜立於大營之內，在高處向著各處眺望。

他這營盤原本就是立在這連營的最高之處，此時他極目遠眺，十幾里的連營依稀全數可盡。幾十萬的明軍士卒在軍營內往來奔走，忙忙碌碌。他略一點頭，知道是各將官依次回營後開始準備來朝與漢軍決戰之事，心裏很是滿意，不免臉上露出笑容。只是稍站片刻之後，他又不知道想到什麼，笑容立時斂去，只呆著臉看向遠方，並不肯挪動半步。

他身後的中軍官並不知道大帥的心思，隨著他望了一氣，只見各營裏炊煙升起，顯然是各處都在埋鍋造飯，便向他小心翼翼道：「大帥，請入帳內歇息，一會兒晚膳便備好了。」

「下去！」

這中軍被他一喝，急忙退後，雙手垂下侍立在旁，不敢再多說一句。其餘親隨侍衛見大帥不樂，各人忙都提著小心，眼看就要與敵人決戰，若是激怒了大帥，自己的腦袋豈不就是祭旗的上好人選？

他身後的幕僚都是極親信之人，此時也多是摸不清頭腦，不知道這位制軍大人站在這風地裏呆望些什麼。眼見太陽漸漸落將下去，天色越發黑暗，各人忙了整日，腹中空空如也，此處地勢高曠，無可遮擋，又是深秋天氣，漸漸涼將上來，風撲撲打在身上，更是越發地難受。

有一楊姓幕客忍無可忍，提著小心走上前去，向洪承疇道：「大人，未知所思何事？若是有苦惱

之處，不妨明言，讓大家相幫參詳，以助大人思慮不及。」

洪承疇回頭看他一眼，見是一向以知名急智而被自己欣賞的楊廷，便點一點頭，向他道：「學生適才在想，敵人雖只是五萬多人，只是現下已有準備，若是避而不戰，只憑著利炮深溝堅守不出，我師人數雖眾，卻並不能上下一心奮力死戰。若是某部吃不住死傷而先潰退，只怕……」

這楊幕客年輕氣盛，是以極是敢言，皺眉道：「大人雖不明言，卻只是不忍言耳。現下的調派都是以敵兵應戰而行，若是果真敵人堅守不出，只是固守待援，那只怕我近二十萬大軍急不可下，甚或師老而喪氣……」

大戰在即，古人作戰最講吉利，不可臨陣而說一些不吉利的話，是以這兩人都不肯將話說實，略點一點便停住話頭。他們身邊的這些幕客有些是用來以詩酒愉悅大帥，又有些是相幫著寫奏摺文書，他們不通軍務，倒也罷了；其餘多半都是洪承疇請來襄助軍務的幕客，誰不知道這兩人話中之意？明軍調集之初甚是隱密，屯兵在鳳陽城後數十里，其間戰線封鎖，是以漢軍並不知曉對面明軍數量越來越多。況且漢軍也是由淮南慢慢攻將過來，並不是很急切的行軍，因此初時洪承疇的戰略方針施行的很是順利，並無什麼讓他很擔心的事發生。待沈金戎的幾千騎兵揣營而過，眾人心裏已是覺得不妙，待此時這兩人議論出來，各幕客面面相覷，都覺得臨陣之際，大帥卻殊無信心，這當真是不妙之極。

「大帥，縱是他們請兵，由南京調兵過來也需些時日。那對面的賊兵野戰營中能有幾多糧草？只要咱們將他們圍實了，並不急於猛攻。斷了他們糧道，慢慢消耗他們的士氣。待賊兵糧盡，到時候便可一鼓而下！」

「正是。糧道一斷，賊人的糧草最多不過支十日之用。由南京溯江而上，至芫湖，由芫湖再由陸上進兵，這需得多少時日？」

聽到此處，洪承疇不禁點頭微笑，覺得很是有理。他這番作態一出，各知兵的幕客都紛紛上前捧場，道：「正是！只怕賊人派往南京請兵的使者剛派出一兩天，才行得多少路程？只怕連廬州都不曾到！待南京知道消息，總得調動部隊，準備兵船器械，等他們趕到此處，只怕這鳳陽城下的幾萬賊兵已然全數束手被擒！」

洪承疇終於點頭道：「諸位老先生說得都很有道理，咱們就如此辦理！」

見各個幕客都向他微笑，表現出勝利在握的喜氣。洪承疇更覺得歡喜，又向他們道：「縱是如此，也不能由著他們順順當當派兵過來。待圍定了眼前的敵兵，咱們還要派出一支偏師，往廬州四處游擊。敵人後方鎮守廂軍有不少是我大明江南駐軍降軍，只怕有不少立時反水的，也未可知。」

當下計較已定，洪承疇心中大石落地，也覺得此處甚是難捱，於是不免移動腳步，往自己大帳方向緩步而行。眾幕客自然也是湊趣，紛紛在洪承疇耳邊盛讚大帥英明，用兵有若神助，一思一想無不上應天心，下合兵法，當真是天上的武曲星下凡，凡人如何能夠抵擋？

各人談談說說，哄得洪承疇眉開眼笑，心中得意之極。他與農民軍作戰多年，也確實很有才幹能力，所以無往而不勝。此時南來，手底下猛將如雲，謀士如雨，近二十萬大軍枕戈以待，只等他一聲令

下，便要上陣搏殺。思想起來，當真是令人蕩氣迴腸，激動不已。

他被眾人簇擁著回到自己的軍帳之前，自有親兵上前掀開帳幕，請他入內。帶同諸幕客入內之後，已有親兵將酒菜準備妥當。軍中雖然禁酒，卻也管不到他的頭上。

痛飲一杯之後，他又命身邊善做律詩的幕客們在斗方上做詩，以詩紀事。他每有大戰，便是如此作風。這些詩文，一來是要在朝野間傳誦，讓人稱讚他洪享九的功勞；二來是等將來息隱歸農之後，閒暇無事時把摩觀賞，甚至刻成詩集傳於後世，也是妙事一樁。

身邊的幕客們做一首詩，他便拿起來觀看欣賞。因爲多半是五絕七律，寫的都是他建功立業，即將爲明朝敉平叛亂的文治武功，雖然多半平直無趣，看在當事人的眼中卻是別有味道。所以他看了很是滿意，一直點頭微笑。雖然並不直接誇獎，以防幕友們爭風吃醋，引起不和。其實卻很難隱瞞自己的真實想法，每看到他喜歡的，便不自禁的飲酒以和，不一會兒工夫，已是十幾杯酒下肚。

待他醉意醺然，眾幕客便一一告退，讓他的親兵將他攙扶著進入內帳歇息，這位在戰前自信滿滿，一心想要憑著不世軍功名垂青史的總督大人一躺倒在床上，立刻鼾聲如雷，沉沉睡去。至於事情是否是如他所想的那般發展，他卻也是顧不得了。

崇禎六年、漢興元年的十一月初，明軍與江文瑨的漢軍在鳳陽城外四周，開始了試探性的互相進攻。沉悶的火炮對射從早自夜，響徹雲霄。一顆顆大小不一的火炮彈丸在天空中飛來飛去，摧毀著它觸碰到的一切事物。

鳳陽附近的百姓早就聞警而逃，多半避入鳳陽城內，也有小半在開初便往南逃，躲入漢軍的防區之內。不幸留在原地沒有逃走的，便在這開始的炮戰的小規模接觸中蒙受了很大的損傷。

「龜兒子的明軍此次準備了不少火炮，下了血本啦！」

神威衛左上將軍肖天恨恨地吐了一口唾沫，將手中的望遠鏡收起。又從身邊親兵的手中接過漢軍特有的軍用水壺，咕嚕咕嚕猛喝一氣，大聲道：「走，回主營見大將軍去！」

他原是神策將軍，漢軍新立神威衛，急需一些有經驗的將軍充實其中，他生性詼諧豪爽，並不為周全斌所喜，便一意上書請求，調了過來。誰料江文瑨表面看起來隨和，其實性子也很內斂，又比周全斌深沉多智，讓肖天更加氣悶。此時又接到主營傳來的後撤命令，雖然漢軍軍紀森嚴，他並不敢違抗，卻只覺得心裏火燒一般難受，是以觀察一陣敵情，知道暫且沒有大戰可打，便決意到江文瑨處去討一個實信，看看這場仗主將倒是何想法。

一萬五千人左右的神威左軍被安排在戰線最前，與對面城牆上駐防的明軍犄角之聲相聞。明軍大陣沒有逼近之前，漢軍以絕對的優勢壓得城頭明軍抬不起頭來，並不敢有什麼激怒漢軍的舉動。待近二十萬明軍主力次第逼將上來，漢軍防線開始緩慢後撤，並不與明軍大規模的交戰，而是借助猛烈的火力延遲明軍進逼的腳步。明軍也因為漢軍火力太猛，而且以守勢相峙，所以也並不敢就此猛攻，只是慢慢以半圓的陣形圍將上來，試圖將整個神威衛全然包圍起來。

時近正午，這一天的炮戰已然由激烈到平緩，雙方都在讓火炮和炮手們歇息，以等傍晚之前新一輪大規模的炮擊前養精蓄銳。於是一隊隊裝備精良、士氣高昂的漢軍士兵在稀疏的炮火的轟擊下開始後撤。城頭上的明軍眼見他們後撤，想起圍城初所受的苦楚，於是一個個高呼鼓舞，笑罵連聲。

神威衛因是新立之軍，新兵眾多。這些新兵雖然憤恨，卻也只得忍氣吞聲，只低著頭隨著大隊撤退罷了。卻有一些老兵氣恨不過，指著城頭與明軍對罵。卻因爲己方正在撤退，到底是氣勢弱了一籌，並不能很氣壯的回罵。再加上明軍罵陣有悠久的歷史，其軍中能戰敢戰之士不多，能罵敢罵的兵油子倒是不少，罵起人來精彩紛呈，比漢軍單調的問候對方娘親自然是強過許多。

此時戰場上炮擊雖弱，卻也有彈丸飛來飛去，轟隆隆的火炮擊發聲、嗖嗖的彈丸掠空聲，再加上雙方幾萬士兵的對罵聲，聽將起來，倒也當真是有趣得很。只是明軍士卒越罵聲調越高，漢軍聲勢卻越發地低了下去，眼見這罵陣也即將敗退下來。

各人都是垂頭喪氣，只覺得鳳陽城頭高聳挺拔，堅不可摧，自己這一方敗退下來，是否還能重返此地，倒當真難說得很了。

江文瑨其實並沒有留在大營之內。他下了收縮防線的命令之後，便帶了眾將隨同，往左軍駐地前來查視，此時見得左軍將士被對面的明軍所辱，漢軍上下竟不能制，因怒道：「肖天帶的什麼兵！虧他是個豪爽漢子，怎麼帶了一隊娘娘兵！」

身邊隨侍的右軍及前軍將軍聽他發作，卻也不好上前相勸，也只得呆著臉看著不遠處垂頭喪氣撤退的左軍將士，心中嘀咕道：「漢軍火器之強，當世無倆，你不命人進擊，反倒後退，這能怪士氣低落麼。」

卻又聽他道：「那日突圍過來的飛騎衛尉何在？可曾跟將過來？」

沈金戎在一旁聽得真切，忙上前道：「末將在！」

「命你帶著部下，往擊城下南門的那股明軍！」

此時駐守鳳陽的明軍膽子越發地大將起來，已有小股遊騎出城，在城下巡遊叫罵。因明軍大陣就在不遠，漢軍又全師後退，所以城內的明軍不肯放棄這個出風頭的機會，借著這個機會出城做邀戰狀，以在督師眼下博一個敢戰的讚譽。

沈金戎聽得將令，扭頭往那南門處一看，只見一股幾千人的明軍出得城來，用一些大口火銃和小炮向西側撤退的左軍將士轟擊。正砰砰砰打得熱鬧，還夾雜著明軍士卒的叫罵和嘻笑聲。

他咬一咬牙，並不因爲要往敵城下衝擊而爲難，只一點頭，大聲道：「末將遵命！」

「很好！酒來！」

江文瑨將親兵遞上來的酒碗遞與沈金戎，望著他沉聲道：「先是幾千人踏破敵營，視敵數十萬大軍連營如無物，今日再勇往敵前，往擊城下之敵。將軍勇名，必將傳遍天下！」

沈金戎只覺得全身一麻，一股血氣直衝上來，他強忍住眼淚，將酒碗裏的酒一口喝乾，用袖頭抹去酒漬，向江文瑨默然一禮，翻身上馬，兩腿一夾，立刻奔向自己的軍陣之中。不一會兒工夫，便已將

軍令傳達，幾千飛騎將士立刻全數翻身上馬，備好甲冑。待他一聲令下，便一起往那鳳陽南門處飛奔而去。

他們進擊之處距離南門不過三四里路程，飛騎將士先是帶馬中速小跑，待到了一里開外，方驅使馬速提升，飛速往那南門處的敵兵殺去。

幾千騎戰馬急馳的蹄聲，再加上飛騎將士的呼喝聲如雷鳴般響起，立時將鳳陽附近的炮擊聲壓下。正在撤退的漢軍及鳳陽城上下的明軍都目瞪口呆，眼看這幾千騎兵不退反進，拚命往鳳陽城下衝來。城上的明軍將官立時慌了手腳，將原本正在與漢軍罵戰的各門兵士急速調回，往南門方向奔援。

首當其衝的出城明軍早已看到，待飛騎衝得近來，方知道這隊騎兵並不是來掩護撤退，而是直奔自己這邊殺來。因發現之時，飛騎馬速已然提快，城下明軍覺得無形的壓力直逼而來，眼看對面幾千騎兵如山崩海嘯一般壓擊過來，幾千柄明晃晃的馬刀在正午的陽光下映射出一片片晃眼的光芒，城下明軍上下只覺得心膽欲裂，那爲首的將官立時叫門，命城內明軍打開城門，放他們重新回到城內，卻因騎兵馬速過快，城內知道並不能在開門後放入全數明軍，又唯恐被漢軍趁亂衝入城內，竟致破城，是以雖然極力安慰城外的明軍，卻總是不肯開門。

「重新放上拒馬，鹿角！」

在城外指揮的那名參將知道此時城內不肯開門，無奈之下，只得下令手下的士卒將適才打開的阻礙物重新搬運放好，指望著這些物什能夠擋住對方騎兵的衝擊。

東側的明軍大隊已然逼近，卻因對面的漢軍炮火又開始猛烈起來，每一顆炮彈落將下去，都是幾十人甚至過百人的死傷。他們雖然也在一直開炮，在威力上卻根本不能與漢軍相比。所以之前也只能眼睜睜看著漢軍慢慢後撤。待此時又見到幾千穿著玄甲的漢軍騎兵突然前衝，根本不顧壓上來的明軍大部和鳳陽堅城上的守軍。看在眼裏的各明軍將士均想：這不是瘋了麼，哪有這麼打仗的？

沈金戎所騎的馬匹乃是軍中良駒，騎速甚快。他雖然是統兵大將，卻並不肯在親兵的護衛下在後面押陣，而是借助馬速拚命地奔馳在最前。

待衝到距敵人不過兩百米處，敵陣的火銃手和弓箭手已開始往飛騎將士開槍射箭，他把手中的馬刀一揮，用左手上的圓盾揮擋著對面射來的稀稀落落的箭矢，只向著左右簡單的命令一句：「往前，全殺了！」說罷，將身底的馬速提升到最高，不過瞬息工夫便已衝到城下用尖木設置的拒馬之前。

雖然這些拒馬設置的很高，卻不能阻擋他的坐騎，只不過輕輕一躍，便已跳將過去。他瞅準了一個適才在城下最前面高聲叫罵的小軍官，縱騎向他衝去。雖然有弓箭手向他射箭，卻都在他身邊劃過，並沒有射中他。那小軍官適才罵戰之時很是勇猛，帶著一隊手下跑在最前，此時眼見有敵騎衝來，卻將身子一扭，命令屬下往前，自己掉轉馬頭，意欲往裏逃竄。

他只不過縱馬跑了幾步，已經被馬速提到最快的沈金戎追到，他的親兵雖然拚命護衛，卻也被隨後跟來的飛騎將士擋住。那明軍軍官知道並不能躲開，於是回頭揮舞著手中的大刀抵擋。他自恃臂力過人，所以打造的是四十多斤重的環首大刀，揮舞起來發出一陣陣嘩啦啦的響聲，倒也是聲勢駭人。

沈金戎輕蔑一笑，用鐵盾將對方的一擊擋住，手中的馬刀順勢一劃，那軍官的對襟鐵甲已被劃開，一縷鮮血拋將出來，那軍官用不可思議的眼神看了他一眼，已是翻身落馬，掉落在地上。雖然並沒有死，卻又被敗退的屬下踩在腳下，不一會兒工夫便成了一堆肉泥。

飛騎將士全都是漢軍內最精於技擊和馬術者才能入選，餉俸和訓練都是漢軍中最拔尖的一部。與精於射術，以騎射爲主的萬騎不同，飛騎原本就是用來臨陣肉搏的精銳騎兵。原用皮甲，此時已改重玄鐵重甲，雖然騎速有些減慢，在防禦上卻是高了許多，有著先進裝備和馬上格鬥術訓練，再加上豐富的作戰經驗，兩千多明軍哪裡是近五千飛騎的對手，不過兩刻工夫，城下的明軍已被斬殺殆盡，一個不剩。

城牆下的明軍既然已全數被殲，沈金戎立時引領著飛騎全師後撤。此時城頭上的明軍弓箭手已越來越多，許多小炮也被從別處拖了過來，不住地往城下轟擊。適才肉搏時並沒有什麼重大的損傷，若是稍有耽擱，在這城下被炮火打傷，那可當真是冤枉之極。

「後退，不許割頭！」

看到不少飛騎將士從馬上跳落，勉力用盾牌擋住城頭射下來的箭矢，又指望著身上的鐵甲能擋住敵人射來的鐵丸；甚至是不管不顧，只是埋頭苦幹，一個個用馬刀將敵人的首級斬落下來，懸在馬腹，甚至就這麼血淋淋的掛在腰間。就是沈金戎自己的親兵也抵禦不了升爵的誘惑，見上官此時並沒有危險，便在敵人屍首間亂跑，尋找還有頭顱的屍體，一旦發現，便是一聲歡呼。毫不猶豫地割將下來，掛在自己身上。

陣前斬首是漢軍中一等一的軍功，這些飛騎將士只要回去後將頭顱上交，便可以軍功得到等級不一的授爵。再加上陷陣突騎之功，只怕這幾千飛騎將士中最差的也能得一個上造的爵位了。原本沈金戎也不欲擋了眾人升爵的門路，只是城頭上炮火越發猛烈，尚需提防著遠方的明軍大陣中有騎兵過來邀擊，是以連聲斷喝，禁止人再下馬去割首級。

在他的嚴令之下，眾飛騎將士雖然並不甘願，也只得一個個隨同傳令，將散落在戰場上的各人叫回。於是沒有割得首級的有些怏怏不樂，割得首級的歡呼雀躍，揮舞著手中的人頭歡笑而回。待幾千人全數收攏上馬，沈金戎一聲令下，各騎緩緩而退，往適才奔來的陣線而返。

這一股漢軍騎兵的突進猛烈，作戰勇猛，馬術和搏鬥技巧的水準原本已讓所有的參戰明軍大驚失色，待此時看到他們不避箭矢炮火，一個個拎著鮮血淋漓的人頭奔騰歡呼而返。明軍無論將軍小兵，見之無不悚然失色。有那膽小的，便不自禁的摸向自己的頸項，只覺得眼前這支軍隊當真是駭人之極，簡直不似人類。

洪承疇等明軍將領自然也是親眼看到適才的情形，原本上下人等正在志得意滿之際，卻突然被這支悍勇之極的漢軍飛騎迎頭澆了一桶冷水。孫傳庭距離戰場最近，卻因屬下全是步兵，救援不及。待洪承疇將趙率教派上前去，各飛騎已是退得遠了。至於各總兵部下的散編騎兵，一來不及人家精銳，二來

並不方便調動指揮。是以雖然初戰不利大損士氣，卻也只能眼睜睜看著城下的兩千餘將士被人屠戮乾淨。

正當明軍上下垂頭喪氣，士氣大挫之際。卻突見己方陣線烽煙揚起，一支三四千人的騎兵衝突出陣，往漢軍步陣狂衝而去。自洪承疇以下，各人都是看得目瞪口呆，不知道是哪一部明軍竟如此膽大，敢往漢軍大陣衝擊。

孫傳庭正身著重甲，手持長刀在陣前來回巡視，甫一見這一隊騎兵衝出，原欲立時派人喝止，將他們喚將回來，卻又轉念一想，心道：「適才情形全落入督師眼中，不免要怪我臨陣無能。這隊騎兵得勝，自然是我臨機決斷的功勞；若是敗了，也是帶兵的將領自做主張，與我很不相干。」

想到此處，便不再派人過去傳召。此時他們奔得遠了，便是派人也追之不及。便定下心來，一意往那邊看去。

正在移動的漢軍大隊卻想不到明軍竟然膽敢衝出，一時間，初臨戰陣的新兵竟然很是慌亂，不知道如何是好。好在陣中軍官多半是由各衛提升過來的百戰老兵，眼見騎兵越衝越近，急忙各自喝令手下，將刺刀架好，擺好方陣。待那明軍騎兵衝到近前，漢軍的方陣已然就緒，每四百人一陣，以刺刀斜伸護衛，第一排的軍士都持有一人高的巨大鐵盾牌阻攔敵騎衝入。

這一支兵正是河南副將陳永福所率，因眼見鳳陽城下兩千多明軍士卒被人盡數殺死，卻因距離過遠而無法救援。待敵騎退盡，上官們仍是全無動靜，眼睜睜看著那夥漢軍騎兵帶著砍下的明軍頭顱嘻笑而歸。一面是幾十萬明軍心膽俱裂，一面是士氣轉為高昂的漢軍士卒，陳永福只覺得一股熱血衝將上來，眼前盡是在昌平當兵時清兵入關，明軍懼不敢戰，只得一路護送著清兵劫掠後滿載而歸，一直是當時位卑言輕的陳永福心頭最大的恥辱。

他越想越是氣憤不過，眼見敵騎遠遁，追趕不及，敵方的步兵卻一直在緩慢而退，距離並不甚遠；若是突然衝過去衝殺一陣，雖不能如同敵方騎兵那樣大獲全勝，卻也可以稍稍挽回一下士氣，不使得敵騎那般囂張無制。想到此處，一面是氣不過，一面又想著或許可以借此事立功受賞，最少也要讓督師大人看在眼裏，賞識於他，於是一邊傳令自己的屬下騎兵盡數隨他往攻漢軍殿後的步兵，一邊派出親兵往洪承疇處稟報此事。

他並不等待督師的回覆，害怕時機稍縱即逝，直接帶領著本部騎兵衝出大陣。在他的帶領之下，附近的明軍騎兵不知道就裡，因見這一隊兵衝出，也有幾股散騎跟隨著衝將出去，於是待洪承疇看在眼裏，已有三四千人的騎兵併作一處，往漢軍後陣衝擊而去。

幾千人的騎兵隊伍聲勢很是驚人，雖然明軍訓練並不好，衣甲也很破舊，然而數千匹戰馬奔騰起來，捲起了漫天的煙塵，再加上蹄聲踩踏大地的響聲與震顫，鳳陽城上與城下觀戰的明軍將士均想：縱是不能將這一萬多敵人擊潰，只怕這一衝也能撈到不小的便宜。

就是洪承疇看在眼裏，也很是後悔。他因為敵方炮火猛烈，明軍前進困難之極，每一顆敵方炮彈轟將過來，就有很大的死傷，所以並不肯一下子與敵人決戰，想趁著敵人後撤，以大軍圍困，然後斷絕糧道，襲擾敵人後方。

因爲打的這個主意，所以不肯把手中主力放出，沒有命令全數的精銳騎兵斷然追擊。此時看到這支幾千人的明軍雖然在途中很是吃了幾顆炮彈，死了一些人馬，卻仗著馬速很快，慢慢靠近了押後的漢軍後陣，很快就可以與敵人肉搏。若是開初以幾萬人的騎兵這樣衝將過去，把這一支一萬多人的漢軍全數殲滅，也不是不可能。

就在洪承疇自怨自艾，以爲喪失良機的時候，擅自衝出的騎兵主將陳永福卻陷入了與當日長崎戰時日軍將領一樣的困局之中。

這步槍方陣乃是張偉學自後世的火槍兵對付騎兵的最佳戰法。幾百人排列得整整齊齊，以四方形的陣形迎敵。裝上刺刀之後，長過兩米的長槍分別以斜、正幾種姿態伸展，如同一個刺蝟一般，教衝過來的騎兵根本無法下嘴。如果不顧一切的硬衝，結局便只能是掛在刺刀之上，成爲一個個肉串。

陳永福原本以爲他以迅猛之勢衝來，漢軍必定陣形大亂，不但不能有效的抵擋，反而很可能會敗退逃竄。到那時，四處亂跑的敵軍必定只能是高速衝擊的騎兵的刀下之鬼。此時漢軍的反應卻與他所想的截然不同，在各級軍官和士官的指揮下，漢軍迅速地結成陣形，因爲對手是騎兵，又是突然衝將過來，所以乾脆放棄了以火槍阻敵的打算，而是以一個個臨時結成的步兵方陣嚴陣以待。距離稍遠的，已經趁著敵騎不敢硬衝，只是在方陣外游弋的良機瞄準開槍，將一個個明軍騎兵打落馬來。

陳永福騎在馬上已是急得滿頭是汗，眼前的對手讓他很難下令硬衝。屬下的士兵雖然在他的嚴令下一直靠近敵陣，企圖尋得縫隙進攻，卻又被敵人後方的火槍手不住地以火槍擊殺，掉落下馬。眼見所有的部下都面露恐懼之色，失去了適才出陣追擊時的銳氣。他有心後退，又怕回去後受到斥責，甚至是軍法從事，若是斷然進擊，又根本沒有信心衝破敵人的陣形。眼見敵人的火槍手越打越順手，一股股白煙不住地冒將出來，砰砰的火槍擊發聲與自己手下的慘叫聲此起彼伏，令原本就慌亂的他更加無所適從，不知道如何是好。

正當他難以下定決心，不如道如何是好之際，不遠處停頓下來，又新調整好炮位的漢軍步兵小口徑火炮射出的霰彈，卻立刻幫他做了決斷。

每一顆霰彈都內裝大小不一的幾百顆鐵丸，只往明軍騎兵的後方打了幾發，已使得明軍騎兵死傷甚多。陳永福眼見對方的手段越來越多，打擊也越來越狠，不遠處又有不少漢軍士兵推著火炮在校準炮位，雖然因爲害怕射傷自己人而不敢打得太近，但這麼僵持下去，明軍必定死傷慘重，不能支持。得到己方的火炮支援，又相機投擲了幾輪手榴彈之後，漢軍方陣開始前壓，以盾牌掩護，以刺刀前刺，將靠近的敵騎不住往後逼退。

陳永福眼見難以再支撐下去，只得斷然令道：「傳令，後撤！」

一語既出，已是淚流滿面。心中當真是鬱悶之極，一面爲自己的輕率和即將受到的責罰而擔憂，一面又心驚敵人的戰力之強，臨陣反應之快，不但是普通的明朝士兵不能比擬，就是關寧精兵，甚至是他見識過的八旗強兵，也是遠遠不及。

他的部下原本就失了銳氣，又被敵人逼得不住後退。此時聽得主將的後撤命令，當真是如同皇恩大赦一般。若是再僵持下去，只怕被漢軍用陣形一圍，當真是一個也難以逃脫了。於是各人不住打馬後退，以比之適才衝鋒時更快的速度飛速逃離。饒是如此，仍是有不少騎兵死在改變陣形，以火槍射擊的漢軍槍下。

待他們逃回本陣時，出擊的四千多騎兵死傷過千，這還是因陳永福眼見事機不諧，不敢堅持衝陣，又很快的下令撤退，才保全了大部騎兵的性命。

「督師有令，河南副將陳永福不遵號令，擅自出擊；且又畏敵不前，失我士氣，折我士卒，罪在不赦！今以尚方劍斬之，傳首號令三軍，以爲來者之鑑！」

回陣之後，陳永福知道此次禍事不小，忙請人去尋了幾個交好的武將往督師駐節之處，準備說情。自己又袒衣露背，自縛之後前去請罪。誰料一到督師帳外，便見督師中軍手捧寶劍，出來宣諭，立刻便要斬他。

此時明軍與漢軍的接觸已止，天色亦是全黑下來，只有零星的火炮擊發劃出的火光在夜空中劃過，然後便一陣陣沉悶的轟鳴之聲。明軍雖然很想靠近漢軍陣地紮營，以形成切實的包圍之勢，卻因己方的火炮射程遠不如敵人，漢軍的火炮可以很輕鬆的轟擊著所有的明軍陣地。是以雖然人多勢眾，將城下的漢軍逼退，明軍卻也不能擴大勝果，只是遠遠的在漢軍主陣地幾里之外安營立寨，並不能完全的將漢軍主陣地逼退，更別提切斷道路，形成包圍了。

初戰不利，明軍上下士氣大挫，若不是兵多糧足，軍法森嚴，只怕各將帶兵逃走的心思都有。如果說看了漢軍飛騎在城下表演之後，明軍各將很是有些心驚，待看了陳永福以迅猛之勢，突然進擊往攻漢軍後隊，卻被反應迅速，陣形和火力都猛烈之極的漢軍打得灰頭土臉，喪氣之極。幾萬漢軍步兵想來都是如此精銳，底下的仗必定難打之極。明軍諸將看在眼裏，心裏也是沮喪之極。洪承疇帶兵多年，自然是心知肚明，是以雖然陳永福折損並不是很大，卻也下定決心，要殺他以振軍心。

雖則那中軍官奉命將陳永福押下，又傳了營內的刀斧手環伺左右，準備動手，陳永福卻並不敢有所異動，他知道越是自己大聲辯冤，可能越發確定洪承疇殺他的決心。此次出戰，他並沒有得到督師的允准，若是還敢大喊大叫，勾起督師的恨意，只怕將立刻人頭落地。

他被五花大綁，垂首跪伏在轅門處等候行刑令下，心裏七上八下，又盼著大帳裏幾個交好的高級將領能幫他把大令挽回。又害怕督師一定要拿他做法，以他的首級號令三軍，想到自己家中還有妻兒高堂，心裏又是害怕，又是淒然。正自擔憂不止的時候，卻看到孫傳庭自轅門外帶著幾百從騎耀武揚威自轅門而入。他不敢多看，害怕被孫傳庭看到後立刻下令處斬，連忙低頭。

只不過他所在之處太過顯眼，又哪裡能避得了人？孫傳庭原本騎馬飛速而入，待馳到他跪處，卻放慢馬速，又停在原處冷冷瞥他一眼，半晌不語。只不過是這一小會兒的工夫，陳永福的額頭上已沁滿了豆粒大的汗珠，只怕這位以心狠手辣著名的總督大人一聲令下，命刀斧手不必再等命令，直接將他

「斬訖上報」。

正在害怕間，又聽到馬啼聲得得響起，孫傳庭卻是一語未發，打馬往督師大帳方向去了。陳永福暗自慶幸之餘，卻又害怕孫總督是因爲不好削洪督師的面子，是以不肯直接發話，而是要等進了帳後再請督師發令，將他斬首。

他又驚又怕，跪在轅門內的校場邊上，不住瞄向持刀站立的刀斧手，卻都是面無表情，只一個個挺胸凸肚站在自己身旁，等著大帳的命令過來。

如此靜候了一炷香的工夫，他只覺得渾身汗出如漿，後背已然被汗水沁透。此時已是深秋，一陣陣入夜的寒風吹來，又激得他渾身發冷，忍不住顫抖不已。

「督師大人有令……」

正等得發呆間，卻隱約傳來中軍標營那邊的傳令聲。他悚然而驚，立刻伸長頸項，往遠方眺望。只見一隊中軍標營的軍士打著火把小跑而來，邊跑邊喝令路邊的兵士讓路。待稍近一些，他努力想聽到督師下的是何命令，那隊兵士中打頭的牙將卻又閉口不言，只有兵士身上的鐵甲葉片隨著他們身體的晃動而發出鏘鏘的打擊聲，陳永福瞥一眼各人的神色，卻都是一臉肅然，驚嚇之下幾欲暈去。

迷迷糊糊只聽到那牙將宣令道：「督師大人有命：副將陳永福不遵號令，原欲處斬以正軍令。姑念其一直當差勤謹，作戰勇猛，且又是忠勇之氣不能抑止，方擅自出擊甘冒軍心，其情可恕，可心可憫。然而違令者不罰不足以服軍心。今用人之際，特貸其死罪，責打軍棍一百，革職留用以觀後效，此令！」

說罷，見陳永福仍是一副懵懵懂懂模樣，那牙將上前一步，將他攙扶起來，向他笑道：「恭喜陳將軍！適才要砍要殺的，卻只不過是虛驚一場罷了。」

陳永福摸摸跪得酥麻的雙腿，只覺得站立不住，勉強立起，扶住身邊的幾個小兵，向那牙將笑道：「將軍有心，既然有令責打軍棍，就請施刑！」

那牙將也不同他客氣，直接命道：「來人，剝去陳將軍的衣衫。督師有命，重重責打！」

他向陳永福賣好之時，只不過是希圖他的好處。誰料此人一點眼色沒有，不但不肯掏出銀子來，還直筒筒的叫他施刑。既是如此，那自然也不必同他客氣。當即也不給這位副將大人稍留體面，就當著眾人的面將陳永福的褲子剝掉，命手下的執刑軍士重重責打起來。

這夥人若是得了賄賂，自然會在棍花上稍做花樣。雖然看似打得又沉又重，甚至啪啪作響，其實落在人身之時，卻是輕飄飄無力。此時這陳永福既然不知好歹，那幾人自然是打得又急又重，一棍棍重實實地擊在陳副將的屁股之上，雖然響聲不大，卻是每棍都打得結結實實。

待堪堪將軍棍打完，陳永福已經痛暈過幾次。待他的親兵上前將他扶起，那些總督標兵一個個嘻嘻哈哈執棍而返，邊走還邊嘲笑道：「什麼大將，一百軍棍都承受不住！」

「就是，就這德性，還敢帶兵去和人交戰。」

「一定是走了什麼後門，才做到這個位子。他奶奶的，老子要是有門路，也撈個將軍幹幹，準保

比他強過許多。」

陳永福在督師面前沒有根底，雖然被這些小兵折辱卻也並沒有辦法，只得忍氣吞聲，強撐著棍傷到督師帳外謝恩。洪承疇卻沒有見他，只吩咐他好生帶兵，戴罪立功。

待他見了那幾位爲他求情的總兵大將，方才知道自己的性命得來當真不易。原本洪承疇一意殺他，這些人求情也是無用。眼見就要再下命令，令人立刻執行。孫傳庭等人卻突然到來，一進帳來便將陳永福責罵一番。又隱約提起陳永福正是洪承疇的治下大將，此番如此敢大妄爲，甚無軍紀的話頭。洪承疇原本對孫傳庭很是退讓，知道他脾氣很是剛愎自用，不能輕易得罪。誰料此次他太過分，當著各總兵的面便如此作風，洪承疇一時臉面下不來，便又著實爲陳永福辯解了幾句。兩人說僵了話題，一個一定要殺，一個便一意要赦。後來到底孫傳庭拗不過洪承疇，陳永福這才得保性命。

這番曲折當真是令他匪夷所思，知道自己的性命得的僥倖，於是一邊滿嘴謝恩，心裏卻是暗打主意，一定要保存實力，以備將來之用。若是下次再犯軍紀，只怕是神仙也難救他了。只是他暈頭脹腦地騎在馬上回自己營中之時，不免又想：「敵人戰力之強，當世罕見。我軍糧餉並不充足，將士並不用命，洪孫兩督師之間又並非是那麼的和衷共濟，此戰結果如何，當真是不言自明了。」

陳永福有了這一番見識，其餘各邊軍和各省的總兵官又如何不明白？白天一戰，明軍士氣大落，各將軍總兵官又都見識到了漢軍火力和戰力的強大。正面交戰之時，無論是哪一部該著先攻，只怕多年老本都會賠個精光。就算是用人海戰術勉強得勝，可是人家在淮揚一帶還有十幾萬的軍隊，江南四川亦是如此，而明朝已是動用了全部的力量，這才能對付人家十分之一的軍力，以後如何，各人都是統兵多年的大將，又如何能不瞭然於胸？於是表面上得勝的明軍，在初戰之後反而士氣軍心大亂，各路兵馬都存了保存實力隨時開溜的打算。各統兵大將或是想回到原駐地靜待時局發展，到時候以全軍投效新主，不失富貴；或是打算逃之夭夭後卸甲歸田，憑著這些年的積蓄不失為富家翁，至於天下歸誰，卻也懶得理會。只要保得自家性命，管他誰人為皇，哪家為帝；又有人打的臨陣投敵的準備，只要明軍稍露敗退跡象，便立時帶著手下全部投降，聽說漢軍和新朝的皇帝對降官降將很是照顧，並不為難。既然如此，又何必為朱家賠上老本？倒不如早早投降，或許封伯封侯，仍然是一方統鎮。

於是如此這般，暗流湧動，軍心已開始散亂之極。偏偏洪承疇自視甚高，孫傳庭崖岸冷峻，軍中雖然也有細作密探，又哪裡能管得到總兵大將的頭上？便是有些人稍許知道一些，又有誰敢拿這些捕風捉影的事情去煩兩位督師的神？

內裏情形如此，明軍表面上卻是風光之極，局面大好。第一日明軍與漢軍移營之時交手不順，第二天洪承疇派了關寧鐵騎四處游弋，防著漢軍出陣突擊，又派遣了白廣恩、虎大威、猛如虎、王天等四總兵，引領著近三萬明軍截斷了漢軍糧道。將鳳陽城外漢軍大營與廬州方向的通道盡數截斷。漢軍雖然一直發炮，炸死炸傷了不少明軍，卻也被明軍逼得不能還手，十幾名總兵引領著大軍在十幾里路的戰陣之上嚴陣以待，漢軍畢竟人數太少，若是出擊吃虧太大，是以只能眼睜睜看著明軍收攏包圍，隔絕了漢軍與後方的聯繫。

第八章　衣錦還鄉

呂唯風自然聽到那幾個晚輩壓抑痛哭，卻又飽含喜悅哭泣之聲。他也並不惱火，雖然他馭下很嚴，部屬稍有過錯便毫不留情的處置喝斥，可是此時他自己也很克制自己的感情，又如何去指責這幾個隨他離開家鄉多年，甚至是離開中國數千里之遠，到現在才能陪同回來述職的家人子侄。

雙方你來我往，乒乒乓乓打了兩三天下來，漢軍已收攏在七八里地方圓左右的陣地之內。雖然糧草不是很多，但儲備的彈藥卻是充足，足夠使用。明軍稍一靠近，便是劈頭蓋臉的炮火打將過來。兩天下來，已有幾千明軍或死或傷，其餘明軍見識到漢軍火炮威力，無論上官如何逼迫，總是縮頭縮腦的不敢靠近。勉強向前，也是一個個彎腰躬身，小步慢挪，待撤退之令一下，卻又是撒開腳丫子拚命後撤。

如此這般交手數次，雙方都奈何不了對方，一時間陷入僵持，明軍雖是人多，卻也只能隔著炮火之外，與漢軍對峙。

這種情形正在洪承疇的預料之中，雖然一時攻不動敵人陣地，不過只要保持壓力，不使敵軍突圍，他炮火再厲害，可糧草總有吃完的一天。江南漢軍想來是緩不救急，又有何懼？是以眼見漢軍無法可施，又想起要襲擾盧州重鎮一事。

洪承疇到底領軍多年，這盧州乃是淮北重鎮，雖然漢軍主力在此，卻不能保證那邊沒有什麼精銳的留守部隊。若是貿然出兵，萬一中了敵人埋伏，卻是得不償失。況且盧州距離鳳陽甚近，快馬三天便可趕到。於是他一邊指揮屬下包圍漢軍，不住給這支漢軍施加壓力，又派出幾支百人的小股騎兵隊伍，往盧州方向哨探。若是城防空虛，四周並無精銳漢軍把守，便可以派出一支偏師，趁機拿下盧州這個重鎮，得到漢軍屯在城內的大股糧草和軍火器械。

眼見一切都如同他所料想的那般，洪承疇當真是志得意滿，得意之極。一時間只覺得自己英明神武，乃是統天下最會用兵之人；況且又是文臣進士出身，文武雙全，將來中興大明，博一個公侯之爵，青史留名，豈不快哉？於是他每天與幕友清客飲酒唱和，賦詩助興。將軍中細務交與孫傳庭相機處置，只打算等著這支被圍的漢軍糧盡，一鼓全殲。然後留著大炮和精兵防守鳳陽，甚至是奪下盧州加重防務，他領著大軍再往淮揚一帶與敵人決戰。

他原本沒有想過要在淮揚戰事中得勝，此時這邊一切順遂之極，倒使他隱隱覺得，漢軍雖然武器犀利，卻沒有知兵的大將，在他的神妙指揮之下，四五十萬明軍打敗十萬漢軍，倒也未必是不可能之事。

待探路的精騎回來，他得知廬州重鎮竟然只有兩三千人的老弱廂軍把守，門禁不嚴，軍士疲敝，一時間欣喜若狂，因要搶著先機，不使敵人援兵陸續入城，於是立刻派出趙率教帶著兩萬關寧鐵騎連夜出戰，往攻廬州。

待趙率教衝到廬州城下，那把守城池的廂軍將軍根本未敢一戰，只見城外漫山遍野的明朝鐵騎環列城池四門，衣甲鮮明，士氣旺盛，又知道這是明朝最精銳的關寧鐵騎，與滿人對戰都不吃虧。他一個小小廂軍將軍，統領的人數又僅是人家的十分之一，如何與人爭勝？他原是明軍將領，倒也識趣，立刻施展自己最拿手之特技，獻城投降。

洪承疇輕鬆得到廬州之後，原本還擔心是敵人的誘敵之計。待點清城內尚有數十萬石糧食，還有火槍、手雷、炸藥等極貴重的軍需物資，除了沒有火炮之外，當真是應有盡有，豐富之極。狂喜過後，知道這是因爲敵人兵力太少，並不能在幾千里長的戰線上到處設有強兵，也是料不到鳳陽一路竟然突然有明朝的主力存在，所以除了前方的神威衛的幾萬強兵之外，後方竟然空虛至此。

有了這個良機，他自然不肯放過。除了又派遣一個總兵領了過萬兵馬前去防守廬州一路，又令趙率教繼續往南，相機奪取安慶等地。

「大人，南京到了。」

一陣嘈雜而又欣喜的聲音將正睡得香甜的呂唯風驚醒。他霍然起身，也不披衣，只著中衣，幾步來到船上的窗前，將細檽木窗用木棍支起，向外望去。只見窗外仍是煙波一片，他所乘坐的船隻仍處在長江的中心。

斜風和著細雨不住自天際灑落下來，天空地都是灰濛濛一片，他只是稍站了一會，便覺得臉龐上被淋得濕漉漉的一片。雖然身處大江中心，當時的時代也沒有什麼顯眼的建築，不過自幼在南京長大的他仍然一眼看出，此時船已行到南京江面，最多再過半刻工夫，打著斜帆的船隻靠向碼頭，他便可以踏足在南京城外的土地之上了。

他並沒有說話，只是任由一股複雜的情感在胸膛中衝突、激蕩。臉孔被雨水淋濕，一粒粒水珠順著臉龐掉落下來，他也不去管，只是雙手扶著窗子，貪婪的看向遠方，欣賞著這水天一色的美景。

伴隨他一同回來的，乃是他歷年從南京尋訪回的幾個宗族家人，此時亦都隨著他一同觀賞這故鄉景色，有幾個年歲稍小的，竟然不能抑止感情，掩面嚎啕起來。

呂唯風自然聽到那幾個晚輩壓抑痛哭，卻又飽含喜悅哭泣之聲。他也並不惱火，雖然他馭下很嚴，部屬稍有過錯便毫不留情的處置喝斥，可是此時他自己也很克制自己的感情，又如何去指責這幾個隨他離開家鄉多年，甚至是離開中國數千里之遠，到現在才能陪同回來述職的家人子侄。

「到底是故土難離！念及當初，只要稍有活路，我又何嘗願意離開家鄉……好久沒有喝上家鄉的井水了。」

他喟然長嘆，勉強收拾起此時的小兒女情懷，想到一會兒就要去求見張偉，不但要稟報呂宋移民

墾荒之事，還有英荷戰事結束後的南洋大局等要務，若是精神恍惚，張偉是最忌做事三心二意之人，雖然不會斥責他這個自呂宋歸來的總督大臣，心裏只要稍有不滿，相隔萬里，難保沒有小人作祟，到時候應景發做起來，那可當真大大不妙。

想起政務，他便想起離來之時，因爲要隨行帶回許多呂宋歷年來出產的土產貢物，所以此次歸國述職動靜很大。整個安南城（原馬尼拉）都被驚動，金礦提點司忙著鑄成各式模樣的金塊，銀礦上獻銀錠；銅礦則是新鑄成的大漢通寶，由呂唯風帶回，待戶部銅政司驗看之後，便可使用流通。其餘各礦、農莊、工廠、作坊的行首提點都有上好貢物交納，都由呂唯風一併帶回，讓南京城上下感受到呂宋在皇帝及安南都戶府總督呂唯風的治理之下，當真是物業豐茂，百業昌盛。

待船隻離港之時，全安南城的二十餘萬漢人多半到碼頭親看數百隻大船組成的船隊離港，當真是人山人海，摩肩擦踵，呵氣成雲，揮汗成雨。再有那些被明爲尊禮，其實拘來安南城管制的各地土王，當真是難得的盛況。

經過原本呂唯風在呂宋的開發整治，吸引了南洋諸多漢人前來，再加上這幾年張偉發配了大量漢人罪民前來，此時呂宋已有十幾個中小規模的漢人城市，再加上散落各處的漢人農莊、堡壘，整個呂宋已牢牢掌握在漢人手中，再也無人能夠將其奪回。

想到此處，他不自禁露出微笑，只是他深沉內斂慣了，一笑之下立刻將笑容收起。咳了兩聲，向身後吩咐道：「來人，更衣！」

他身後的隨眾聽他吩咐，連忙將艙室中懸掛著的二品文官的紫袍拿將過來，服侍著他穿上紫袍，懸掛玉帶、魚符，待呂唯風將厚底官靴一一穿起，船已到岸，他舒適地站起身來，長伸一個懶腰，向臉上猶有淚痕的幾個晚輩道：「癡兒！還哭哭啼啼的做什麼！都到家了，該當開心起來才是。」

外面傳來船家放下跳板的聲音，又彷彿聽到人叫道：「快進艙內請呂大人上岸。外面有戶部的諸位大人前來迎接了。」

呂唯風聽了一笑，心裏很是納悶。以他的官位和資歷，那吳遂仲縱是不親自來，也需派人代表內閣來迎，怎麼就只有六部中的戶部前來迎接他。心裏很是不樂，面上卻是不露聲色。又衝著幾個小輩斷喝道：

「回來之時，全安南城的漢人多半出城送行。其中有小半是近兩年才被陛下發配到呂宋的罪人。這還是因爲都是立了功，肯賣死力的人，才能到安南城居住。你沒見他們一個個眼眶帶淚，眼巴巴看著我們回來？這些人都是有罪之人，依陛下的諭命，終生不得回來。我當年被仇家陷害，倉皇逃離江南，投奔陛下麾下，東征西討勤謹辦差，才有這揚眉吐氣的一天。小子們記好了，大丈夫快意恩仇，手刃仇人，這才是人生快事！」

說罷，步出艙外，踏著跳板一路下去。

外面見他出來，已是鑼鼓喧天，奏起樂來。他遠遠看到何斌站在岸邊，正向他微笑致意。呂唯風心中一熱，忙急步向前，遠遠向何斌叫道：

「太師，怎麼您親自過來？這些會同館的官們還只說戶部來人，卻不料是太師！如此客氣，下官怎麼擔當得起。」

何斌見他向前，不免也往前挪動幾步，又見呂唯風急步向前趕來，便矜持地站於原處，向他笑道：「何需同我客氣。咱們在臺灣小島上共事多年，你又自呂宋萬里而歸，我走動幾步，又有何妨？」

正說間，兩人已是迎到一處。自漢軍攻下呂宋之後，呂唯風隨船而去，被張偉任命爲方面大員，成爲一方的方鎮大員，這數年間兩人未嘗一晤。這二人都是沉深多智之人，只互相打量一番，便各退一步，長揖作禮。

何斌感慨道：「呂大人，你這幾年，當真是十分操勞，面孔烏黑，神情憔悴，你勤勞王事竟至如此，何某當真是感佩之極。」

「不敢。下官得陛下信重，委以方面重任，又豈能視同兒戲？是以四處奔波，這呂宋島原本就是炎熱之地，幾年下來，下官又怎能不變得黑口黑面？」

說到此處，兩人相視大笑，攜手並肩而行，往何斌帶來的馬車隊前而去。

呂唯風眼光略掃，見四周躬身而立的，多半是戶部官員，其餘皆是會同館負責接待外地官員的屬吏。他心中明白，因自己的貢物特產、金銀銅礦都是戶部所需，是以戶部待他尤爲禮遇，不但尚書親來，還有兩名侍郎，引領著各郎中、員外郎、主事，站成一圈，見他望將過來，便各自躬身行禮。

呂唯風知道這些人多半是從臺灣過來的老吏和官學子弟，幾年來慢慢充實中央各部，因此特別客氣，向他們分別回揖還禮，微笑致意。若是見到當年在臺灣軍機處時的熟人屬下，還特別招呼兩句，顯得特別的客氣多禮。他的屬下在呂宋隨他多年，總是見他如同帝王一般殺伐決斷，心狠手辣，此時待見了他如此模樣，都只覺得是判若兩人，怪異之極。只是積威之下，並不敢因爲他的態度稍有變化就有所懈怠，仍然提著十二分小心，緊緊跟隨在呂唯風的身後。

「太師，幾個月前下官接到塘報，道是聖上有旨，內閣諸臣不必兼理部務。下官還在奇怪，戶部和稅務海關各司之重，又有何人能夠克當其職？今日看來，太師仍然兼理戶部差事？看來，陛下到底離不得太師署理財賦之事。」

何斌自數月前被張偉賜封太傅之後，已是文官榮銜第一，無人能比。舊明規制，太傅、太師、太保爲文官一品，最爲尊貴，總稱爲三孤。因其太過顯貴，非人臣所能當之。所以文臣至多加到從一品的太子太傅、太保、太師，便已是顯貴之極。三孤之銜，只能是死後追贈，生前得封者，當真是絕無僅有。何斌受封之時，很是推脫了一番，然而張偉決心已定，不可違拗，便也只得受了。待月前又有恩旨下來，說他辦差得力，支應北伐糧草很是經心，算是立了軍功，又賞加太師之銜。到得此時，除了還沒有封公封侯，何斌的一生成就，可以說已是到了頂端。

此時聽得呂唯風訊問，何斌知道此人心中很是清亮，此時故意這麼問他，乃是借著問候小小的奉迎了自己一把。善於理財的何斌乃是漢朝的第一財經能臣，自從臺灣管理財賦之事始，現下全江南的所有財賦部司都由他該管。幾年來做得是風生水起，百業昌盛。國家歲入年年遞增，由泉州、廣州等各港口開往南洋各國的商船船隊每天都有百艘之多。一艘船的貨物出去，便是小半船的銀子運將回來。

與明朝政府的粗放式財政政策不同，漢朝戶部以各種各樣分門別類的賦稅來調節管制貿易和商業的收入。明末時，世界上六分之一的白銀流入，而中央政府除了掠奪農民之外竟全無所得，銀子統統落入豪門世家和鉅賈大賈之手。而在漢朝治下，不僅民生富裕，中央政府的所得亦是很多。占據江南這幾年來，財政收入在漢始元年之初已超過了兩千七百萬兩，所以雖然軍費大漲，政府竟然可以支持得住，還能在興軍之餘，仍然不停地方建設。水利交通等民生設施一直興建，每年由中央戶部劃撥出銀兩，交由地方大興土木，甚至還有餘錢搞搞城市的市容建設，翻修貧民區，興建城市下水道系統，拓寬街道，種植花草樹木。雖然還不可能全境如同臺灣那麼富庶，卻也有相當多的城市被整治的美侖美奐，漂亮之極。

這些事在江南和所有張偉治下的領土之內，又有誰不知？呂唯風不過借著問訊之名，輕巧的拍了何斌一記馬屁罷了。

俗話說，千穿萬穿馬屁不穿，何斌對自己的理財能力也很是自負，平素說起來也很是得意。此時這方面大員主動示好，又何必不買他這個面子。於是微微一笑，答道：「雖然如此，也算不了什麼。朝中的老夫子們常言道，國家還是該當以農爲本。商貿不過用做流通，這糧食才是實在之物。沒銀子使喚，最多是周轉不便。沒有糧食下肚，百姓們可要造反了。」

說罷，打了幾個哈哈，邀呂唯風一同上了自己的馬車。他這官車雕欄鏤金，豪華寬敞，內裏還有酒菜小食，可以倚著小桌食用。朝中的士大夫們開始還攻擊過他，說他的馬車違制僭越，很是無禮。到後來張偉駕臨何府，常常乘坐這馬車回宮，各人這才閉嘴無話，不敢再說。

呂唯風一邊隨著何斌登車，小心翼翼地坐在何斌下首，待馬車輕輕一震起行，方向何斌笑道：「這些人食古不化，太師何必理會。便是儒家，也曾有無商民不便的說法。子貢是孔門賢人，不也是商人麼。」

何斌點頭笑道：「何某若能成爲子貢、陶朱公那樣的商人，流傳千古盛名不輟，也算是不枉此生了。」

又笑道：「過兩天便是何某四十歲的生日，眼看著年華老去，時日無多，呂大人到時候一定要來飲上兩杯，大家在我府中後園敘舊暢飲一番，方對得起這肅殺秋景。待我百年之後，這『文』字的謚號是必定得不到啦，能得個『襄』也算是足慰平生。」

呂唯風低頭想了一回，方展顏笑道：「太師一生追隨陛下，南征北討，興基立業，這『襄』字是果然當得，當真是好謚號。只是此時太師春秋鼎盛，身體健壯，一定可以壽至期頤，不必太早顧慮這些。至於壽酒，下官是一定要去叨擾的！」

兩人說到此時，都明白對方有拉攏投靠之意。當年在臺灣時，吳遂仲因受到張偉信重，一股腦兒的將臺灣政府權力收去，何斌雖不在意，這些年下來卻也無甚交情。這兩年吳遂仲爲內閣首輔，勢高權重，雖然也很能力事，卻因兩人手下因當年爭權一事鬧了生份，在政務上很有些磨擦，何斌雖不攬權，

卻也要防著人對付於他。是以多些臂助，自然是好事一樁。呂唯風孤身在外，雖然位高權重，卻也是朝中無人難爲官，何斌親來接他，顯然有結納之意，這個機會自當不能放過。兩人既然一拍即合，也不必明說，便相視一笑，不再閒聊，開始商談公務。

「唯風，你一路辛苦，這些東西生受你了。」

何斌端坐於馬車之內，手拿呂唯風上獻的貢物和帶來的貨物清單，向呂唯風笑道：「到底你知道陛下的心思，並不如一般的外任官員那樣，送一些華而不實之物。白白讓陛下斥責申飭，又損財，又丟臉子，何苦來著。」

此時說的是公務，呂唯風卻不如適才那麼隨意，聽得何斌誇讚。便在車上將身子略微一躬，笑道：「下官原本也要孝敬一些土物特產，後來一想，陛下已然建基稱帝，這統天下什麼東西不是陛下的？只要陛下想要，難道還要我們這些臣子特意去尋來麼？歷來塘報，凡是上獻華美貴重物品，報奏祥瑞的，無不遭到痛斥。這正是陛下盛德，不以物品爲貴，而以民生社稷爲重。做臣子的既然知道聖上的心思，自然要歡呼襄助，方能不有愧於陛下信重提拔的大恩。」

「唔，你說得很好。並不是說些大道理，比他們實在。到底是咱們臺灣的老班子，不尙虛文，只求實際！」

「是。所以這次隨行而來有三十多條大船，每船有幾百噸的銅鐵，然後每月都有銅錢送來。銅四鉛六，雖然稍微模糊，卻很便於流通，並不怕人拿去鑄了銅器販賣生利。」

何斌聽了歡喜難耐，不禁喜上眉梢，向他看了一眼，誇道：

「內地也有銅礦，然而多半是包給利人，雖然有鑄銅鐵的分子，他們不鑄不成，卻一個個只想賺大錢生發，哪裡顧得上國家大計。銀賤銅貴，國家財政大弊，虧得你把這事放在心上，一得到訓令，便立刻派了幾十萬人在官礦裏晝夜不停地採銅，戶部銅政司早就有人回來報我，言語間對呂宋各州府下統理的官礦很是誇讚。我聽了很是高興，已經有奏本上去，原想著陛下對你必定有所恩賞；卻不料是讓你回京述職，想來要麼是有大用，要麼就是要當面看看你這個有功之臣，再對你加以賞賜！」

呂唯風也是十分得意，不過卻不敢在何斌面前張狂，只是抿嘴一笑，向他道：「多年不見聖上，做臣子的也是怪想念的。此次陛下給我這個機會回來述職，下官當真是感念之極，接旨那天，伏地哭泣，半天不能起來。」

「陛下此次讓你回來，也是讓你有衣錦還鄉的機會。你的仇家多半被抄了家，還有幾個在當日伐江南時死難。剩下的多半又發配到呂宋，由你處置。其餘的鄉鄰友人卻是無礙，也該讓你這個當年的落魄之人回來顯耀一番才是麼。千里為官，辛苦奔忙，不就是為了這一天？上可以慰祖宗之靈，下可以保妻兒富貴。唯風，你有今日當真是大不易！」

呂唯風在呂宋其實辦事甚苦，開始之時，除了有一支強軍和幾十人的心腹手下隨他同去，後來又尋了一些宗族子弟以為助手，其餘都如是荊棘叢中，當真是篳路藍縷，一切從頭做起。種種艱辛困苦不足以為外人道。有一次坐困呂宋南端的小島之上，被當地土王領著幾千番兵圍困，雖然手下拚死抵抗，

卻是人數眾寡懸殊，若不是當地駐守漢軍接到訊息，飛騎來援，只怕這會兒屍骨已寒，不知魂歸何處了。

聽了何斌這番入情入理的慰勉之辭，料來其中也有張偉的話頭在內，他感動之極，又夾雜著回到故鄉的激動之情，再也忍耐不住，一時間眼淚抑制不住，滾落下來，哽咽著向何斌道：「下官失禮，只是聽得適才的話，想起少年遭遇，竟致不能自已，還請太師恕罪。」

他當年原是貴戚子弟，被閹黨陷害，竟致抄家敗亡。他於雨夜連夜奔逃，到南方隱姓埋名，以賤業爲生。後來張偉在臺灣大收難民，呂唯風覺得是個良機，便毅然隻身赴台，憑著才幹識具和世家子弟在政治上的敏銳，得到信重進入軍機，一直又做到方面大員。

張偉決意查抄發配全江南的閹黨及貪墨官員，將其家屬門徒全數發往呂宋，這幾年來，數十萬人被起運放逐，其中便有呂唯風的大半仇家。張偉當日在決定此事時，便曾向何斌笑道：「昔有李廣誅灞陵尉之事，呂唯風在呂宋很苦，未必不想著有朝一日回到內地來報仇，與其那樣有干物議，倒不如現在就成全了他。」

是以大筆一揮，將當年呂唯風的仇家盡數發配，交給他發落。

這呂唯風也是心狠手辣，甫一接到這些犯官及其家屬，倒也沒有將他們全數處死觸及刑律，而是全部發往呂宋貧苦煙瘴地面，並下令不准當地政府照顧，任其生死。此後一年不到，這幾十家數百人多半橫死，僥倖存活的十不足一，也被折磨的不成人形。

張偉成全了他之後，這呂唯風辦事越發地賣力，每天只睡不足三個時辰就起來會見官員，處置公務，批覆文書。又是坐不住的人，隔三差五的四處奔波，呂宋這些年成績如此之好，有大半功勞歸於此人身上，所以縱然是有些小過，卻也是瑕不掩瑜，張偉並不放在心上。

兩人談至此時，分內的公務已然交代完畢，呂唯風便向何斌問道：「下官此次回來述職，聽說北伐之事很不順遂，連廬州重鎮也落入敵手了？文瑨也是名將，鎮守倭國很有辦法，怎麼仗打成這樣？」

他原以為何斌聽聞此事，必然是臉色凝重，神情不悅。卻不料見他微微一笑，答道：「此事原本是極密之事，不過眼看也快到收功之時，說說也是不妨。」

「下官願聞其詳。」

「陛下初用兵時，以正合為要，不以奇兵突擊為重。誰料此次北伐，明軍竟然暗中調兵遣將，將精銳大軍多半調來淮北，以優勢兵力往擊江文瑨的神威衛，以十餘萬疲敝之兵拖住我兩衛十餘萬大軍。陛下覽閱戰報，深自愧恨。自語道：我自用兵以來，一直以為兵精炮利便可橫掃天下，此次北伐動員兵士眾多，使用糧草兵械無數，原為與八旗爭一高下，此時卻被幾十萬全無戰力的明軍拖住腳步，這都是我的過錯。」

說到此時，因是張偉的聖諭，且又是自責之辭。呂唯風連忙站起，抱拳道：「聖上太過自責，這都是臣下的罪過。」

「你不必如此，這大犯聖忌，下次千萬不要如此。」

當時明朝人的規矩，提到皇帝必需很恭謹的站起，雙手抱拳口頌聖安。張偉在現代時的清宮戲上也常得見，甚覺作嘔，是以下了嚴令，不准官場上有此作風，呂唯風是世家子弟，對此事並不瞭然，倒是不知不覺間犯了忌諱。

待聽得何斌解釋，忙抹了頭上冷汗，笑道：「是，下官是第一次聽說陛下有此嚴諭，下次必定不會再犯。」

何斌噗嗤一笑，向他道：「說起這些，聖上的避諱和喜好當真是奇特，也是江南官場趣談。比若小腳，他一見有官眷入宮晉見皇后時是小腳，便是皺眉不已，很是痛恨。本來這小腳很是漂亮，女眷們在宮中走起來，當真是如同風擺楊柳一般，婀娜多姿甚是可人。他卻偏偏不喜，宮內女官都放了腳，不准纏足。在臺灣時也是如此，不知道這人是爲了什麼。現下可好，各個齷齪官兒爲討他的好，家眷小妾女兒，統統放足。此風吹到民間，有不少原本纏足的農人商賈，也令家人放足。這真是……」

他與張偉交情深厚，此時說起話來已是滿口的「他，這人」，呂唯風不敢應和，只得面色尷尬的應承。何斌卻是說得興起，仍手舞足蹈的說道：

「還有御史台的都老爺們，原本說是叫御史，年前陛下一時興起，說是仿回漢制，改御史爲議郎，改御史台爲議院。議郎都是各行各業的能人幹員，品德出眾之人，專議國政。聖上上次非刑處死了一個巡城御史，後來很是後悔，說是以皇帝之尊下令殺人，爲後世留了很不好的例子，是以竟加重對議郎的尊重，改爲超品，見一品大官亦可分庭抗禮。議郎資格罷後，便依照功勞情分授官。凡事議而後行，不能逾制。除了軍務，各省的民政商務，竟然都漸漸要議院通過議案，才能施行了。」

他拍手道：「你想想，凡事都這麼著，還能辦事不能了?還好議郎也是人，他也不能做一輩子議郎，總需防著將來!所以我也不管，好生拉攏一些，搞什麼投票表決時，也方便許多。不然的話，別想辦事，我成天都去議院耍嘴皮子得了!」

張偉改制之後，中央的議院稱為上議院，地方的為參議院，勾當表決軍國大事。除了軍務不能干涉，所有的民政、財政、地方政務，竟然都需議院同意方能施行。

這呂宋近來也在各州府設置參院，由當地德高望重之人充實其中。呂唯風此時倒還沒有覺得不便，只是覺得多一重掣肘，很是無此必要。此時聽得內地議院參院竟然慢慢得了實權，心中警惕，便想著若是回去，需得在議院安插心腹，以免將來行政時礙手礙腳。雖然心裏對此事也並不贊同，他卻不如何斌這般說法肆無忌憚，只得笑道：

「陛下如此行事，也是為著防微杜漸，以眾智杜絕錯失的意思。試想若是全天下都由才幹之人會議，然後決斷大事，豈不比一人獨斷專行更好?」

何斌橫他一眼，道：「這話是沒錯。不過這些人多半與臺灣來人不對，對咱們的行事多有非議，若是沒有些手腕辦法，只得先行告老讓賢，給飽讀經書的大才們去管理賦稅之事，卻要看他們有沒有這個能力!」

呂唯風乾笑一聲，不敢再答話。只得又問道：「陛下適才很後悔北伐的用兵方略，既然已知敵人佈置，爲何不因勢而擊，一舉破敵？我漢軍實力強橫，五萬漢軍足以正面擊潰二十萬明軍，未知江大將軍未何一退再退，不肯與敵決戰？」

「明軍不知道我軍乃是用信鴿通信，實則前方戰事一起，文瑨已用信鴿稟報陛下知道。陛下深思一夜，第二天立刻用快馬和信鴿分別通傳，命全斌與張瑞即刻分兵進擊。飛騎入河南，攻掠商丘、朱仙鎮，危逼開封，若是守備薄弱，便一鼓而下！周全斌引領部下由淮安各處攻徐州，擊潰正面之敵。若是敵竄河南，便由飛騎迎擊。他兩人此刻早已動手，只怕駐在徐、青的明軍早就潰敗，或是退往河南，被飛騎四處追剿，或是退往濟南，甚至要退往河北，亦未可知。」

說到此時，呂唯風方才恍然大悟，因笑道：「那麼棄守廬州，只是把鳳陽一帶的明軍往南引引，免得到時候一股腦兒的往河南逃，飛騎的壓力過大。」

何斌將手中摺扇一拍，笑道：「就是這個道理了。此次戰事若是順遂，只怕明軍再無主力，名將殞身，兵士敗亡，名城要地盡失，財賦之地絕無，大明，亡定了！」

明朝的敗亡是無論如何也不能逆轉的現實，不論是亡於漢，還是亡於農民起義，或是關外的八旗入關，風雨飄搖中的明朝已經注定了必然覆亡的命運。

「陛下以布衣起事，不到十年擁有江南全境，領有臺灣、倭國、呂宋諸島，人民安定，官員廉潔，軍隊效命。現下以數十萬前所未有的強兵由南伐北，建萬世不易之基，真神人也！」

何斌聽他一籮筐的頌聖之語說將出來，也點頭笑道：「不是咱們奉迎，確是如此。」

「陛下有意遷都麼？我雖不知兵，不過這一戰過後，明朝主力盡失，流賊不成氣候，北方已是空虛之極，或由山東直入畿輔，或是先下中原，再入北京。」

說到此處，呂唯風亦是興奮起來，向何斌笑道：「北京一下，明朝覆亡，天下大統由漢繼明，大局定矣。到時候陛下一定大賞功臣，太師乃是文臣班首，必能如明初的李善長那樣，得封國公，承襲萬代。」

何斌往身後一倒，舒適地躺在座位的軟墊之上，向呂唯風笑道：「李善長被牽扯進胡惟庸造反一事，賜死抄家，可沒有什麼好下場啊。劉青田，橫死；徐中山，橫死；藍玉，橫死……明太祖雖然沒有炮打功臣樓，不過除了信國公湯和外，功臣被誅死者十有八九。至靖難時，建文竟無大將可用。或是藍玉尚在，朱棣小兒又有何懼哉？帝王只顧自己一家子的天下，哪肯將權柄授與外人？開國帝王能制伏功臣，後世小兒如何治世？是故，或殺，或囚。最好的，也得杯酒釋兵權。人哪，是世間最無情之物！」

他這番話雖只是淡淡說來，卻當真是驚心動魄之極，在封建之世，亦是大逆不道的話語。

呂唯風坐在車內，當真是避無可避，只聽得臉上一陣紅，一陣白。想要斥責反駁，地位卻又相差太遠，哪裡有他說話的份？聽了半晌，見何斌摸著額頭喟然不語，他便吭哧吭哧答道：「太師，您言重了！」

見何斌一臉倦色，並不作聲，又道：「陛下一向仁德，待臣下有若子侄，哪有無故加害的道理。太師的話，下官不想聽，也不想記。伏願太師日後千萬不可如此，否則，必有不可測之大禍。」

他以爲何斌必然惱火，卻不料何斌待他說完，只向他微微一笑，答道：「這些話倒不是我的原話，乃是昨日陛下與我閒談時所言。」

呂唯風拿著蓋碗的手一抖，半杯殘茶立時潑在身上，水跡在嶄新紫色官袍迅速消弭，只留下一股淡淡的漬痕。

「一路平穩，想到將近皇城，卻突然抖了一下。」

何斌笑道：「你不必驚慌，也不必在意。這些話乃是陛下偶發牢騷之語，其實當不得真的。」

他悠然道：「你久在海外，京中情形並不盡知。閩黨和東林黨、新附黨明爭暗鬥，紛擾不已。陛下原說黨爭可促使各人更加賣力於國事，以實績來說話。誰料國人都慣於將人拉落下馬，使別人辦不成事，黨爭更是如此！陛下之算，竟落空矣。」

呂唯風雖然遠在海外，對朝內各臣分黨結派之事亦是略有耳聞。以吳遂仲爲首的閩黨，鄭煊等人爲首的新黨、還有老牌清流黨派東林黨，各黨派之間並不服氣，國家大事多涉及在黨爭之內，許多政務因爲黨爭而扯皮掣肘，就是遠在海外的呂唯風有時也牽涉其間。若論起資歷出身，他自然該加入吳遂仲的閩黨之內，只是當年在軍機處時，他與吳遂仲因爲幾件政務有過爭執，兩人頗有些面和心不和，讓他此時俯身投靠，卻也很是難爲。

他一邊在腦中急速思索何斌今日此語的用意，一邊沉聲答道：「下官只是唯陛下之命是從，並不敢結黨營私。況且君子不黨，下官雖不是讀書仕子，卻也不願自甘墮落。」

「很好，很好！陛下並沒有看錯你，你此次或許留任中央部閣，或許仍是回任，待見了陛下再說。」

說到此處，呂唯風心裏已明白此次召還他的真意。想必是張偉不滿吳遂仲與袁雲峰兩人所爲，再有舊式士大夫掣肘，是以要借助他這個能員執掌內閣，清除黨患。他心中暗自掂掇思量，只覺得此事很是難爲，便思謀著向何斌笑道：

「太師過獎。下官何德何能，竟讓太師給我如此的美譽。只是下官專任地方慣了，一身的匪氣，用來治理海外都是勉爲其難，更何況是中央部閣之任？太師所言，下官斷不敢當。」

何斌睨他一眼，卻並不理會，只從鼻孔裏輕哼一聲，倒向座位閉目養神，不再說話。

馬車在小雨中轔轔而行，呂唯風見何斌似有倦意，便不敢再打擾他，自己扭頭順著玻璃車窗往外凝視城內的風景。他離開南京時還是一個青年，此時雖然還是壯年，卻已感覺精力疲敝，神思倦怠。與何斌一處半日，比之平日裏處置公務更加的勞心費力。原本在馬車有節奏的行進韻律下，他也是昏昏欲睡，很想歪倒休息；待往車外一看，一時間竟看得呆住，只直著眼一直四處打望，直至到了馬車經天街，到午門外停住，何斌張目起身，見他仍然若有所思，向四處打量，便笑道：「竟大變樣了，是麼？」

「正是。這樣的天氣，城內街道原本是泥濘不堪，車行不易，現下卻不知道鋪的是什麼東西在路上，雨水打在其上，竟然四濺飛散，並不能動其分毫。再有，原本雨水一定會積成水窪，此刻竟然汩汩

流淌，不一會工夫便蹤影不見。路邊種植各式樹木，店鋪都清潔軒敞。這南京，與我所記的模樣，已是截然不同了。」

何斌聽了一笑，只不言語，與他一同下車由午門旁邊的側門而入，兩人逶迤而行，往乾清門方向而去。

半途之中已有侍衛得了張偉吩咐，拿著兩件油衣給兩人披上，又有鹿皮皮靴套在兩人的官靴之上。何呂二人心中感激張偉細心，身上加上這些物什之後，雖然雨下不停，走在這空曠幽靜的宮禁之內，眼看著乾清宮大殿高達幾十米的三層漢白玉平臺上的幾百個龍頭噴射出粗細不一的水花，耳聽著潺潺雨聲，卻也是別具一番風味。兩人並肩而行，由乾清門入內，至乾清宮側的偏殿承德殿外等候。

第九章　委以重任

呂唯風見他雖是突發奇想模樣，心裏卻明白這其實是早已謀定之事。他並不願意牽扯進黨爭之中，卻不料甫一回來，便已身陷其中。心中猛嘆口氣，嘴上卻已開口說道：「臣無德無才，蒙陛下如此信重，敢不以死效命？」

只不過稍待了片刻，就聽到裏面傳來橐橐靴聲，兩人抬頭一看，不是張偉是誰？呂唯風多年不曾見到他的模樣，忍不住盯著張偉看了兩眼，方跪將下去，低頭泣道：「久不見陛下的面，今日一見，卻是清減許多。」

張偉聽得一楞，他現下天天居於深宮，除了偶爾微服甚少出宮。每天只是坐而論道，並不能像以前那樣隨性亂走。再加上稱帝之後，雖然不肯太講究享受，到底也是帝王之尊，哪能不錦衣玉食？是以反比以前略胖一些，此時呂唯風說他「清減」，顯然是稱頌他操勞國事，倒也是別致精巧的馬屁。

因笑道：「清減不清減的，倒也無妨。來，兩位隨我進來，殿內正議著軍務，兩位先稍待旁聽。」

說罷，又親手將呂唯風扶起，笑道：「先生辛苦！萬里之遙奔波而回，不必拘於俗禮了。」

呂唯風原本以爲他此時已然稱帝，必定是更增威嚴，誰料張偉此時神態模樣比之當年在臺灣還要謙和溫良的多，不但並沒有皇帝的威風架勢，連稱呼還都是以「我」自稱，令他很是詫異，也很是感動。因隨勢站起，向張偉笑道：「既然陛下並不喜歡，那臣便遵旨而行就是了。」

張偉衝他滿意地一笑，轉身帶頭入內，何斌與呂唯風隨之而入。殿內早有侍候左右的宮女上前，爲二人搬來坐椅，讓他們就在暖閣門邊坐下等候。

呂唯風卻是第一次進來這皇宮內殿，不免覺得新奇。因四處打量，只見除了宮殿規制高大，柱梁挺拔厚實之外，其陳設擺放的物品倒也是尋常，並沒有想像中的那般奢侈。再轉回頭看張偉，見他已在暖閣內的御座上坐下，正向一並排坐著的十幾名漢軍將軍模樣的人皺眉說道：「依你們說，就在三日後動手，如何？」

當先而坐的正是現今的參軍部大將軍張載文，聽了張偉問話，便略一躬身，答道：

「正是。依照參軍部的謀算，萬騎的契力將軍此時正在安慶之北，長江水師亦已運載金吾衛大部到了江北。安慶附近的廂軍這十餘天來一直與明軍纏鬥，明軍的關寧兵銳氣已失，並不再想著攻下安慶，但是被當地廂軍以遊鬥夜襲等諸多辦法纏著，雖然知道被圍，卻是想退也退的不快。以屬下們想法，一邊令江文瑨開始進擊，將正面的明軍打退，阻斷關寧兵和占領盧州一帶的明軍退路；以萬騎和金吾兵夾擊合圍南下的明軍，一戰而全殲之。現下一切就緒，只需陛下下令，便可以令各部行動了。」

呂唯風聽得真切，卻見張偉只是皺眉不語，心中大奇。漢軍戰力之強，武器裝備之精舉世無雙，他雖是文官，這些年在呂宋卻仰仗漢軍甚多。開初在呂宋時，常有土王作亂。常常嘯聚幾萬人攻州掠府，然而不過幾百漢軍一到，用野戰火炮轟擊幾輪，然後砰砰放上一陣火槍，土人便四散而逃，根本不是敵手。現下淮北已有十幾萬精銳漢軍，又以誘敵之策將敵人戰線拉長，此時動手不但可以擊敗敵人，想來全殲亦非難事，卻不知道張偉不知為何如此做難，竟是一臉猶豫。

正納悶間，卻聽得張偉長嘆一聲，向殿內的另一名將軍問道：「汝才，那趙率教仍然不肯歸降麼？」

那將軍聽得他問話，忙答道：「是。臣上回自接到部下的密報，那趙率教並不肯看陛下的親筆書諭，而是直接命人封還。他還說，看在當年陛下接濟遼東軍人的分上，並不為難使者；若是再派人來招降，便是看遼東漢子不起，到時候卻要不客氣了。有他的話，臣覺得不必再派人過去。」

張偉聽到此處，卻是怒氣勃發，向他道：「你好大的膽子！我命你不斷地派遣人手過去，一定要想方設法招降於他，你竟然膽敢如此專擅？」

那羅汝才被他如此痛斥，很是害怕，忙起身跪了，向張偉辯解道：「陛下，臣以為關寧軍雖是天下精銳，然則比之漢軍相差甚遠，是以招降與否與大局無礙。是以那趙率教先逐使者，後又封還陛下手

諭，又有威脅之語。臣想，關寧軍的性命是性命，臣屬下的性命未必就不是性命。」

他開始很是驚慌，待說到後來，卻也是振振有詞，很是有理。與座漢軍各將多有不贊同張偉如此行事者，聽得羅汝才這麼解釋，便也都起身道：「陛下，趙率教冥頑不靈，疆場上戰死殞身亦是武人夙願，就成全了他吧。」

張偉也知此事拖到現下，再也不能再拖延下去。自從知道明軍大部至淮北後，別事也罷了，這趙率教乃是明朝忠勇大將，能力才幹都是頂尖。與祖大壽一左一右輔佐袁崇煥鎮守寧遠，爲國家民族立下很大功勞。當年張偉赴遼時，亦曾會面。張偉所以肯放棄廬州，便是一意要將關寧鐵騎誘到南面，以優勢兵力合圍，以情分加武力迫使其投降。這樣多一支強力騎兵，與滿人接戰時又多一份臂助。誰料無論是以民族大義，或是當日情分，甚至是袁崇煥無辜下獄一事，亦是命說客拿來做了說辭，趙率教卻是抵死不降。

張偉直過了半晌，方才長嘆一聲，先向羅汝才道：「你起來。你雖然無禮，說得倒也是實情。我不能只顧著遼東精兵打過韃子，一心想保全他們，就不顧漢軍上下安危。」

羅汝才聽他吩咐，連忙謝罪起身，退回坐位。卻聽得張偉斷然下令道：「如此，便命萬騎絞斷退路，迎擊敗兵。命張鼐即日進兵，殲滅所有明軍！」

「是，末將遵令！」

「那徐州戰事如何，奏來！」

此事卻歸王煊該管，聽得張偉問話，忙答道：「回陛下，五日前飛騎與神策兩軍已然往攻徐州。今日軍報，兩軍已經將徐州團團圍住，不日便要強攻。飛騎偏師由沭陽往山東，兵鋒直指郯城、臨沂。這幾處除徐州城高兵多外，都是平原小城，駐兵戰力亦弱，只待徐州一下，漢軍便可分兵往掠河南、山東。」

張偉點頭道：「命張瑞與周全斌不必猶疑，需得猛打猛衝！徐州一下，神策軍立刻往擊兗州、濟南。山東全境攻克之後，再休整士卒。濟南攻下之前，兵將俱不准歇，宜將剩勇追窮寇，不可使潰兵有喘息重整之機。」

「是，末將一會兒下去，便給前線漢軍傳達陛下諭令。」

「很好，爾等下去辦差，若有緊急軍情，可即刻過來見我。」

「是，末將等告退。」

由張載文領頭，各人依次魚貫而出。待到殿門之處，卻見何斌與呂唯風端坐於此。各人不便問候招呼，只用眼神向兩人致意一番，便各自匆匆而出，各自前去辦事。

張偉見這幫將軍全數到得殿外，立時神色一鬆，長伸了一個懶腰，向何斌笑道：「召將軍們說事，真拘得我難受。」

何斌笑嘻嘻走上近前，在適才張載文的椅子上坐下，向他笑道：「還不是你說的，軍人需要有軍人的氣質，要走在哪裡，都有模有樣才是。所以什麼軍姿儀表很是講究，這不都是你的主意麼。」

張偉擺手道：「戌戌，廷斌兄不必再說。總之我做繭自縛，自認倒楣就是。」

呂唯風見這兩人言笑不忌，早已看得呆了。此時見是個話縫，忙上前插話道：「陛下向來嚴於律己，凡事都是率先而行，臣下們都很是敬佩。」

「不必如此。咱們雖是君臣，卻也曾是布衣之交，不必總是奏對格局，都是這樣，人生也是無趣。」

見呂唯風老臉一紅，張偉怕他心裏不受用，又笑道：「你這樣也是人之常情，不必因我的話難受。你與我多年不見，心裏有些生疏，又有些拘謹，甚至是害怕，我說得可對？」

「正是。陛下雖然與臣下言笑不忌，然而臣到底睽違陛下聖顏多年，並不敢在聖駕面前放肆。」

「這確實是老實話了。你在呂宋所爲，有許多甘冒法紀，甚至有專擅之嫌，是以此番回來，雖然可以借機衣錦還鄉，其實就你自身而言，憂懼其實大過欣喜。」

張偉站起身來，向他笑道：「周亞夫當年細柳營故事，你想必也知道？統兵大將連皇帝也拒之門外，非將令君不得進。文帝雖然一笑置之，此事也傳爲千古美談。然而後來周亞夫死於詔獄，安知不是當日的事給犯了人君大忌？千百年下，皇權日重，臣子越發像個奴才。明太祖忌功臣謀反，是以誅戮乾淨，幾乎一個不留。皇帝面前，臣子連個座位也沒有，君權一重至斯，你以總督身分，統領數十萬方圓土地，數百萬之生民，心裏有憂讒畏譏的心思，也不爲過。」

呂唯風跪伏於地，泣道：「陛下知臣至此，臣再無別話可說。」

他此次回京，行狀舉止大異往常，正是因爲心裏很是害怕張偉疑他，這才有許多不合他性格的舉動。此時被張偉一一說出，心中很是感佩，不由得不低聲哭泣起來。

張偉喟然一嘆，將呂唯風攙扶起來，向他道：「所以不給總督兵權，要軍政兩分。我雖然並不怕臣下如何，卻是要爲後世立善法，使之垂之萬世而不易。我此次調你回來，並不是疑你才將你調離呂宋。其實是因朝中重臣多有暮氣，行事有許多讓我不滿。你是呂宋能臣，多思而又果決，乃是朝中輔臣的上好人選。呂宋那邊，我已決意不再設總督統領，而是分設成四省，派巡撫、巡按三司，行政教育一律依照內地規矩而行。呂宋在你治下已有很多的漢人州府，再加上這些年學漢學的當地土人，這樣處置可以將呂宋永遠歸於我華夏版圖之內。如此處置，你看可使得？」

呂唯風略一思索，便知道張偉以前命他爲總督時，乃是因爲呂宋蠻荒落後，漢人不多，需要以雷霆手段加以鎮撫，此時既然呂宋已經穩固大治，自然也到了分省設官，正式納入版圖之時。他雖然很是捨不得在呂宋土皇帝般的威風享受，卻也知道此事並由不得自己做主，忙向張偉答道：

「陛下的辦法甚好，臣下很是贊同。如此這般，再過上幾十年光景，呂宋人說漢話，寫漢字，穿漢服，以內地完全相同之官府衙門治之，自此之後，呂宋永屬中國。陛下所慮，誠爲良策矣。」

張偉喜道：「我正是此意！」

又在原地轉了一圈，歪著頭打量了呂唯風一番，噗嗤一笑，向何斌道：「咱們的呂大總督，可真像個工頭兒。」

何斌拍打著手中摺扇，也隨著笑道：「可不是麼。今兒我一見他，便覺得他一臉土灰色，想來是在呂宋四處奔波。在海上大江上行了這麼多天，都洗不掉！」

張偉雙手一合，輕輕一拍，笑道：「既然是這麼著，那工部尚書袁雲峰不理部務，現下只是由侍郎署理，呂唯風既然不必回返呂宋，那麼就任工部尚書吧。」

呂唯風見他雖是突發奇想模樣，心裏卻明白這其實是早已謀定之事。他並不願意牽扯進黨爭之中，卻不料甫一回來，便已身陷其中。心中猛嘆口氣，嘴上卻已開口說道：「臣無德無才，蒙陛下如此信重，敢不以死效命？」

「很好。你此次回來很是辛苦，下去到會同館內先歇著，再到四處遊歷感受一番，然後再回來接掌部務。」

「是，臣告退。」

張偉不顧呂唯風的拚命勸阻，還是將他送到承德殿門之前，見他倒退著離去，這才與何斌一同返回。待重新回到內殿，他臉上的笑容已是斂去，只向著何斌問道：「廷斌兄，此人如何？」

「現下看來，倒信得過。」

張偉臉上一陣青色掠過，向何斌恨恨道：「我一手提拔的人，竟會墮落至此，還是我太寬容放縱所致，從今而後，也得讓他們知道我的手腕。」

何斌無所謂一笑，向他道：「你還是顧及顏面，其實直接辦了，誰能有什麼法子不成？朱元璋因胡惟庸一案殺了幾萬文官，那些官兒們還不是說皇上聖明。」

「我可不想有後世罵名。」

「這也是。先安插些眼中釘給他們，嘿嘿。」

「我也是這個意思。」

說到此處，張偉卻突地笑道：「其實英荷戰事已停，此刻南洋大有機會。把呂唯風調回來，臨機決斷上很有麻煩。」

何斌詫道：「難道有呂宋還不足，你還打著爪哇的主意？」

張偉斷然道：「不錯！爪哇島乃是掌控南洋全局之處。距離爪哇不遠的南面，還有一個大島，我在海外時便已得知。得了爪哇，便可移民那個無人大島，使之永歸中國。再有，爪哇島乃是香料之島，一兩肉桂便是一兩黃金，沒道理把這些寶島白白便宜了紅毛鬼子！」

「也是。只是現下你打算如何著手？」

「釁由敵開！」

何斌正自納悶，張偉又笑道：「這事我已有了成算，想的便是關門打狗的主意。英荷兩國現下打得疲敝不堪，這機會我不利用，難道我是傻子麼？至於什麼條約、約定，爺才懶得去理會。不過，也不能做得過火，落人口實。所以這種事情，需得有人在南洋幫我料理才好。我已想定人手，此事非高傑去辦不可。他雖然差事做的得意，也需得讓他辛苦這一遭了。」

「此事到最後，只怕還是得尊侯去。」

「這是自然。計謀只是輔助，究竟還是要實力來說話。鐵和火，才是最好的嘴巴！」

他說得興頭，又與何斌大聊將來如何陰虧紅毛，如何攻戰南洋，甚或殺往紅毛老家，打得他們不敢再來南洋地界。

何斌雖不愛聽這些，卻也知道此人現下身分已是帝王，無事除了與柳如是閒聊外，也只得來尋他。只得按著性子聽了半個時辰，見張偉說得唾沫橫飛，仍然興頭得很。他吃受不住，只得起身甩手便走，也不顧張偉連聲勸留，一溜煙似地小跑出去，再也不肯回頭。

張偉站在承德殿前，眼看著何斌身影出了乾清門，他幽然一嘆，恨道：「當皇帝可真是無趣！」又回頭看了一眼女官們準備好的膳食，因爲要以儉樸示人，不肯奢侈，所以翻來覆去都是那幾樣小菜，他便氣道：「不讓你們上百來道菜，難道就一直要我吃這幾個？更新才是王道！」

他在後宮氣急敗壞，嫌棄菜式不夠新鮮之時，漢軍飛騎都尉李侔卻引領著五百飛騎精銳，在河南朱仙鎮外的荒郊野地之中，吃著由野菜和粗糧製成的飯糰。雖然粗糙之極，卻因爲疲累之極，各兵將吃起來都很是香甜，並不覺得如何的難以下嚥。

自從被沈金戎派往河南哨探掠陣，李侔原本只是在邊境之處四處巡視，查看敵情。卻不料一入河南境內，除了絡繹不絕的糧隊之外，很少見到明朝的官兵。一路上雖然有不少山寨和鄉兵擋路，卻如何是精銳飛騎的對手。只需衝殺幾次，便擊敗敵人。是以這半個多月以來，李侔先是在商丘一帶遊走奔襲，遇著有大股押糧官兵的糧隊便退避，防備薄弱的便上前襲擾。斬殺運糧官兵，焚毀明軍的軍糧和軍需物資。如此幾次三番，弄得洪承疇惱怒不已。不顧前方需用騎兵，派了待罪副將陳永福引著幾千騎兵來回清剿這一小股漢軍。

那陳永福對河南地形很熟，又一門心思想追補前過，是以很是賣力；雖然並不能追上李侔，與他決戰，卻也逼得李侔四處躲閃。

糾纏了數日之後，李侔因回路被封，只得一路向北，竟然到了開封之北的朱仙鎮附近。他在日前路過開封之時，雖然並不能靠近城池，卻派了幾個河南籍的飛騎兵士裝成農民，往開封方向打探敵情。

他也是河南人出身，知道這時候官兵的主力都在淮北一帶，開封雖然是省城，又是周王封藩，卻未必有多少強兵駐守。若是能虛晃一槍，將陳永福調往北面，然後自己繞道開封，在城下轉上一圈，襲擾一番，只怕周王和朝廷驚慌之下，便會立命洪承疇回援開封。

他只是個下級小軍官，並不知道此時漢軍主力調動完畢，眼看就要與明軍大舉決戰，所以打定了主意，要為淮北的漢軍分擔壓力。有了這個想頭，竟然不顧自己的安危，軍糧吃盡，因為要防著暴露目標，也不敢去打糧，只得用從附近尋來的粗糧和著野菜，將就著裹腹。

「二爺，咱們去打聽過了。留守開封的只有一個總兵，帶著兩三千兵馬。騎兵大概只有兩三百人。」

李侔聽得兩眼放光，立刻起身叫道：「兄弟們，馬力都養足了，咱們也吃飽了，是時候出去大幹一票啦！」

這些日子裏，他的屬下與他四處打劫土寨，學得地方土話，把打仗叫做幹買賣。此時眾飛騎將士得他這麼一說，各人都哄笑道：「是了，咱們隨李都尉一同去開封，幹那周王一票！」

五百多漢軍騎兵在開封城西曹門外夤夜來攻，趁著城防空虛，以大木破門，斬守城參將，兩百多城門守卒皆戰死。漢軍入外城，四處放火燒殺。城中一夜數驚，守城總兵護住河南巡撫及巡按、開封府、推官、守備道等文官往周王府中避難。周王朱恭枵登上王府紫禁城的城頭，徹夜難眠。王府之內所有的珍奇珠寶都由太監和宮女打成包裹，預備著外城失守後迅速由東門逃走。

直待第二天天明，城內大火次第熄滅。天光大亮，總兵官派出親將四處巡探查訪，這才曉得昨夜不過是幾百名漢軍騎兵虛張聲勢，竟然嚇得城內幾千守兵避而不戰。周王聞報之後勃然大怒，雖不能干涉地方政務，卻也將前來報信的總兵官好一通訓斥。又諭令他立刻派騎兵出城追趕，不使這股騎兵騷擾地方。

洪承疇接到此事的塘報，卻已是在三天之後。他正在為前方戰事苦惱，哪裡顧得上敵軍偷襲的小事，於是又命陳永福務必追上那支小股的漢軍騎兵，若是不然，一定將其重重治罪。

「賊兵越發向前了麼？」

「是，回稟督師大人，自前夜起，賊兵的炮陣一直往前，我方炮火只要稍一還擊，就是劈頭蓋臉地還擊回來。」

回話的小校偏將負責指揮昨天調往前方的數十門火炮，只不過一天一夜下來，全數火炮或是被敵人打壞，或是因爲不停地轟擊而自己炸膛，存留下來的只是十之一二。這偏將差點兒便被炸死，一顆開花彈的彈片斜飛而來，自他胸前劃過，劃出一道深深的口子，若不是力道已弱，只怕他已經被彈片開了大膛了。

「不論如何，務須與敵對攻。徹夜聽著敵炮轟鳴，太過傷我軍的士氣！」

洪承疇又似自言自語，又似乎在向這個偏將下達著命令。那偏將並不敢與他頂嘴，只是諾諾連聲答應。後來還是洪承疇的中軍牙將看出風色，打著眼色讓他離開，那偏將才灰頭土臉的離去。

洪承疇眼中雖看著那偏將離去，卻也並沒有什麼實際的指示給他，只得就這麼放他離去。他生性愛潔，此時卻也是渾身泥灰，二品文官的紅袍上沾滿著伏地臥倒時的泥土草屑，因爲隨時可能要往地上趴倒，所以他也不肯再如開始時那樣勤加拂拭，只是呆呆地看著扎在自己袖口上的荊棘發呆。

明軍原本打得很是順手，先是將幾萬漢軍以優勢兵力團團圍住，連敵人的糧道亦是隔斷；又派兵占了廬州重鎮，得了大批糧草軍械。更甚者，明軍兵鋒直接安慶重鎮，若是安慶也下，就可以用火炮封鎖江口，連南京方向的援兵也不必害怕。誰知道現下戰局突變，被圍困的神威衛不住前壓，用優勢的火力掩護射擊，步兵前突，密集的火槍射擊和手榴彈，小型火炮等壓制性火力將對面的明軍打得抬不起

頭。

早期明軍還有點士氣，拚死抵擋，接仗幾次之後，明軍與漢軍的死傷對比甚至達到一百比一，眼見自己身邊的兄弟不斷倒下，而己方的火炮和可憐的火器簡直搆不到對方的皮毛。這場戰爭如同漢軍在演習，甚至是獵人在打獵，而明軍則充當了可憐的獵物角色。

這樣的不對稱殺戮嚴重地挫傷了明軍上下的銳氣，開始時，各總兵將軍們在督師嚴令下，還不斷命令士卒拚死抵擋漢軍，待後來死傷太過慘重，不但是普通士兵不肯再往前枉死，就是將軍總兵亦是無意接戰，漢軍陣線前壓，明軍便不斷後退，根本不肯再與漢軍死戰。明軍原有的大小不一的火炮已然折損殆盡，陣地不住後退，現下幾萬漢軍施展開來，已經將明軍主力與廬州方向徹底隔斷。

洪承疇已經知道事情不對，只怕廬州方向和趙率教所部都很危險。只是他心裏又抱了萬一的打算，想那趙率教在關外多年，面對著清兵鐵騎都未曾吃虧，關寧兵勇猛敢戰，非一般的明軍可比。縱然是吃些小虧，但以全數騎兵的超強戰力和移動能力，縱然是打不過人家，逃回鳳陽應該還是不成問題。

他這幾天不住地試圖派小股騎兵突破漢軍防線，好往廬州方向打探敵情。只是漢軍火力實在太猛，稍一靠近些便是鋪天蓋地的炮火覆蓋轟擊，明軍根本不能近前。所有的陰謀詭計、妙算奇思，都在這中國戰爭史上從未有過的強大火力之前，化爲烏有。

「他們的炮火，卻不知爲何突然變得這般猛烈！」

洪承疇痛苦的看向遠方，天色雖是陰暗，卻並沒如明軍所期盼的那樣下起豪雨。漢軍的火炮又在不知疲憊地不住轟鳴，一股股火光夾雜著濃煙噴射出來，在黯淡的天空劃出一道道明亮的劃痕。此時秋冬之交，正是天乾物燥，難得落雨之時。他並不知道，漢軍火器並不害怕下雨，是以這幾天來，明軍上下雖然並沒有明著求雨，暗地裏各軍帳內總有一些迷信的將軍在暗中求雨，盼著老天下降下十天半月的陰雨，使得敵人不能如此的囂張。

他正呆呆地亂想，卻冷不防有一顆炮彈遠遠向他飛來，炮彈發出刺耳的尖嘯，轉瞬之間已經飛到洪承疇的身邊。這是漢軍最大口徑的三十六磅野戰加農炮，實際有效射程已達三千米以上，洪承疇以為自己此時的站立之處並無危險，是以竟然沒有提防。所幸他的親兵這幾天吃的炮轟多了，已是訓練有素，聽到炮彈飛來的嘯聲便立刻將他撲到，按在身下。洪承疇猝不及防之下，嘴巴大張鐘在地上，已是吃了一嘴的泥土。

待耳邊砰然一聲大響過後，洪承疇只覺得耳中嗡嗡作響，身上又溫又熱。他還是頭一回遇著如此近的炮擊，心中又驚又怕，顫抖著身體半晌爬不起來。直待眾親兵將他扶起，他這才發現原來是適才將他壓住的親兵中了彈片，鮮血流了他一身。

他雖然是嫌惡之極，心裏直欲嘔吐，卻不敢將這種情緒表現出來，只陰著臉道：「將他好生葬了，將來再派人送一百兩銀子給他的家人！」說罷，匆忙往鳳陽城下後退。

漢軍的重型火炮開始發威，一顆顆重磅炮彈拉長了射距，並不是直接落在最前線的明軍陣地上，而是越過他們的頭頂，直接打在後方。漢軍開炮方式讓明軍很是摸不著頭腦，特別是調準校距後，竟然

直接打垮了明軍僅有的火炮，將炮彈直接灌在明軍炮陣之上，更使得並不知道這種戰法的明軍驚懼。在他們眼裏，漢軍有若神助，火器上有著法力才能具有如此大的威力。

暮色漸漸上來，明軍陣地中已是一片死氣。因爲害怕成爲敵人火炮攻擊的目標，明軍無論是將軍小兵，在夜色裏都不敢點起燈籠。洪承疇命人知會孫傳庭務必小心，自己在親兵的護衛下在夜色裏逶迤而去，直到進入鳳陽城內，才算是鬆了口氣。

鳳陽方向的明軍還只是感覺到了危險，而奉命游擊至安慶附近的寧遠總兵趙率教卻已是深陷泥沼之中，全軍覆滅之局已成，眼見敵人就要收網，他卻並沒有辦法解決。

白天與纏鬥游擊的廂軍激戰數場，關寧兵戰力雖強，又有著關內明軍沒有的大批小型火器，卻並不能在對方的地方守備兵身上占到什麼便宜。那廂軍雖然裝備炮火都並不如主力漢軍，卻也有著相當數量淘汰下來的舊式火炮，再有少量裝備的新式大炮，配合地勢人和之利，士氣高昂的廂軍其實並不如明軍想像的那麼容易對付。再加上當地的廂軍將軍很有幾個將才，李岩便是其中之一。廂軍白天正面從不與關寧軍正面對抗，而是借助著城池及險要地勢固守。待到是夜間，便分成小股，四處襲擾。於是明軍一夜數驚，全師出去敵軍早已退去。

如此這般十餘天下來，明軍早已疲敝不堪，當初想著一鼓而下安慶的打算早就落空。現下只盼著能甩脫廂軍，安然回到鳳陽與主力會合，便已算了佛天保佑了。這一天勉強向前行進了百餘里路程，趙率教就在一處平崗之下紮營；多派遊騎哨探，遇著敵襲便分兵阻擋。

他自己先騎了馬，帶著十幾個副將偏將隨眾，在親兵營的護衛下巡視營防，見各處都防備齊整，這才放下心來。長嘆口氣，向諸將道：「如此這般，還需好幾天才能回到盧州。看漢軍的勢態，只怕這兩天可能還有優勢兵力前來阻擊。各位到時務必死戰前突，這樣才有一線生機。」

洪承疇被漢軍神威衛一路趕回，消息阻絕的趙率教並不知曉。然而他為將多年，由小軍官幹到方面大將，心裏又如何不明白此時大事不妙。自己若是趕快甩脫附骨之蛆一般的廂軍，在漢軍主力未來之前會合盧州明軍，一直往北突圍，只怕還有一線生機，若是在此地耽擱久了，只怕匹馬不能返回。這些時日以來，漢軍先是派遣使者，接著送張偉手書，然後不敢再派人來，以箭射書信，勸他投降。

他雖然很感念當初張偉在關寧軍面臨生死存亡關頭時給予的幫助，然而此時袁崇煥還在關中一帶督師，若是他率全師投降，袁崇煥立刻就有不測深禍。關外除了吳三桂外，再無袁崇煥的舊部為他撐腰，皇帝若是惱羞成怒，立下詔旨將袁崇煥處斬，豈不是為他所害？想起在錦州被逼投降的祖大壽，趙率教向面帶猶豫之色的屬將道：

「關寧兵已經有幾個總兵大將率部投降，幾十年抗擊滿韃子的名聲毀於一旦。若是咱們再降，上對不起國家社稷，下對不起信重咱們的袁督師。所以各位不能因為士卒疲敝就有著投降懼戰的心思。人誰無死？只要死得其所，不在千載之下留下罵名，也就是了。」

又傲然道：「況且關寧鐵騎全力而戰，八旗精兵又如何？我就不信只敢躲在大炮背後不住以火器打仗，不敢與人正面接戰的漢軍，比八旗能強過多少？此番回擊鳳陽，各部需勇往直前，有敵無我！」

「是，有敵無我！」

「請總兵大人放心，咱們遼東漢子怕過誰來？管他是誰，想擋住咱們，先問問咱們手中的大刀！」

「正是如此，咱們當初從關外出來，都是精挑細選的各部精銳。在寧遠錦州鎮守多年，和滿韃子激戰過幾百仗，現下在這江南之地，難道就怕了不成？」

這人提起當年在錦州、寧遠鎮守之事，各人都是由遼東出來，恍惚間已是大半年的光景過來。眼看東征西討沒有寧日，由關外到川陝，又由川陝到淮北，甚至兵鋒將過長江。大半個中國跑將下來，不但是普通士兵，便是各級軍官也早就思鄉心切，懷念留在關外的親人好友。

過了良久，方有一人強笑一聲，說道：「錦州城外的屯所現下該開始種麥子，老少爺們正忙著呢。」

「唉，錦州現下落於滿人手中，只怕他們未必操心農事。當時圍錦，聽說死了不少百姓，也不知道現下的情形究竟如何。」

有一參將生性粗豪，見各人都是悵然若失，一臉沮喪，便大聲道：「現下想有何用？只有擊敗眼前之敵，大夥兒還有機會回到關寧，跟滿韃子大幹幾場，把寧錦奪將回來！」

趙率教聞言聽頭，笑道：「這話說的很是，只有這樣，咱們才能回去。若是心中疲軟，一心想著保命回遼，只怕立刻命喪此處！」

說罷，害怕各人心中難過，以致軍心不穩，又領著各人討論當前敵情，佈置人手防備。鬧到子時左右，眼見今晚並無漢軍來襲，趙率教放下心來，又叮囑負責守夜的副將幾句，這才回到自己的軍帳中安歇。

到得半夜時分，趙率教卻突然從睡夢中驚醒。他驚惶起身，滿耳只聽得營內一片嘈雜，兵士驚惶的喊叫與戰馬的嘶吼聲混雜在一起，再有若有似無的喊殺聲自遠處傳來，他霍然起身，叫道：「來人！」

他的親兵急忙應聲而入，知道他為了何事，也不必等他發問，直接向他道：「大人，好像又是敵兵來襲！」

第十章　遼東將士

趙率教已知道今夜戰事與往常截然不同。那喊殺聲自從一刻之前響起，一直未停。營門口的火光越發明亮，並且往內裏延伸，與往日只在營門附近燃燒不同。他側耳傾聽，只覺得營門處遼東將士特有的喊殺聲越發微弱，心裏又驚又怒，也不待下屬到齊，只帶著隨從親兵飛速奔馳，往營門方馳援。

趙率教急忙穿上衣袍，束好甲冑，戴好厚重的鐵盔，手持大刀奔出營門，見中軍親兵們已將戰馬備好，他滿意的點點頭，翻身上馬，向各人道：「小心總是好的，咱們這便過去看看！」

因爲最近這十幾天來總是在半夜被漢軍襲擾，各營的統兵將軍們已然習慣。近三萬關寧兵連營三四里路，此時傳來喊殺聲的並不在漢軍一直主攻的南面，而是在營北方向。因爲估計著又是小股的漢軍騎兵來偷襲，他們只在營門處喊殺一陣，放上幾支火箭，待明軍一出，立刻調轉馬頭飛奔而逃。所以雖然此時外面殺聲震天，北營門處火光沖天，聲勢駭人，然而被漢軍襲擾慣了的明軍將士卻並不在意。

趙率教一路向北，路過的各個軍帳內並沒有人聞警奔出，仍然是一片寂靜，若是駐足細聽，才能聽到軍帳內傳來若有似無的鼾聲。

趙率教雖然覺得今日情形不對，並不以小股敵軍來襲，卻也不忍此時就將這些疲敝之極的將士全數喚起，略一猶豫之間，北門處的喊殺聲越發密集響亮，顯是動靜不小。

「來人！傳召全軍將士，披甲備馬，準備與敵接戰！」

身爲鎮遼大將，趙率教已知道今夜戰事與往常截然不同。那喊殺聲自從一刻之前響起，一直未停。營門口的火光越發明亮，並且往內裏延伸，與往日只在營門附近燃燒不同。他側耳傾聽，只覺得營門處遼東將士特有的喊殺聲越發微弱，心裏又驚又怒，也不待下屬到齊，只帶著隨從親兵飛速奔馳，往營門方馳援。

與他預料的相同，此時攻入明軍營防的，正是漢軍最精銳的萬騎一部。這五六年來，張偉一直花費重金養馬，在台南等地設置馬場，培訓戰馬和騎手。臺灣當時有五六十萬原住土著，多以射獵爲生，射術遠遠超過常人，並不在遼東八旗射手之下。只是臺灣無馬，土著善射而不精於騎，總歸要先練習一兩年的騎術，才能在馬上作戰、射箭。是以萬騎自成軍以來，幾年間張偉一直大力扶持，百般設法，這才由當初的一萬二千人，發展到了三萬人的強師。

奉命在今夜突襲明軍的，正是萬騎左軍的黑齒常之一部。因明軍很是疲勞，營寨立得很是簡陋，只是用一些削尖的木頭插入土中，再有一些刁斗遠眺，便算是立營完成。黑齒常之引領萬騎左軍萬人，先是以布匹包住馬蹄，悄然到得營寨外牆近前，將事先準備好的柴草等物引火之物拋在木柵兩旁，守軍甫一發覺，漢軍已然稍稍退後，待守夜的明軍近前查探，便射出火箭射出，將灑上火藥的柴草點著。一時間火勢大起，稍微靠前的明軍都被突起的大火燒著，發出慘叫。其餘明軍被大火阻斷，並不能上前救援。待木柵被大火燒斷，燃燒的木頭發出劈哩啪啦的聲響過後，轟然倒地。

「射！」

黑齒常之眼見營內的明軍已然停住混亂，開始整衣束甲，拉出戰馬，準備騎兵出來搏鬥。他微微冷笑，知道眼前這股明軍確實不可小覷。他帶著萬騎掃平江南時，哪怕就三五百人的萬騎，也能很輕鬆的擊潰幾千人的明軍，那還是在大白天正面交手的情形之下。眼前這支明軍卻很是強悍，雖然被萬騎的突然襲擊搞得措手不及，而且連續十幾天夜不安枕，很是困倦，卻能在中下層軍官的指揮下迅速鎮定下來，將擋路的火堆以土掩蓋，又紛紛自營帳中奔出。著衣穿甲，按著部曲所屬迅速整隊。不過一刻工夫，營寨被燒毀之處，已有過千的明軍騎馬持刃，準備出擊迎敵。他雖然吃驚於明軍的反應，卻也並不在意，只命部下上前，預備射箭。

當趙率教趕來之時，卻正好遇著萬騎第二撥的箭雨射將過來。在前面的明軍早被箭雨射退，在萬騎射手勁大力沉，準頭奇佳的箭雨打擊下，最前面的明軍早已被射得如同刺蝟一般，急切間又沒有盾牌護身，開始還堅持不退，一心想往外迎敵的明軍早就抵受不住，開始往營內撤退。

負責此地的兩個參將眼見總兵趕到，心裏又急又愧。因爲他們離得稍遠，就是有箭矢飛來也是力道漸弱，所以他們可以用手中的刀劍將箭矢撥開，並沒有真正的危險。此時見總兵趕到，他們便強打精神，逼迫著軍士們拚死向前，與敵人的射手近戰。只是他們的屬下死傷慘重，一轉眼工夫已有幾百人中箭倒地，聞訊趕來的明軍又因路口狹窄，並不能全數前衝。

趙率教見陸續趕到的各將佐都督促著屬下往前，心中當真怒極，向著各人大喝道：「幹嘛這麼蠢，幾千敵人一直射箭，咱們衝上去送死麼？來人，將整個營盤的木柵都拆除掉，空出地方來，再往前衝！來人，回去傳我的將令，命王李二副將各帶三千人，自正面繞道而出，往此處夾擊敵軍！」

他一聲令下，立時有過千人跳下馬來，跑到前去，將擋路的軍帳掃平，又將木柵拔起，預備著從別處衝出。

黑齒常之眼見適才打開的空隙處明軍已是堆積了小山似的屍堆，而其餘的明軍開始掃平擋路的障礙，營內的牛角號和鼓聲已然響起，夜色中雖然看不真切，卻隱然可以覺得對面營地裏所有的關寧軍已然備裝就緒，隨時可以殺出。

感受到了這股襲面而來的殺意，黑齒常之滿意地舔舔嘴唇，向左右笑道：「自從軍以來，今天是第一遭見到漢人也能打仗，並不怕死的！」

他也不等人答話，看著不少關寧騎兵已經上馬抽刀，準備往此處衝來，因知道這些人很是勇猛，便立刻下令道：「後退！」

見身邊的牙將都面露可惜之色，他便笑道：「下面的事情交給中軍，也得給我老哥一口飯吃。」

漢軍萬騎開始緩慢後撤，在箭雨下吃了半天虧的關寧騎兵開始蜂擁而出，向著一邊射箭掩護，一邊開始打馬撤退的飛騎呼喝叫罵。

不遠處傳來悶雷般的馬蹄聲響，顯然是繞道而來的關寧騎兵。一時間明軍士氣大振，一個個揮刀弄棍，打馬向前。營中的鼓聲擂得越發急切，激起所有明軍的戰意。只是萬騎兵早在距離稍遠的時候就已經開始後退，又不斷地穿插掩護射箭，明軍很難迅速靠近。待敵兵完全離開火場，遁入夜色之中，追上去的明軍卻又害怕中伏，並不敢全速直追，只是與趕來的友軍會合在一處，等著主將下令。

「大帥，請你下令，咱們追他娘的！」

趙率教臉色鐵青，向請戰的諸將令道：「不准追擊，全師入營，拔去木柵備戰。士卒不得解甲，於戰馬旁坐臥歇息，一有敵襲，便可立時出戰。」

他這麼凜然下令，其餘的將軍都不敢再多嘴說話。只有一個中軍牙將平時最受他的寵愛，遲疑著張口問道：「大帥，敵人不過是些騎射手，咱們何不趁著他們後退追擊？若是再等他們回來，只怕又要蒙受損失。」

「你懂什麼！你看看死去的兄弟們，哪一個不是要害中箭？只借著微弱月光和火光，射術就準到如此地步，你還當他們是尋常射手？」

在場的眾將無一不是遼東出身，常年與八旗兵血戰拚殺，因都點頭應道：「不錯，這夥子敵兵射術精強，甚至不在八旗滿人和蒙古人之下。」

趙率教斷然道：「就是這個話，敵人並不和我們拚殺，直接便退。我適才看到他們也約萬人左右，便是與咱們匆忙衝出去的幾千人肉搏，又能吃多大的虧。何況衝到他們身前，還不知道有多少弟兄要被射落馬。此時貿然追擊，若是半路遇著幾萬這樣的強兵，還能活路麼？就在此地暫歇，一等天明，由大道出發，小心行軍！」

見各將依命坐下，並不再言出戰。他便也在自己的戰馬旁坐下，只覺得身體疲乏之極，兩腿沉重，頭部沉重。知道是因為這些天來太過疲勞，今夜又不曾休息所致。他憂心忡忡的想道：「若是敵人屢次三番再來攻擊，再在大路上佈置阻礙，一直遠處射箭擋我去路。那末，我要麼以全師狂奔，不與敵人接觸，只顧逃命；要麼想法尋些遮擋箭矢的物什，緩慢行軍。」

他長嘆口氣，喃喃自語道：「不論如何，不能讓這些老少爺們都喪身此處。留得性命去與滿虜拚了，才是正道。」

事實與他料中的所差不遠，萬騎左軍後退之後不久，中軍在主帥契力何必的率領下又於凌晨時來襲。此時正是秋冬之交，凌晨之時最是寒冷，明軍一夜不曾休息，疲乏之極，全身被早晨的寒風吹得發抖。正欲埋鍋造飯，吃了好袪寒氣，卻又發現敵人遠遠逼了過來。於是咒罵一番，明軍將校勉強著自己翻身上馬，提起精神向敵軍叫罵。

漢軍萬騎歇息了大半夜，又在過來前吃飽喝足，精神健旺。聽得敵人大罵，卻也不答話，只稍稍靠近，到了一箭之地可以射箭，便一個個將手中箭矢射將出去，一時間又是箭如飛蝗。前面的明軍將士

一往前衝，萬騎卻並不交戰，而是邊射邊退。因爲他們射得又遠，射術又很精良，明軍就是勉強靠近，也並不能在人數上占到優勢。很快就會被與飛騎一樣裝備，只是甲冑稍輕的萬騎肉搏趕開，並不能如同想像中的那樣大占優勢。

在萬騎射手以幾百人一團的分散射箭襲擾之下，明軍根本抓不到對方主力，大股明軍向前，萬騎則迅速後退，其餘地方的射手又射殺落單薄弱的明軍，待主力後退，那些射手卻也遠遠逃開。明軍左支右絀，根本無法可想。

如此纏鬥了半日，兩邊打打退退，你追我趕的只是行進了一二十里。待到了正午時分，萬騎陣後一陣尖利的口哨聲響起，所有的萬騎慢慢後撤，聚攏成一堆加快馬速，一時間塵土揚起，已是退得遠了。明軍正欲全速追擊，卻發現道邊又出現另一支騎射手隊伍，一時間士氣大跌，已是根本無心作戰。

如此這般纏鬥了兩天，明軍士氣比較當日被廂軍纏鬥時更加低落。若是尋常軍隊，早就四潰而逃。趙率教知道大事不妙，卻也是無法可想。三天來只行了百餘里路，三萬關寧兵死傷不過兩千人不到，大半還是第一夜猝不及防之下戰死。只是這樣打法，摸不到敵人的皮毛，己方卻一直吃虧挨打，當真是鬱卒之極。這一日剛到花崗，距離廬州尚遠，晚上在入集之前，卻又被敵人襲擾了一番。全師上下正沮喪間，卻在這些漢軍射手出現後的第三日夜間接到響箭傳書。

接到書信的小校不敢怠慢，立刻將箭送往中軍給趙率教親看。趙率教打開一看，卻只見上面手書道：「若不投降，來日決戰！」

他並不思索，直接就在那書信上用筆寫道：「戰！」

批覆完畢，他便出帳巡視，與各級軍校談心，鼓勵他們來日一定要拚盡全力，爭取一戰打敗敵人，最少也要打得他們不敢小視關寧鐵騎。

待第二天天明，所有的關寧騎兵盡數起身。好在今日決戰，敵人半夜並沒有來襲擊，各兵將倒都是睡了一個好覺。天明起身後，各人都磨拭武器，擦洗戰馬，伙頭們又早早做好了飯，讓所有的將校們吃了個飽。

因聽到花崗鎮隱約傳來敵軍的戰鼓聲響，顯然是敵人昨夜已在鎮外列陣排兵完畢，此時擊鼓邀戰。

趙率教冷冷一笑，提起隨同自己多年的寶劍，將盔甲穿好，騎著馬在各營內又巡看了一番，這才下令全軍出鎮，與敵人決戰。

兵士已盡數吃完早飯，喝了熱湯。再加上昨夜敵人並未前來襲擾，軍士們都是睡了一個飽覺，又好生安穩吃罷早飯，雖然眉宇間仍然是掩蓋不了的倦意，卻也都打起百倍精神，準備與敵決戰。聽到將令下令出戰，有不少還在磨劍磨刀的軍士將刀劍仔細抹拭乾淨，或插在背後，或掛在腰畔。手持長刀大刀，或是射術不錯的弓箭手都將大刀或是撒袋、箭筒放在馬背上方便順手之處，自己翻身上馬，以營伍排好隊伍，隨著前部兵馬慢慢出鎮。因爲決戰在即，眾人都對夜夜睡不成安生覺的日子沉惡痛決，此時不論勝敗，想來都可解脫。因爲此故，一個個看起倒也神采奕奕，精神健旺。

趙率教最先出鎮，就騎著馬在鎮口處看著這些隨他南征北戰多年的部下絡繹而出。各級軍校看到總鎮大帥向自己注視過來，不論官階高低、親疏遠近，都向這位很受敬重的主將報以微笑。他們或是以熱切的眼神表示決心，或是虛劈一下手中的刀劍，或是緊一緊馬韁，引得馬咴咴叫喊，小跳幾步。趙率教看到部下們並沒有因決戰而露出緊張的神色，也沒有露出連日征戰的疲憊神情，不由得滿意的點點頭，將原本很嚴肅的神情收起，也向所有的將士們微笑致意，看著他們全數出得鎮外，排列成陣。

他身邊的一個副將隨他征戰多年，很有戰鬥經驗。此時見士氣如此高昂，士兵們並沒有畏敵之色，便向著主帥笑道：「大帥，畢竟是咱們遼東漢子。這麼些年，覺不曾好覺，飯不曾好吃，不過歇息了一夜，士氣就這麼高！依我看，一會兒幾萬關寧兵衝殺過去，敵人沒有三倍以上，別想打贏咱們！」

其餘的副將參將們此時都圍攏在趙率教身邊，聽得這副將說完，便也都一起笑道：「這話說得很對！」

趙率教身爲主將，自然知道士氣軍心可用。部下如此有信心，他自然更是露出很歡喜的神情，也微笑著點頭同意這個副將的說法。只是他分明看到眾將士雖然勉強提起精神，其實身體多半都很虛弱，各人都是勉強提起神來，但是眼角眉間都帶著倦色，身形舉止也多半虛浮無力。他在肚裏暗嘆，知道是因爲太過疲憊的緣故。不過身爲主將，不能將這種情緒暴露在下屬的眼裏，只盼著敵手能夠托大，小覷了關寧軍的堅韌，並不以絕對多數的漢軍來包圍攻打，那麼今天的戰事還有一定的機會。

他緊一緊身上的佩劍，正一正頭頂的鐵盔，策馬向前，往南面遠眺。此時正是深秋時候，天色已經大亮，花崗鎮外又是秋高氣爽一覽無遺的平原地勢；趙率教騎馬立身於鎮外里許的小高崗上，此處想必是甚少有人過來，崗上野草茂盛，草長過膝，他的親兵與隨行而來聽命的眾將軍均騎馬立於此處，卻被野草掩住了半截馬身，想來敵人在遠處更是很難看到。

雖然早就傳過來敵人調動行軍時的鼓聲，趙率教與明軍上下卻又過了小半個時辰方看到遠方漢軍的赤龍青旌旗隨風飄揚。漢軍軍制以千人爲一旅，以校尉領，自旅以上設軍旗一，軍徽、號、鼓樂、鐵牌，用以區分與別部不同。趙率教等人睜大眼睛細看，逐一細數。待看到敵人越發逼近，相隔不過五六里路時，開始停頓腳步，排開陣列之時，那赤龍青旌旗不過四五十面左右，顯然敵人約莫有五六萬人。他在心裏急速盤算道：

「正面來敵卻是步兵，顯然是漢軍的火槍兵，這幾夜一直襲擾我們的，想必是漢軍的萬騎騎射兵，雖然一直分次襲擾，卻也大概有三萬餘人。兩支相加，最少也有七八萬人，乃是我軍三倍。爲今之計，唯有迅速擊潰眼前的這支步兵，然後逼出那些埋伏的萬騎，與之相搏。嘿，今日此時，看你們還能遊鬥不戰不成！」

他打定了主意，雖然知道敵人人數眾多，眼前的這支步兵人數就是明軍的兩倍，卻因爲這幾天萬騎兵一直在遊走騎射，並不敢與關寧鐵騎近身肉搏，是以在他心裏威脅其實並不是很大。

指揮著屬下各將開始往前調動，爲戰馬先行暖身小跑。在關寧軍各將心中，漢軍挑選此處與他們決戰，實是不智。這花崗鎮外地勢平坦寬闊，一條大道直通南北，自鎮中穿過，鎮南皆是平原草地，樹

木極少，也沒有什麼土坡高崗。漢軍在鎮南列陣等待，雖然這時候距離稍遠，不過五六里路的距離在騎兵的猛衝之下，也不過是幾息之間的事。

「大帥，敵人那邊有幾十騎飛奔過來，至前師說話，說是身負僞帝詔命，戰見求見大帥一面。」

「喔？召來！」

聽了主帥命令，前方的明軍讓開道路，放這一隊騎兵疾馳而過，往趙率教所處的山崗上奔去。雖然不過十幾二十人的漢軍騎兵，在幾萬披堅執銳，甲胄鮮明的明軍大陣中奔過，卻均是面色如常，並不畏懼。沿途明軍見著他們都是昂首挺胸飛馳而過，倒也當真佩服這股敵人的膽色。

待到了趙率教駐馬草坡之上，那一隊騎兵紛紛下馬，將腰間佩劍解下，徒手上崗。至得近前，打頭的顯是一名將軍，身著玄甲重盔，佩劍，胸飾標有番號軍階的鐵牌。趙率教等他近前，在他作揖行禮之際，卻看到那人鐵牌上鑄的小字卻是：漢軍羽林將軍，王潞。

他立時瞭然於胸，知道這不是尋常的漢軍，沒有具體的番號，表明了對方乃是張偉的近侍禁軍將軍，顯然是親信非常之人。

因揚著頭問道：「你來做甚？來說降麼？寧南侯不知道麼，我早有嚴令，漢軍敢有再來說降者，斬無赦！」

那人正是張偉原本的親信侍衛頭領，現下的羽林將軍王柱子，因小名難聽，他是淮北潞州人，便請示張偉，改名爲王潞。

此時聽得趙率教氣勢洶洶的問話，他也並不慌張，只微微一笑，答道：「總兵大人，陛下他很佩服你的忠義勇武，並不打算再行招降。」

「那你來此做甚？」

「我家陛下有言，那趙率教是遼東好男兒，歷年來抵抗滿虜，爲國家社稷立下汗馬功勞。此戰那明軍必敗，死傷必重，朕心很是不忍。你可到陣前約會於他，與他立約，漢軍主力並不主動攻擊，等著他們騎兵猛衝，三次衝不下來，死傷必重，到時候趙將軍已爲明朝盡了心力，奈何天命歸漢，勉強不得，若是將軍憐惜部下，可命部下投降。到時候與漢軍一起，開往遼東，收復故土，殄滅蠻夷，豈不更好？」

他笑嘻嘻將張偉的原話說話，又作了一揖，笑道：「總兵大人，陛下乃是念及上天有好生之德，不忍關寧鐵騎盡數喪身於此。是以有此仁德之舉，總兵大人若是稍念手下兒郎都是有家有口，轉戰千里存活至今很是不易，應了這個條款，如何？」

趙率教尚不及答話，他身邊的親衛牙將們卻已是怒不可遏，一個個拔出刀劍，向著王瀚怒吼道：「你來尋死麼?竟敢如此說話！」

更有人持刀弄劍，將這一眾漢軍騎兵盡數包圍起來，向趙率教喊道：「大帥，不如把這些混帳都砍翻了，將人頭懸起祭旗，讓那些王八羔子看看！」

趙率教初時也很是憤怒，心中直以爲張偉派人來戲弄於他，心裏也有著將這些人全數割了耳朵，插上箭矢放回的打算。待見到那羽林將軍並不害怕，只是微微冷笑著看向諸將。所有的漢軍士卒都是手按在腰間的佩刀之上，隨時會暴起反抗。

見他們都是身高體重，筋肉盤結，顯然都是練過格鬥武術之人。他雖然並不擔心部下制服不了，卻是心中一動，心道：「張偉便是要激怒於我，使得軍心不穩，卻也不必派這些人來送死。」

因擺手令道：「我與寧南侯往日曾有些交情，今日雖然要做生死之搏，卻也不必斬殺他的部下。來，拿酒來！」

一個小校聽得命令，立刻將身上的牛皮酒囊遞將上去。趙率教一手接過，拔開酒塞，仰首向天喝了幾口，也不顧臉上鬍鬚都是酒漬，將那皮囊遞給王瀚，笑道：「喝！」

王瀚雖然並不知道他的意思，卻不推辭，接過來亦大口而喝，不一時便將這一袋燒酒喝盡，輕輕將皮囊扔回給那小校，讚道：「好酒！」

趙率教瞥他一眼，嗤道：「這是關外的燒刀子，你是南人，曉得什麼好味道！不必多說，今日兩軍相遇，不死不休！」

王瀚卻不如張偉那樣對這些關寧軍人很是同情，聽得趙率教這般的決絕回覆，也不以爲意，只哂然一笑，答道：「枉虧陛下一番好意，當真是可惜了！如此，便是不死不休！」

說罷返身下崗，只是稍走了幾步，卻又回頭正色道：「趙將軍，末將問你一語，未知可答否？」

「講來。」

「關寧軍都似將軍這般忠義，並不以死生之事介懷麼？難道將軍一人，決定這數萬人的生死，寧不愧乎？」

見趙率教愕然，並不能立刻回答，他也不待，只哈哈一笑，便翻身上馬，狠打兩鞭，往漢軍大陣而返。

趙率教被他說得一楞，心中只道：「難道只我不怕死，別人還怕死不成？」

他用目光掃向四周，只見部下各將都是神色毅然，並不躲閃。他正待誇獎，卻又看到幾個小校雖然目光堅定，兩手卻有些悚然發抖，顯然內心並不如表面的那般平靜。他一陣氣惱，掉轉頭來想道：「只不過是臨陣緊張，這倒也尋常！他們並不怕死，我遼東好漢子沒有怕死的！」雖然如此，卻不免想起投降的祖大壽、張春等文官武將，更是令他氣悶非常。

此人在歷史上乃是遼東軍大將中的第一條好漢子，不但勇猛過人，而且很有智略。在袁崇煥還是一個普通的兵部主事，前往寧遠以孤城待八旗大軍之時便已投效，屢立大功，一直做到通州總兵之職。後來八旗入關，他率兵死戰，不肯後退半步，終因眾寡懸殊，力戰而死。袁崇煥聞其死訊，爲之傷感良久。

以他的性格，雖然明知必死，卻也並不憂懼害怕，只是被王瀚言中，不禁有些茫然。

他的部下並不知道主將心思，眼見那隊前來請見的漢軍已經退回，各部將軍依著前命，開始命令擊鼓往前。

充滿殺氣的戰鼓之聲響起，卻將沉思中的趙率教驚醒。他大喝一聲，向著左右命道：「食君之祿，忠君之事，哪有那麼多的屁話！來人，給我傳令，全軍齊出，給我狠攻！」

這支列陣以待的正是漢軍現下最精銳的金吾衛，與其餘諸衛不同，金吾衛因要拱衛南京，實力不容稍損。所以雖然也是擴軍至五萬，衛中留下的老兵及軍官卻是各衛之首。此次作戰又有神威將軍朱鴻儒親自坐陣，指揮著漢軍實戰經驗最多的炮隊嚴陣以待。

待見得明軍陣腳煙塵揚起，顯然馬隊開始往漢軍陣前壓來，金吾衛大將軍張鼐知道事情無可回轉，只得向朱鴻儒道：「命炮隊開炮！」

漢軍炮陣早已準備就緒，待朱鴻儒一聲令下，四百餘門口徑不一的火炮紛紛填彈，調準焦距，待各陣前的軍官將手中小旗一揮，各炮手手持火炮將火炮引信點燃，一陣陣微弱的藥引燃燒聲響起，不一時，整個炮陣所有的火炮響起轟鳴，數里方圓的地面為之顫抖，幾百顆炮彈呼嘯而出，往飛馳而來的明軍騎兵陣中落去。

因為這是第一撥攻擊，炮彈的焦距並不是很準，只有小半落在遠方的騎兵群中，一股股的煙柱在炸彈爆開後升起，將附近的騎兵連人帶馬掀翻在地，彈片四處散開，在騎兵群中高速劃過，當者多半重傷落馬，轉瞬身死。只是因為落在陣中的炮彈並不是很多，明軍在短時間的心慌之後，馬上自動調整隊形，越發地分散開來，繼續往前方疾馳。

朱鴻儒見首發效果很是不好，皺眉令道：「快調準焦距，測算敵人馬速，然後一直發炮，不需等待命令！」

漢軍的炮手多半經過西洋教官的培訓，又系統的學習過幾何、數學等彈道研測方面的知識，再加上漢軍火炮早經改良，以寬大車輪及後墜沙包穩定炮身，隨時可以在平地上支起炮位，不似明軍大炮那麼笨重，很難在野戰時迅速使用。此時聽得本部將軍嚴令，立時先測算敵人距離，然後將炮管下面的升降把手依著測算好的距離搖起，塡入炮彈，點燃引信，開始不停地向遠處的明軍發炮。

隨著一聲聲沉悶的炮響，一股股濃煙在漢軍陣地上升起，瀰漫開來，又漸漸消散至天際。近六萬人的步兵裝備著幾百門的火炮，這樣的火力配備已然是當時的世界之首。同時期的瑞典步兵，一萬多人只裝備三四十門小炮，已算是火力強大。而漢軍火炮不但有六磅、八磅的小口徑火炮，此時的戰場之上，更有十六、二十四磅的重型火炮，加之以遠超黑色火藥的以硝化甘油凝固成的炸藥，威力更是驚人之極。每一顆炮彈落入明軍陣中，便可以造成相當大的殺傷。每顆炮彈炸開的大大小小成百上千片的彈片，以驚人的衝擊力殺傷著明軍，而直接炸開的炸點，更是有著恐怖的衝擊力，將首當其衝的明軍官兵直接炸飛，變成粉身碎骨的一灘血肉。

趙率教此時仍立於花崗鎮外的那小小草坡之上，眼見得自己的手足兄弟被敵人的炮火炸得七零八落，長達三四里的戰線之上不住有敵人的炮彈飛來，炸落。數以百計的高達十餘米的煙塵不住在明軍陣中升起，每一股煙塵左近，便是大量的明軍士卒死傷。他心疼之餘，又冷笑道：

「寧南侯，就憑著這個火炮，你橫掃江南和倭國，不過，想用它來擊敗幾萬關寧鐵騎，也未免太小覷了天下英雄！」

關外明軍卻正是明軍中火器最多的軍隊，關寧鐵騎雖然皆是騎兵，不過當年在關外時也需常動手各式火炮抵禦清兵的入侵。戰馬亦是受過訓練，並不被敵人炮擊的聲勢嚇住，所以雖然漢軍的火炮威力很大，卻實在並不能如同打敗江南明軍和日軍那樣，以火炮的絕對優勢無威脅的任意殺傷敵人的步兵。因爲知道對方的火炮厲害，明軍出擊之前各級將佐都是早有準備，一心要以馬速縮短距離，迅速衝進敵人的步兵陣中，來回衝殺，擊潰敵軍步兵後，炮兵自然就不足爲患。

張鼐眼見敵人衝得越來越近，在望遠鏡中隱約可以見到不少敵將在近臂指揮，分開陣形，顯然敵騎主力是要以錐形往大陣正中衝來，有一支兩三千人的騎兵正在往兩側分散，顯然是要用來衝擊漢軍兩翼。他微微一笑，向身邊的傳令校尉令道：「迎擊！」

漢軍以軍旗旗號及鼓聲傳令，眼見敵騎越發接近，前列步兵一聲吶喊，前三列的並不使用火槍，第一列的以跪姿舉起近二米高的鐵盾，插入地中；第二列將長達五米的長槍架在第一列的槍兵肩頭，第三列的漢軍將長槍架在鐵盾之上，槍尾一端全數插入地下。這樣的陣法正是張偉仿效當日古羅馬對抗重騎突擊的龜背陣，除了對弓騎仍然略嫌薄弱，對於如同關寧鐵騎這樣的衝擊性的騎兵來說，這樣的防禦陣法根本是其無法突破的。

「噗……」

雖然見到敵人以如同刺蝟一般的防禦陣形，明軍上下卻因後期提速衝刺的馬速過快，根本無法停止住前衝的步伐。於是一個個騎兵雖然看到前方幾米長的長槍橫亙於前，如同樹林般的槍尖就在自己身前，卻因爲無法勒住馬韁而直衝上去，高速飛奔的戰馬及騎士瞬間被槍刺戳穿，發出一聲聲鈍響。後面的騎士並不知道就裡，卻因爲前方並沒有衝破敵人防線而焦躁，只得一個個勒馬打轉，等著前面突破敵陣後，再跟著前衝。

正在遲疑打轉，漢軍陣中卻已經有無數大大小小的火器飛將出來。將靠近的明軍騎兵炸得死傷累累，前陣的長槍兵不住將長槍前戳，每槍過去，便將不少騎士連人帶馬戳翻在地。再有火槍兵不住由槍兵留下的縫隙中開槍射擊，密集的子彈劈哩啪啦如同雨點般打在明軍的盔甲之上，因爲距離很近，發火藥威力又大，盔甲並不能擋住火槍彈丸，無數明軍士兵紛紛被火槍擊中，掉落下馬。

「擊鼓，進擊！」

張鼐知道此時明軍銳氣已失，很難挽回，此時正是漢軍進擊的最佳時期。明軍將退而未退，正猶豫間，卻聽得對面漢軍陣中鼓聲如雷，持盾的漢軍將盾牌自土中拔起，身後的槍兵將長槍架在盾兵之上，往前進擊。

明軍雖欲還擊，然而銳氣已失，馬無衝力，騎兵一旦陷入苦戰，並不能以快速的衝擊力在步兵陣中來回突刺，在混戰時遠不如組織嚴密，火力強大的步兵。眼見漢軍步卒一步步逼將上來，明軍卻是陣形混亂，各自爲戰。雖然憑著血氣及個人武力勇鬥，卻絕然不能擋住漢軍前進步伐。

此時距明軍衝擊之時已過了大半個時辰，雙方纏鬥多時，明軍不但沒有衝動漢軍陣腳半分，卻被長槍兵掩護著火槍兵，再施以各種小型火器打擊之下不停後退。漢軍兩翼的步兵早將小股明騎擊敗，轉而前衝，配合以原本的正面漢軍轉換陣形，將整個陣線變爲一個凹字。

趙率教早便看出情形不對，只是心裏又存了萬一的念頭，所以並沒有立刻將軍隊撤回。此時眼見明軍大部已被絞入凹形陣內，若是一會兒漢軍兩翼合攏，只怕進擊的大部明軍很難逃出。他大急之下，立刻拔劍打馬，帶著後陣押陣的幾千明軍飛速向前，前去解救眼看就要被圍住的部下。

他因爲很是著急，所以並不顧惜馬力，帶著部下拚命往前，終於在漢軍合圍前趕到，拚死苦戰之後，終將漢軍兩翼擋住，又下令前部後撤，他以生力軍勉強抵擋敵軍掩護。

如此浴血衝殺，他雖然是大將勇將，武力過人，身邊又有大股親兵隨時護衛，卻是因爲敵人火力強大；又多是勁兵悍卒，悍不畏死，戰陣打法又對明軍很是不利。他憑著勇力四處救援，自己的身上已是沾滿鮮血，也受了幾次輕傷，若不是親兵們拚死護衛，只怕他早已被打落馬下，身死倒地了。

在趙率教帶領的這股明軍的救護之下，漢軍並不能成功的實施包圍，只得盡可能的殺傷接觸中的明軍，拚命絞殺，纏鬥。明軍左突右衝，拚盡全力終於得脫，趙率教快速甩開最後一支追擊漢軍，縱騎狂奔，與大部會合之後，退往花崗鎮外。

待回到鎮外原本的列陣之處，原本士氣極高的明軍士氣已然接近崩潰。馬匹上盡是目光呆滯、神情木然的兵士，多半帶有傷患，渾身鮮血淋漓。回首南望，一路上都是死屍和失去了主人的軍馬，而不遠處的漢軍已在整軍列隊，鼓角之聲仍然整齊劃一，充滿殺意，眼看再過一會兒，便要殺將過來。雖然適才兩軍接觸之時，漢軍停了大炮炮擊，然而趙率教心裏明白，一會兒漢軍便要重新開炮，往此處轟擊。

他心中很是著急，先騎著馬在戰場上四處巡視，命令隨軍軍醫加緊醫治，一面眺望對面情形，盤算著該當如何。

正是不得要領之際，卻見幾個副將連袂而來，各人多半是身上帶傷，神情萎頓。趙率教因問道：「你們不抓緊整隊，鼓舞士氣，卻爲何到我處來？」

見各人面帶難色，吭哧吭哧的不肯說話，他心中明白過來，問道：「你們可是覺得不是對手，要我下令逃走？」

有一王姓副將見其餘各人不敢說話，他只得將心一橫，當先說道：「大帥，咱們的士卒死傷近半，這還不過是小小接戰。人家根本並沒有使出全力，若是一會兒他們攻將上來，咱們再衝上去接戰，只怕很難再有機會退卻了。」

他一開口，其餘副將也都亂紛紛道：「大帥，不如退吧？咱們是騎兵，沒道理和這些龜殼後的步兵苦鬥。不如先退，待將來尋得空子，趁他們駐營行軍時突襲，可比這樣堂堂正正的對攻好得多！」

「大帥，咱們現下退還來得及，輕騎快馬由大道快速退往廬州，歇息戰馬，安撫士卒，養足了精神再和他們打過。若是此時不退，只怕再無機會了。」

趙率教見各人神情激烈，很是著急，唯恐他不肯答應，便苦笑道：「爾等只顧勸我，卻不想想，漢軍今日邀戰，事先準備如此充足，難道他們肯放我們走麼？」

見各將遲疑，趙率教便叫過幾個親兵，向他們令道：「你們帶一些人，至鎮外四周騎馬哨探，看看有無異樣。」

過不一時，眾親兵紛紛回報，均道：「鎮外四周，特別是鎮北方向塵土飛揚，顯是有大股騎兵埋伏。」

眾將聽報，均是神色慘然。趙率教卻是神色如常，只向著各人道：「那想必就是這幾日一直連番襲擾我軍的那支騎兵。他們歇息了半天，馬力人力都很充足，我們新敗，士馬疲敝，若是此時退卻，軍心必散。只怕奔不出五十里路，全軍無一人可以活命。」

他看向四周熙熙攘攘往來奔忙的士卒將校，耳聽得那些負傷的部下不住發出慘叫，再有那負傷戰馬的慘嘶，兩眼不禁湧出淚來。因怕各人看到，便別轉了頭，慘笑道：

「原以爲全師猛衝，至不濟也與對方打個平手。敵步我騎，又是手持火槍，肉搏甚弱。卻不料他們陣法如此純熟，兵士如此勇悍。嘿，鐵盾及長槍擋路，火器轟擊，爾後以方陣絞殺，火槍射擊。再加上人數倍於我軍，致有如此慘敗。我趙率教領軍這麼些年，從未有過之日之辱。」

將雙手輕輕撫摸在愛馬頸項，也不回頭，向著眾將道：「適才他們來勸降，道是讓咱們放手攻過去，若是敗了就降。既然咱們不是對手，被人打得灰頭土臉，何必讓這些兄弟陪著送死。死了這麼些人，咱們總算對得起皇帝，也對得起袁督師啦。傳我的令，全軍棄刀，下馬，出陣投降。」

眾將聞聽此言，雖是意外之極，卻也是如釋重負，有心想勸慰主將，也甚覺羞恥，很難出口；只是要出語拒絕，卻已被漢軍殺破了膽，再戰的話卻是說不出口。

趙率教見各人並不就動，因斥道：「還不快去傳令，待人家殺過來時，再跪地請降麼？」

既然主帥一意投降，關寧兵士雖然勇悍，卻也並非是不要性命之徒。一時間各部傳令下去，各兵都立刻將手中的長刀、槍、劍、狼牙棒、鐵棍等兵刃仍落在地，一時間乒乒乓乓，刀槍晃眼，整個明軍陣時立時明晃晃一片。原本騎在馬上待戰的官兵全部下馬，都將頭盔脫落，並派出幾個小校往前，與漢軍接洽。

趙率教卻並沒有棄刀，只撫摸著愛馬寶劍，靜待漢軍上來。他身邊的親兵將他團團圍住，唯恐一會兒漢軍上來時大帥受辱。待看到漢軍前陣過來，前陣的明軍一隊隊光頭空手魚貫列隊，在漢軍明晃晃的刺刀下一隊隊盤腿坐下，而已有漢軍官兵往趙率教立身的後隊中而來。各親兵都只覺得呼吸急促，很是緊張。

只聽得自己的主帥輕聲說道：「不必怕，漢軍與咱們有些淵源，不會為難你們。告訴漢軍主將，請他轉告漢帝張偉，一定要想法子保住袁督師性命，他一生為國為民，差點兒死在詔獄，張偉若是救了他，咱們關寧軍關內關外都還有些實力，一定會為他效命賣力。」

各親兵連聲答應，卻只覺得不對，待回頭一看，卻見主帥脖頸間鮮血狂湧，血肉模糊，又看他雙

手輕輕垂落，寶劍上染滿血污，已經掉落在地。

他看到親兵們都是跳落下馬，前來扶他，又有人急出淚來，想要大叫，雖然神智已經很模糊，卻勉強擺了擺手，示意他們不要作聲。待感覺到眾親兵七手八腳的將他抬落下馬，他只覺得東方的太陽已經升得老高，陽光照射在眼上很是溫暖，再想著遼東故鄉風景時，只覺得眼前一黑，已是什麼都不知道了。

第十一章 鳳陽會師

盧州即克，張瑞的飛騎此時已由河南繞道攻至淮北，先後攻占臨淮關、雉河集，壽州、宿州、阜陽、太和、潁上、亳州等處；於是張鼐急速進兵，與萬騎、神威兩軍合力攻擊鳳陽城下，十餘萬明軍在迭遭重創深陷重圍之內。若不是洪承疇與孫傳庭一力壓制，促使明軍全部將校入城，鳳陽城內又有不少軍需物資，只怕一日之內，明軍便告覆滅。

明軍全師投降後，漢軍迅即收撫其兵，安頓傷兵，收繳兵器、戰馬。將降兵降將分做幾隊，交由隨之而來的各部廂軍帶回後方看管。

至於當日戰死的明軍將校，則由徵發來的民伕挖起大坑掩埋，取下隨身財物、家書等物，交由未死的遼東官兵保存，以待將來帶回去。因爲就要前往攻打洪承疇部的大部明軍，漢軍並不能長時間逗留，原本處理完這些瑣雜之事後就要立刻開拔。卻因爲張鼐很敬佩趙率教忠勇盡節，普通的軍士都是赤身掩埋，連蘆蓆亦很難得，張鼐卻特別命人從花崗鎮中尋得一副上好楠木棺材，將趙率教好生安葬，並令全軍舉哀，持槍行禮，鳴禮炮由其墓前繞道而過。

中國軍人很少有同情和尊重敵手的習慣，漢軍此次雖然打得關寧軍並無還手之力，死傷很輕，然而畢竟是與幾萬騎兵作戰，敵人又是最悍勇的明軍鐵騎，漢軍還是承受了不輕的傷亡。此時張鼐如此對待，不但沒有將趙率教梟首示眾，卻是如此厚待於他，漢軍上下一時間均是不樂，只是礙著主帥權威，無人敢言罷了。

待到得晚間大軍宿營，眾將齊至張鼐帳中請示明日軍務。各人見張鼐臉上仍是一臉鬱鬱，顯是仍爲白天之事傷感。別人也罷了，金吾左將軍張傑卻是張鼐族弟，說話少了一些忌諱，因笑道：「大哥，何苦如此。那趙率教冥頑不靈，負隅頑抗天兵，咱們沒有將他明正典刑，已經是他的僥倖啦。大哥你厚葬了他，又何苦再爲這種人難過？」

張鼐並不說話，只起身用小鐽將帳內燃起的炭火撥弄幾下，見那火苗往上竄了幾竄，他卻仿似不勝其寒般縮了縮身，然後頹然而坐。

見張傑仍是一臉不解，站在身前，他只覺疲乏之極，向張傑、黃得功、顧振等統兵上將道：「今日之事，雖然我立下大功，擊敗明軍鐵騎。其實陛下得到軍報，未必歡喜。我在京陛辭之日，陛下就曾有言，吩咐趙率教與關寧軍全是明軍精銳，且又在關外抗虜多年，很有功勞，囑咐我一定要設法保全，今日事畢，陛下心中一定會責怪於我。」

黃得功是遼東明軍出身，幸得當年張偉提攜重用，這才由一個小小明軍千戶直做到漢軍將軍的高位。他因爲出身不如漢軍嫡系與張偉關係親近，平素裏很少說話，待聽到張鼐將張偉對遼東明軍的評價一一道來，心中很是感動，不自禁道：「到底是陛下知遼東男兒！今日戰死的無論是漢軍明軍，都是肯打滿虜的好漢子，當真是可惜了。」

張鼐斜他一眼，笑道：「正是如此。陛下臨行交代，明軍不打肯定不成，不過明朝日薄西山，眼見就要亡國，戰敗關寧騎兵之後，明軍其實沒有什麼可戰的強兵。今日此時，料想張瑞已帶著飛騎包抄過來，這淮北之地聚集了漢軍近二十萬兵，算是很看得起他們啦。關寧兵一滅，明朝的那些總兵大將多半都沒了戰意，再加上咱們合圍強攻，關寧兵和趙率教的殷鑑在前，不降者死！諸位，依你們看來，明軍不降者幾稀？」

帳內各人都是統兵大將，雖然知道明軍必定是大部投降，漢軍並不需要太大傷亡便可定鼎中原，然而以武將的心思，雖不欲就這麼結束戰事，倒是頗想被圍的那十幾萬明軍能夠如同關寧軍這麼拚死敢戰，打起來還有些趣味。雖然心裏如此想法，卻不敢對張偉的戰略部署稍有微辭，均道：「不戰而屈人之兵，善莫大焉。」

張鼐見各人魚貫而出，顯是對敵人是戰是和並無意見。他輕聲苦笑兩聲，端坐案前，提筆將今日戰事及趙率教身死之事詳細寫明，命人用軍鴿和快馬分途送回。

待張偉批覆送到時，張鼐已然輕鬆攻克廬州，俘鎮守總兵白廣恩。近兩萬明軍，幾乎未戰而降，死十五人，傷百人，只是城牒被火炮轟擊炸碎之後，立刻全師棄械，白廣恩袒胸露臂，自縛出降。張鼒等人固然是瞧他不起，卻因爲張偉早有交代，不准薄待降將，是以立時將他釋放，好生安撫之後，降軍降將全數送往後方。

盧州即克，張瑞的飛騎此時已由河南繞道攻至淮北，先後攻占臨淮關、雉河集，壽州、宿州、阜陽、太和、穎上、亳州等處；於是張鼒急速進兵，與萬騎、神威兩軍合力攻擊鳳陽城下，十餘萬明軍在迭遭重創深陷重圍之內。若不是洪承疇與孫傳庭一力壓制，促使明軍全部將校入城，鳳陽城內又有不少軍需物資，只怕一日之內，明軍便告覆滅。

此時天氣已是初冬季節，明軍原本打的是速戰速決的算盤，並沒有準備冬衣柴草等過冬物資。十幾萬明軍龜縮於鳳陽城內，天寒地凍無所遮蔽，當真是苦不堪言。守備城頭的明軍眼見城外漢軍連營數十里，號角鼓號之聲震天動地，軍威之盛實力之強，別說是眼下的十幾萬明軍，只怕再多上幾倍，也遠不是人家的敵手。再有五六百門火炮面對城池，只怕不需轟上兩輪，這鳳陽城牆便會不支。

各兵緊握著手中大刀長槍，被冷風將手指凍得紫青，只盼立時能夠下城，偎在由百姓家中尋來的木頭房梁等取火物前烤火，好勉強去去風寒。他們心中只是奇怪，這漢軍原本可以很輕鬆的拿下城池，卻不知爲何不肯立刻進攻，無論是死是降，總比在此處受活罪的好。

漢軍雖不即攻，卻是每日以無數響箭射入文書，將徐青一帶明軍潰敗，一路回京畿，皇帝沒有辦法，只命邊軍和京營勉強收攏敗兵殘卒，在通州、天津衛一帶構築防線。而五萬漢軍掃蕩江北山東，一路橫衝直撞，十幾萬明軍並不是對手，一路上屁滾尿流，奔逃不迭。大同總兵姜鑲、宣府總兵白廣恩、延綏總兵尤世威、宣府總兵侯世祿率本部兵馬投降，薊鎮總兵趙率教戰死沙場。

這些都是明朝的九邊總兵，統帥的都是邊兵強卒。明朝此時，已經失去了九邊中的寧遠、甘肅、固原、寧夏四鎮疆土，其餘四鎮或降或死，兵力全失。除了一些京營兵馬和邊軍殘部，已經沒有了統兵大將和精銳士兵，關外亦已放棄，清兵可能隨時入關。江南丟失有年，此時中原殘敗，強兵盡數被圍在鳳陽城內，外無救兵，內無鬥志，當真是覆亡在即無可挽回。

這些響箭招貼在開始時還被嚴令收檄，不准傳閱。到後來根本不能阻止，各層將官亦都心懷鬼胎，巴不得軍心動搖，正好投降。於是只不過被圍住十餘日，城內無論將軍士卒，都是各打主意，只等著漢軍稍有動靜，便可立刻搶先投降。

洪承疇與孫傳庭卻與普通的武將不同，他二人身受皇帝信重，進士出身而至方面大員，乃至現在統兵數十萬，身負國運，豈能有投降的打算。兩人都打定了殉國赴死的主意，早就將遺書寫好，只等著城破那日立刻死難。

因爲抱定了殉死的念頭，又知道實力相距太大，孫傳庭雖然以勇武自詡，又一直自認爲是儒生名將，將來必定能封侯拜爵，與敉平寧王叛亂的大儒王陽明齊名。誰料自入淮北以來，先是打得很順，後來先被五萬漢軍打得還手不得，慢慢退卻。待後來糧草日漸困難，河南那邊已然接濟不上。而趙率教與白廣恩部也失去連絡，情形很是不妙。

他與洪承疇私下計較，要麼速退，要麼決戰，在此勞師費餉，不但敵情不明很是危險，便是朝廷也放他們不過。他與洪承疇都知道戰不能戰，然而放棄洛陽，棄關寧兵不顧，他們卻也不能下定這個決心。於是待江文瑨等部攻將上來，明軍不是對手，想著退回河南再做打算時，方知後路被漢軍隔斷，連逃跑求生的最後生路亦被封死。

孫傳庭雖然表面上並沒有埋怨老師，心中卻著實抱怨。在他看來，若是開初不以包圍漢軍、斷絕糧道爲策，而是全師猛攻，消滅江文瑨部，然後全師退回，雖然打不敗漢軍主力，也一定可以保全眼前這支明軍主力，好對皇上有所交代。

他騎在戰馬之上，身上的甲冑冰冷沉重，已經十幾天不曾脫下，口中呵著白氣，在城內四門略做巡視之後，他便決意回到自己在城中的居所，將甲冑脫下，然後命僕從燒水洗澡，換過中衣。他暗定打定主意，要穿著一身潔衣，將遺書和遺詩裝好，用上吊的辦法不流血而死。等那些叛軍將一身凜然正氣的他從梁上解下，就可以發現他的忠節之心，千百年後，仍然可以如同文天祥那樣的受人尊敬。

想到這裏，心裏覺得雖然戰死，可也算是得慰平生，並不難過。只是突然想起家中的嬌妻美妾，還有去年剛剛出生，還沒有正式取名的小兒子，只覺得心中一陣陣的酸楚，當真是難過之極。

待走到自己居所面前，突然有幾個小兵由路旁竄出，將他的馬匹驚得一跳，差點把他摔下馬來。孫傳庭一時間怒不可遏，喝令道：「來人，將他們拖下去！」

他的眾親兵環伺在旁，一聽得他如此吩咐，立時奔將過來，將那幾個抱著木柴發呆的兵士按倒在地，用繩索捆綁起來。

一個小隊長跑上前去，向正在往宅門處行走的孫傳庭問道：「大帥，打一百軍棍麼？」

孫傳庭回頭一瞥，見那幾個兵士嚇得發抖，跪在地上面無人氣，只向著自己拚命呼喊求饒。他不知怎地，只覺得這些士兵面目可憎之極。心中一陣厭煩，便向那親兵隊長命道：「斬了！」

那親兵隊長嚇了一跳，雖然諾諾連聲，卻只在原處立身不動。見孫傳庭用目光看向自己，方壯著膽子勉強道：「這幾個都是虎大威總兵的親兵，想來是為虎總兵尋取暖之物，不慎衝撞大帥，還請大帥看在虎總鎮的面子上，饒他一死。」

「不必多說，斬了！」

孫傳庭並不多管這幾個小兵的死活，斷然下令之後，便抬腿往裏間而去。隱隱間卻聽得那幾個小兵開口罵道：「孫傳庭，你以為你是統兵大帥，威風凜凜，今日我們早走一步，到陰間地府等著你來！」

又紛紛亂罵了一些諸如：無能之輩、混帳，王八蛋等語。國罵精彩，這幾個人又自忖必死，被孫傳庭的親兵往街角處拖拽的同時破口大罵，將孫傳庭罵得狗血淋頭，一時間引得附近幾百名官兵百姓圍觀。後來還是先用刀把牙齒敲掉，使他們含糊不能發聲，然後將這五六人按倒，解開頭髮拉拽開來，雖然他們覺得很是冤枉，拚命掙扎，卻是勢單力孤，每一個都被三四個親兵死死按住，依次斬了。

孫傳庭入府之後，立刻命人燒好熱水，解衣沐浴；房內又有親兵們準備好的大塊炭火取暖，並不

寒冷。他洗完之後，天色已晚，在書房裏命人掌起燈來，開始重新潤飾他的遺摺，力圖要親力親爲，寫得慷慨激昂，婉轉動人，既能表現他的忠義氣節，又能讓後人感受到他的文采斐然。這項工程很是艱辛，孫總督並不再過問兵事，只打算將這事辦完，就可以安心就死了。

他忙到半夜時分，疲累之極，於是推開文案回房休息。剛剛出得書房，卻在門前燈籠的映射下看到天空和庭院中白茫茫一片，天空中雪花仍是不斷飄落，這一場雪卻是來勢不小。他看了很是歡喜，立刻下令廚房準備了夜宵小菜，送上一壺好酒，又將幾個幕客招來，飲酒賞雪，雖然城破在即，眾人卻也是相對歡然，渾然忘記身在何方。

等到第二天，沿街的百姓出來覓食，尋找被官兵遺漏的可以果腹的食物，再有尋找一些小木塊等引火之物。

這一場大雪過後，城中很多人家本來就斷了糧食，再加上天氣寒冷，一夜間已有無數老人孩童死去。僥倖未死的，就掙扎著出來尋食，各人都是打著多活一天便賺一天的念頭，很不願立刻就死。於是城內官兵和百姓四處遊蕩，尋找食物和取暖物品，除了少數倒楣鬼被放在城頭頂雪吹風，再也沒有一人去管漢軍是否會攻將過來，打下城池。

城內明軍和鳳陽百姓納悶於漢軍的圍而不攻，而漢軍的中下層將佐與士兵亦是摸不著頭腦。眼見天氣一天冷過一天，雖然漢軍後勤補給充足，將士不必如同明軍那樣受苦，然而冰天雪地困在孤城之外，卻也並非是樂事一樁。

「大將軍，咱們兵屯於孤城之下，明明可以一鼓而下，何苦圍而不攻，徒耗糧草？」

江文瑨與張鼐都是一衛大將，面對屬下部將的質疑詢問，兩人卻是無話可答。張鼐倒也罷了，江文瑨專制倭國多年，統帥用兵都是一己施爲，此時受命張偉，每天戰馬軍鴿來往不斷，重要軍務都需張偉決斷後而實行。江文瑨心中甚覺不樂，卻又無法說出。此時見屬下各將都是一臉躍躍欲試，顯然都想迅即攻城，好立下大功，到時候憑著軍功受賞。

見張鼐與江文瑨都噤口不言，也沒有什麼不悅的表情，金吾將軍黃得功忍不住道：「賀瘋子在劉大將軍麾下，聽說已然破了成都，將張獻忠逼出川東，由劍門而出，直奔陝甘一帶；曹變蛟隨著周大將軍破府城十一，俘總兵四、兵十一萬，人口千萬，山東一帶，盡落我手。」

他悻悻道：「便是萬騎飛騎兩軍，亦已攻入河南，直逼開封。偏咱們十來萬大軍，坐困鳳陽城下，不能動彈。風頭都讓別人搶啦，到時候同僚見面，可真是難爲情！」

此語一出，顧振、張傑、肖天等人亦道：「沒錯，這一次大戰咱們可什麼也沒撈著，到時候可得讓那幾人說嘴了！」

江文瑨臉上一陣青色掠過，鐵青著臉訓道：「爾等口出狂悖之語，膽敢藐視軍法麼？」

黃得功等人連忙站起，躬身道：「末將等不敢！」

「出去！」

張鼒目視諸將退出，便向江文瑨問道：「長峰兄，哪來的這股子邪火。咱們身爲統兵上將，不能以戰爲務，而是要統顧全局。陛下五天前有手書過來，要咱們不要以戰功爲先，而要儘量招撫，以此戰徹底收服全天下士大夫的心，這才是重中之重。若是強攻入城，洪享九和孫傳庭殉節而死，只怕是個不好的例子，於全局並不妙。」

江文瑨苦笑一聲，向張鼒道：「倒不是爲困守城下而發火，實則這大將軍當的沒味兒，事事掣肘而行，沒有陛下的手書，咱們竟不能動！凡事不能自專，這打的是什麼仗！」

他這算是交心之言，也是被黃得蘇等人激起怒火，這才脫口而出。張鼒雖與張偉關係親近的多，卻也忍不住道：「這話很是，陛下太過掣肘，若是這樣，還不如不設上將，只派咱們專領一軍，倒也痛快！」

「嘿，你們兩個說得當真熱鬧！還有什麼不滿，都說給我聽聽。」

帳內兩人突然聽到熟悉之極的聲音，當即驚得一跳，均站起身來。

張鼒兀自喝道：「誰在帳外喧嘩？」

正驚疑間，卻見有人將帳簾掀起，有人略一躬身直撞進來。

帳外有大將軍儀杖和散班衛士守衛，沒有兩人的傳召任何人不得入內。誰料就這麼被人直闖入內，兩人正欲發火，卻見那人將罩在頭上的頭罩一拉，不是張偉是誰?!

見這兩個心腹大將一臉驚惶，張偉噗嗤一笑，向他們道：「剛才不是還說得來勁，見我來了，怎麼偏生又一個字也不說了？」

說罷將外袍去了，自己逕自走向主位坐下，向張李二人笑道：「別楞著了，快些命人送上熱茶來。頂風冒雪的騎了這麼些路，可把我冷壞了。」

這兩人到得此時，才醒悟過來，忙都跪下，江文瑨先請罪道：「末將私下詆毀聖躬，罪該萬死，請陛下責罰！」

張鼐亦道：「臣死罪，請陛下責罰。」

「不必如此，這次戰事沒有讓你們放開手腳，身爲統兵上將有些牢騷不足爲怪。若是你們唯唯諾諾，以不擔責任暗中歡喜，我反倒看你們不起。」

張偉斂了進來時的笑容，長吁一口寒氣，向兩人吩咐道：「都起來坐下，我有話說。」

張鼐見張偉臉色青紅不定，額頭眉角都帶有細細的冰屑，知道他定然是夤夜趕路，一早晨的露水冰在臉上，此時必定是十分寒冷，忙張羅人在帳內添加柴火，送上手爐，熱茶。折騰許久，方見張偉臉上回過顏色來。

見他二人正襟危坐，仍在爲適才的議論而心中不安，他展顏一笑，向他們道：「都說開了麼？我這點雅量還是有的。不必爲此事擔心，我今日來，就是爲你們所言而來。」

張鼐精神一振，忙問道：「陛下，難道今日此來，是爲了指揮攻城麼？」

張偉笑道：「這點子小事，委給黃得蘇等人便可辦妥，你們都用不上，何用我親自過來。我頂風

冒雪，自南京坐船，然後上岸急馳了兩天三夜，就爲的在城下過過癮麼?!」

見張鼐乾笑不語，張偉又向江文瑨笑道：「長峰，你來說說，我此來何爲？」

江文瑨沉吟道：「若是攻城拔寨，陛下自然不需親來。既然陛下親自來了，想必是爲了招降洪承疇和孫傳庭等人？」

「雖不中，亦不遠矣。」

張偉站起身來，向他二人道：「走，事不宜遲，咱們速去鳳陽城下巡看一番。」

「陛下，你一路奔波勞累，剛暖和過來，何必如此著急？那洪享九和孫傳庭如同茅坑裏的石頭，又臭又硬。咱們射進城內勸他投降的書信，彷彿是石沉大海一般。據不少縋城出逃的明軍都道，各總兵大將都想投降，若不是洪某的督標和孫某的撫標鎮住，只怕城內各兵早就開城投降了。那洪承疇，除了督看城防之外，便與幕客詩酒自娛，一心想著城破那天殉節了事；至於孫傳庭此人，近日頗有些瘋狂舉動，強拆城內居民住宅封堵城門，違抗憲命的百姓很多被當場斬殺，還有不少觸犯軍紀的士兵也被他下令斬首。城內明軍都道，孫傳庭已經發瘋，各總兵若不是忌憚洪承疇幾分，只怕現下就動手反了。」

「嗯？」

張偉停住腳步，狐疑道：「那孫傳庭久歷行伍，難道如此不堪麼？」

搖頭笑道：「他這麼做，只是故意爲之。以示漢賊不兩立，一則是要督促各總兵奮力抵抗。二則，也是宣揚他的風骨，將來史筆如鉤，自然不會漏了他的表現。」

他嘆氣道：「軟骨頭病害人，這種士大夫的所謂氣節，一樣能使人痰迷心竅啊！不過歸根結柢，總比見了敵人就下跪的好。所以這孫傳庭其人，我倒是欣賞的很。」

張鼐與江文璿隨同他出帳，各人騎上戰馬，在幾百個禁軍的護衛下一路奔向鳳陽城下，由南城門繞過，一路奔行哨探觀望。城頭上的明軍雖然看到，卻是毫不理會，只懶洋洋抱著雙手蹲在城頭發呆，此時太陽正高，雖然城頭寒風凜冽，但陽光曬在身上還有些暖意，腹中無食，正自饑寒，哪能放棄曬太陽的機會去與敵人叫賣邀戰，那可未免太傻。

張偉一路奔行，看到這鳳陽城牆高大威嚴，箭樓射孔林立，檑木滾石油鍋鐵釘等守城器械亂紛紛擺在城頭，看起來也很有幾分威懾之意。只是原本很深的護城河已經落雪結冰，河邊的木柵拒馬等物早被漢軍火炮轟平，自城下到城門再無障礙，以漢軍的攻堅能力，再有城內明軍的士氣低落，這城池必定可以一鼓而下。

踏看一圈之後，張偉見城頭明軍多半打著呵欠曬太陽，或是低語說笑，或是懶洋洋地瞧著熱鬧，竟似視城下奔馳的幾百漢軍為無物，笑道：「成了，該當如何我已有了成算，大夥兒回營吧。」

張鼐目視著那些萎靡不振的明軍士卒，嘻笑道：「陛下，與這樣的軍隊交手，當真是辱沒了漢軍。」

張偉口中呵著寒氣，一面打馬向漢軍營地返回，一面答道：「這話不對。讓漢軍餓上十天半月，也和他們一樣。明軍中盡有一些好漢子，不過餉也沒有，肚皮也吃不飽，武將受文官節制，很受歧視。

士卒被武將克制，如同奴僕。軍隊沒有戰力，怪不得士兵。」

江文瑨始終沉默不語，一來是適才以話語冒犯張偉，雖然張偉已表示並不在意，他心中仍在惴惴不安；二來他心中總覺張偉此來並沒有這麼簡單，卻一時猜想不透原因，是以並不肯說話。

隨著張偉一路回到營中，見張偉意氣雄強，指斥方遒。剛看完明軍城防，卻又開始巡視軍營。此時他擺開了全副的天子儀杖，以黃鉞開道，赤龍旗、清遊旗、太常旗等皇帝行遊旗緊隨於後，其餘什麼黃麾、鉞、戚、斧、刀、矛等持刃禁衛護衛兩邊。張偉換過常服，著龍袍、赤襪、頭戴翼善冠，外罩金甲，騎於白馬之上，所過之處皆是高呼萬歲之聲，十數萬漢軍興奮之極，大聲高吼，當真是聲入雲霄，威震四野。

城外動靜早將城內驚動，洪承疇等人直以爲漢軍來攻，一時間各自都是大驚失色，難以自持。

洪承疇顫抖著手將遺書等物裝入衣袖之中，帶著督標親兵急忙奔上城頭。遠遠見了孫傳庭呆立於城頭之上，往遠處凝視眺望，洪承疇急道：「寅演，事情如何？敵人來攻了麼？爲什麼沒有發炮！」

卻見孫傳庭呆立不答，他也不知道哪來的力氣，急步竄上城頭，按住心悸氣喘，忙張目向城外看去。卻見雪地上有人身著明黃衣袍，正在騎馬巡視漢軍各營，所到之處盡是山崩海嘯般的萬歲喊聲。他不禁大驚失色，向孫傳庭和鳳陽巡撫孔方昭道：「原來是僞帝張偉到了！」

聞訊趕來的諸總兵大將都面如土色，甚至有微微顫抖，洪承疇沉聲喝道：「爾等怕甚！僞帝原是明臣，與諸位總兵同列，不過是一介武夫。他來或不來，情形還不是一樣。」

各將聽得他這逞強語言，都在心中暗道：「人家一介武夫是沒錯，可是戰無不勝，倒是你洪大督師很是自負，卻被圍於孤城之內。情形一樣，當然是一樣了，他不來咱們是死，來了還是一個死字，倒也當真一樣。」

城內明軍被張偉此來弄得人心惶惶，漢軍軍營內卻是一派喜氣洋洋，自下江南後，張偉再無親征之舉，漢軍南征北伐，很少再見到這位昔日的統兵大將軍身影。金吾與神威衛中老兵很多，對張偉一向崇拜有加，雖然此時仍是坐困孤城之下，卻因張偉到來而士氣大振，各人都是喜氣盈腮，向諸新兵口說指劃，解說張偉當年威風之事，言語下不免誇大幾分，唬得眾新兵瞠目結舌，驚嘆不已。待張偉下令，今日營中加餐賞酒，各營更是歡聲雷動，口稱萬歲之聲不絕。相形之下，城內愁雲慘霧，士氣又是大挫，洪承疇與孫傳庭雖然百般設法，然而巧婦難爲無米之炊，卻也只能徒呼奈何了。

待到得晚間，張偉宴請衛尉以上的兩衛將軍，酒宴完畢之後，只留下將軍以上者居留大帳會議。

「文瑨，張鼐，你們兩人納悶我一直遙控指揮軍務，又不令你們攻城，在這裏徒耗糧草，今日我來，先給你們一個交代。」

張鼐與江文瑨齊齊躬身，答道：「末將不敢，請陛下明示就是。」

「得天下之事，沒有武力不行，純粹靠著武力也不行。你們可明白？」

帳中武將雖然並不盡數明白，卻都懵懵懂懂答道：「是，陛下說得很對，末將等明白。」

張偉一笑，喝了一口參湯，又道：「洪享九和孫寅演、方孔昭等人，都是明朝知名的文人能臣，

強攻之下多半就會身死以殉，所以我不讓你們就攻，而是一定要想法子勸降他們。原本我料想此事不急，待過了年之後再說，現下情況突變，再也不能久拖下去，是以我親自趕來，事成則好，不成，也必須得攻城了。」

眾將雖對他話中含意並不盡數瞭解，卻知道他此番前來必定有很大的變故，一時間帳內半點聲息也無，各人都瞪大了眼瞧向張偉，等著他解說明白。

張偉目視左右，帳內除寥寥數人之外，多半還是在他初到臺灣後不久就已跟隨效力，此時身著甲冑，雙手按膝端坐於下，一個個目光炯炯看向自己。只需自己一聲令下，這些豪傑好漢便會如同獅虎出柙一般勇不可擋，將自己所有的敵人鏟平消滅。回想當年，心中竟突然有種滄桑奇怪的感覺湧上心頭，一時間竟不知身在何處。他知道一生事業到了緊要關頭，過了這一關，整個中國必將真正的掌握在他的手中。若不是回到古代，以超出常人的眼光知識打拚奮鬥，哪裡能輪得到他？他每常自嘆：西人曾言，任何一個人回到過去，都有機會成爲偉人，此語誠不欺我。

說來也怪，到得此時，張偉卻越發地迷惘害怕，他以絕世強者的形象示人，眾文官武將遇著困難之時，只需想到張偉其人便可信心倍增，而張偉本人，卻慢慢漸行漸遠，稱帝之後，越發成了孤家寡人，那種四邊不靠的寂寞和壓力，當真是令他難受之極。

今時此刻，離目標登頂越發地近，張偉對掌控下中國的未來走向越發地摸不著頭腦。他可以依靠未來的知識創制軍隊，貿易發財，可以依靠超卓的眼光拔識人才，卻並不知道在當時的中國該當以什麼樣的精神和內在繼續發展，以漢軍的實力，統一全國自不必言，便是拿下東南亞、澳洲、北美，都非難事。只是若是沒有堅實的理念信仰，配合先進的政治制度，一兩百年之後，中國不過又是類似奧斯曼土耳其那樣的老大帝國，徒有一些武力和疆土罷了。

他目視帳內諸將，心中道：「總歸要在我手裏有一個先進的政治制度，還不能把儒家的東西全丟了。腐儒僵化，並不都是儒學的過錯。孔子何嘗提倡過纏小腳？何嘗說過要各掃門前雪？中國的事，道家亦需負很大的責任。寡廉鮮恥，枉顧大義，這可與儒家學說無關。漢唐之際儒學倡盛，中國不一樣是治世盛世麼。」

想到此處，心中一動，想起幾個月之前自己曾視察太學，聽得太學教授黃宗羲所言的一番話：

「求仁得仁，吾欲仁，斯仁至矣。孔夫子一生的政治抱負就是一個克己復禮，雖然他的手段未必高妙，然而這種一心追求仁義道德，以自身爲範，垂之後世千百年無人能易，這便是他的超凡之處。諸位，吾也知西學漸盛，什麼數學、幾何、化學、物理諸科，都是經世濟用的學問，不論是經商爲官，出海放洋，都全用得上。所以這儒學一項，在學校竟漸漸無人問津，很有勢微的跡象。陛下自將科舉改制，不以四書五經取士之後，官府用人漸漸趨向雜學，而正途出身的很受嘲笑，諸位不肯用心研究書經，這也是一理。只是宗羲有一語在此，與諸君共勉：人生有道，有術。西學好比是術，而國學則是道之精義所在。我輩國人，自束髮受教，總以仁義兼愛爲教，是以千百年來，雖歷經動盪之亂，然漢人始終未嘗亡族，所爲者何？邦有道矣！西學雖好，然則是外來學問，其術再好，內裏是別人的東西。若是信其學說，入其宗教，習其政治，百年之學，中國原有之道義精神不復存在，名存而實亡矣！」

黃宗羲的這番話聽得張偉頻頻點頭，心知在一六三三年的明朝之時，有人居然有這種見識，當真是了不起之極。張偉所處的時代，中國人見利忘義，見錢眼開、為富不仁的事比比皆是，中國人的傳統道德被破壞怠盡，新的法統又並不能真正深入人心，於是上行下效，謊話假貨橫行，人心崩壞之極，不正是信仰缺失的毛病麼。

有了這層明悟，張偉蕩滌儒生陋習，革除儒家積弊的決心雖然不變，然而以新儒家及漸漸還政於民的諸般舉措，務必要在自己的有生之年創制一個可以萬世不易，不會在兩三百年出現鼎革變亂的政體出來。與此同時，借由明朝大儒聲望，招降一批降將收拾北方人心，可以最大限度利用北方力量對抗滿清的打算亦已完備。若是兵禍連結，雖然漢軍必勝，卻也是地方疲敝，百姓受苦，他也很是不忍。鳳陽城內名臣甚多，若能招降，自然很是有利於收服北方士大夫人心，幾十萬明軍投降之後，稍加改編，足兵足餉，也有一定的戰力，豈不更好。

他只管坐地發呆，底下諸將不知道他在沉思何事，只道是皇帝正在思考如何對鳳陽用兵一事，各人只是奇怪，這小小的鳳陽城勞動陛下親征，現下還想了半天不能有所結論，當真是匪夷所思之極。

第十二章　鳳陽城破

虎大威聽了此話，彷彿覺得脖子一寒，一邊狂打冷戰之餘，一邊惡氣上湧。他站起身來，叫道：「既然如此，就反了他娘的！左右聽命，徵集將士，就說漢軍夤夜入襲，已潛入督師府中，咱們現下過去救援！」

下面幾十名武將呆若木雞地端坐當場，並沒有人敢發一言。若不是軍帳裏爐子上燒著的開水突然沸騰，發出嘶嘶的聲響，壺口冒出一縷縷白煙來，只怕張偉這一發想真是令漢軍諸將鬱悶死了。

「你們只管呆坐什麼，來，喝茶！」

見皇帝陛下終於發話，帳內氣氛頓時活躍起來，各人捧著茶碗熱手，雖然不敢詢問張偉，卻都是擠眉弄眼，比之剛剛木雕石塑一般強過許多。

張偉略一思索，終於開口向諸將道：「今次我來，實因北方情形將有大變！」

江文瑨眉頭一跳，問道：「滿人入關了麼？或是即將入關？」

「皇太極十月初在盛京瀋陽動員八旗，雖然封鎖消息不使人知，卻也被咱們的司聞曹探子探知，我約束諸將不可猛打猛衝，就是防著八旗兵突然搗亂。他們來去如風，後勤補給要求甚低，突襲能力很強，如是與明軍作戰時突然遇到，損害必然很大。只是他那邊一動員，施琅帶著水師已然趕到遼東，各江口島嶼四處奔襲，皇太極頭疼之極，若是只留少量兵馬，又怕我大軍攻襲，或是留的多了，入關之後實力不足也是不成。所以十一月中，他趁著明朝內撤入關，占了山海關和薊鎮等地，兵鋒直指北京，卻沒有全師殺入，其因在此。」

「那如今情形如何？滿虜如何能奈何得了施將軍的水師？別說遼東附近，就是放在整個天下，漢軍水師都不懼任何敵手。海上往來方便，一夜之間飄忽數百里，就是騎兵也不能四處設防抵禦，難不成如此情形，他們仍敢全師入關不成？」

張偉向江文瑨笑道：「我有張良計，人家也有過牆梯。皇太極早就料到咱們有這麼一招，初時還沒有什麼動靜，上個月水師入得鴨綠江口，突然從江裏四周竄出來幾百隻小船，上載火藥柴草，趁著順風點燃滑將下來。施琅大驚之下，命令全師後退，一面開炮轟擊，只是那船小風大，速度極快。水師雖然迅即後撤，仍有兩艘炮艦被小火船點燃燒著，救援不及而致沉沒。所幸人員傷亡不大，倒也罷了。只是經此一役，漢軍水師很難再突入江河之內，對他們的威脅很小，只需留著人看守，又以鐵鏈鎖江，咱們一時沒有辦法攻入遼東內地了。至於攻下旅順，待水師到了後方時，人家早就深溝長壘，廣設炮臺，旅順地勢易守難攻，高地上架有數十門炮臺，水師雖然不怕，不過死傷過多，得不償失！」

各將聽到此時，都已是目瞪口呆。半晌過後，那黃得功方吃吃道：「如此說來，水師在遼東並未拖住八旗，那皇太極現在何處？咱們的水師呢？」

「月前十二萬八旗，會同三萬蒙古騎兵，將京畿團團圍住，山海關總兵吳三桂與薊鎮總兵唐通敗逃至通州。幾個親信太監領著京營副將們帶著七八萬京營兵守京城，城外已無駐兵。現下還沒有消息，估計京師陷落不過是這幾天的事了。」

「啊！陛下，請發令讓咱們即刻攻城，然後北上，和滿韃子痛痛快快地交手打一場！」

「正是。陛下，眼前的明軍不堪一擊，何苦在此虛耗時間？兵貴神速，遲則生亂啊！」

一聽張偉將北京戰事說出，帳內各將都是激動非常。身為武人，自然渴望與強敵交一交手，此時縱觀天下，明軍與農民軍正面交戰都不是敵手，也只有遼東的八旗騎兵打起來，還有一些味道。這些武人心中期盼，立時七嘴八舌，紛紛提出立刻進兵北上，與八旗兵一較高下。

張鼐與江文瑨卻不似屬下這群將軍衛尉們這麼激動，兩人只是對視一眼，卻都看出對方眼中的興奮之色。

張鼐先沉聲道：「陛下，既然如此，不如命我金吾衛迅速北上，與飛騎萬騎配合攻下河南，得開封、商丘，河南可保，河南與山東互相為犄角之勢，敵兵必不敢南下。」

張偉擺手一笑，向各人道：「不急。我已命周全斌屯兵駐汴南，派遣官員招撫敗兵流民，開倉放

賑收拾人心，先把山東穩住要緊。至於開封，這幾天就有消息。張瑞日前有信，倒是有輕鬆破城的良法。開封城幾千明軍駐守，若不是城池高大，周王又賞金豐厚，士卒效命，飛騎將士們一天就攻下來了。」

帳內諸人一聽得開封名城又要落入飛騎之手，各人都很是沮喪，卻又聽張偉道：「此處事畢，你們盡數開往山東，山東要緊。八旗必不會赴西面往攻潼關，亦不會直入中原腹地，首戰之地，必在山東。」

他站起身來，長舒一個懶腰，振起精神，向眾人道：「若是能趁著北京亂局，迅速招降山東、畿輔一帶的殘敗明兵，這自然是再好不過。此間事畢，我便要先赴濟南，籌劃與滿人的決戰。」

江文瑨又問道：「陛下，若是洪承疇等人不肯投降，如之奈何？」

張偉詭笑一聲，答道：「今日聽了你們說起孫傳庭行事的話，我倒已有了計較。文瑨，此事就該著你派神威衛去做，你來安排。」

說罷命眾將先行退出，張偉拉住江文瑨竊竊私語，直又談了一刻時間，才命他依命行事，出帳辦事不提。

漢軍會議之後，原已是接近子時。夜深人靜，城內明軍已多半在饑寒交迫中沉沉睡去。正睡得香甜之際，卻突然聽聞對面炮聲大作，漢軍所有火炮盡數開火，夜色中火光四射，炮彈落入城牆之上，當真是磚石和著血肉橫飛，其狀慘不忍睹。

明軍猝不及防之下，死傷甚是慘重。這些天來漢軍並未攻城，城上明軍早就懈怠，雖然總兵大將們防著張偉親自統兵破城，然而直到天黑亦無動靜，各人都自回府歇息，不再理會。誰料炮聲突起，立時打得全城文武官員魂飛魄散，各自統兵至城下守衛，卻又被猛烈的炮火打回來，不能近前。後來漢軍炮火延伸，便是城內亦不安全，各官都躲在房屋之內，向天祈禱，只盼炮彈千萬長眼，莫要落在自己頭上。

火炮打了一個更次，卻又暫歇，待兩刻之後又開始雷鳴般轟響起來。如此幾次三番，得到凌晨之時，天氣最冷，漢軍根本全無動靜，只是開炮不停。城頭上下的將校都道：「想來他們是借火炮立威，明天才會攻城。」

各人將心放下，除了留下一些副將協守，又都尋了地方草草安歇，養足了精神等待第二天守城。城頭上炮火猛烈，士兵很難立足，只是在炮火暫歇時有派幾個小兵上去哨探外面動靜。

黑暗中有幾個漢軍官兵悄然摸近城邊，因爲人數太少，明軍並不能發覺。他們已然全數換上明軍袍服，以飛抓搭在城頭，爬將上去。

等攀上城頭之後，那些漢軍摸黑清除了趴在城角準備上城哨探明軍，潛伏不動。待一會兒炮火之聲又起，急忙趁亂往城內跑去，不一會兒工夫，便已淹沒在城內四處遊蕩的明軍之中了。

漢軍的火炮一直打到天亮時辰，明軍將校勉強合眼休息一會兒，待漢軍炮火停止，便各自帶人上城查看。卻只見四處是斷壁殘垣，血肉模糊，當真是慘烈之極。各將都是打老了仗的，若不是前一陣子領教過漢軍炮火威力，只怕此時都已嚇呆了。饒是如此，看著幾個城樓全數被轟塌，牒台也多半被摧毀無存，原本駐在城頭的士卒十有八九死在城頭之上。

等洪承疇與孫傳庭持尙方劍、王命旗牌、印信等物上城，督促諸將一定要實心防守，奮力死戰，對面的漢軍卻是全無動靜。全體明軍不及吃飯，一直呆站到下午時分，對面仍然是連人影也欠奉一個。明軍上下又累又氣，開始有士卒低聲謾罵，軍心已是不穩。各總兵大將心中著急，此時卻是不敢責罰兵士，若是一個不好，只怕立刻就是兵變之局。

好不容易捱到了晚上，眼見一天又混將過去，各將不免如釋重負，這樣的情形居然並沒有敵人來攻，城池又保了一天平安，當真是邀天之幸，祖墳上冒了青煙了。

陝西漢中鎮總兵虎大威亦是疲乏之極，他身爲總兵，最近又與督撫有些不對盤，暗中很生了一些閒氣，是以當差分外提了小心，唯恐被人拿住小辮子發作，城池未破先丟了腦袋，很不上算。好不容易捱過一關，虎總兵心中大樂，此時城中雖然缺糧，卻是少不了他的一份，他心中謀算：「娘的，過一天是一天。一會兒回到家裏，總得叫幾個親兵來唱幾句二黃，老子邊喝燒酒，再教人弄個火鍋，豈不樂哉？」

此裏城內肉食早絕，虎大威前天命人殺了幾匹精力不足的戰馬，除了每個親兵和近身僕役能分到一點肉渣骨頭之外，大半都被他命人嚴格看守。他每天回府之後，第一件事便是命人稱一下馬肉，若是少了一星半點，當值看守的人就得拿命來償。他住在城內一個富商的家中，就在人家的大堂之內折了梨木椅子做爲生火之物，用牆上掛的字畫等物擦嘴，一邊大塊朵頤，一邊猛灌烈酒，一邊聽著幾個眉清目秀的親兵咿咿呀呀的清唱，倒也是痛快非常。

正吃喝得興起，卻聽得有小兵稟報道：「大帥，外頭有河南副將陳永福求見！」

他高興一拍腿，叫道：「他娘的，忘了請他！快，請他進來。」

這陳永福自上次觸犯軍令之後，當差辦事很是謹慎，被派到河南窮追李倖不及，又是無功而返。若不是漢軍攻勢猛烈，明軍不及內耗，只怕早被看他不順眼的猛如虎等人讒言治死。洪承疇也知道他與猛如虎並不和睦，因爲他手下還有兩三千士兵，幾百匹戰馬，害怕他氣急火併，便命他歸虎大威統管。這兩人曾在陝西爭戰時做爲同僚，此時相處的也算融洽，是以雖然此時來撞席，虎大威卻也並不著惱，忙一迭聲命人喚他進來。

陳永福卻不似他這般興高采烈，虎大威見他一臉青白之色，神色很是不愉，忙問道：「你這又是怎麼了？又有什麼軍國大計督師大人不納麼？你管他這麼許多！只要咱們統兵的人手裏有兵，怕個鳥。你好生陪我吃酒，今朝有酒今朝醉，哪管明天是與非！」

他目不識丁，拽文之後很是得意，嘎嘎粗笑兩聲，又悶頭吃肉喝酒。見陳永福仍是一副死了親娘的模樣，不禁氣道：「不吃酒來做甚？還不如去睡個大頭覺。一會兒城外那些死人開起炮來，別他娘的想睡安穩了。」

正要舉杯再飲，卻被陳永福拉住手腕，他一陣惱火，正要開口斥罵，卻聽得陳永福低聲道：「大帥，別再喝了，咱們的禍事到了！」

虎大威雖是粗俗，卻並非是愚笨之人，若不然也坐不到統兵大將的位子。此時被陳永福的話說得一驚，忙停了手上動作，臉上卻是不露聲色，只沉聲令道：「所有人都出去，我要和陳將軍說話！」

他的親兵頭領知道其意，忙帶著一眾親兵把守好府院大門，手按腰刀四處巡看，防著閒人接近。

虎大威見關防嚴密，忙低聲問陳永福道：「你這話是什麼意思？」

陳永福臉色惶急，雖知房內無人，仍不免四顧打量一番，方低聲道：「城內謠言四起，不知道是什麼人和咱們有仇。四處散佈消息，說是上次孫督師斬了你的親兵，你心懷不軌，會同了我們幾個大將，要趁著漢軍火炮攻城時，先造反殺了孫督師，然後裹挾了洪制軍，開城投降！」

他聲音低沉，話風夾雜幾滴唾沫噴在虎大威臉上，當真是如同幽幽鬼風，令人毛骨悚然。

虎大威勉強一笑，向他道：「全是扯騷！娘的，老子忠心耿耿，給朝廷效了十幾年的力，身家性命都搭在戰場上了，要是想投，早他娘的降了。制軍和督師必不相信，你放穩了心睡覺去。」

陳永福冷笑一聲，向他道：「這種事換了你做統兵大將，是寧信其有，還是放心大膽的睡大頭覺？城內軍心不穩，大家都想著投降保命，你虎總兵沒有過這個念頭？此時謠言紛傳，沒準就是洪制軍和孫督師設的局，找個藉口，把咱們兩人給辦了！」

他伸手做了一個抹脖子的動作，向虎大威道：「借咱們的人頭穩定軍心，好狠的計謀，好毒的心腸！」

見虎大威還在遲疑，他不禁苦笑道：「無風不起浪，這種事情傳將開來，沒人能隱瞞的了，何況兩位督師在城內盡有暗探打聽消息，這會兒只怕他們都已知道，就是沒有害咱們的意思，只怕也非得動手不可了。唯今之計該當如何，請大帥你定奪，永福追隨馬後，唯命是從！」

虎大威呆坐半晌，只覺得身上酒意漸漸散去，暖意一退，寒意上來，一陣冷風吹來，竟致渾身發抖。他吃吃道：「莫不如咱們現下打開城門，出城投降，如何？」

陳永福點頭道：「我開初也是這樣想。只是漢軍今夜沒有開炮，城內安穩，城門處都堵上了沙包木料，堵得嚴嚴實實，又有重兵把守。咱們沒有鈞命，合起來七八千人馬，離城門又遠，只怕沒等城門打開，我們倆人頭已然落地。」

虎大威急道：「左也不成，右也不成，到底該當如何？」

陳永福將他拉坐下來，低聲道：「不如把幾位副將和牙將參將們都叫過來，一起商議。」

待各將到來之後，虎大威不免將事實誇大幾分，仿以洪承疇與孫傳庭即將要把他的全部人馬都拉去砍頭一般。各將正睡得迷迷糊糊，甫一聽此惡耗都是嚇得呆了。哪裡還有甚能力分析，先是愕然，繼而都怒道：「既然督師們這麼惡毒，咱們不如反了吧！大明亡國已成定數，咱們早些投效漢軍，還能得個富貴，若是遲了，連屍骨都是冷的！」

陳永福過來之時，左思右想亦是此意，此時聽得虎大威屬下各將亦是此意，他不免添油加醋道：

「當斷不斷，反受其亂。征戰之時，割人頭如同草芥，咱們動得遲了，明日校場之場，一起做鬼！」

虎大威聽了此話，彷彿覺得脖子一寒，一邊狂打冷戰之餘，一邊惡氣上湧。他站起身來，叫道：「既然如此，就反了他娘的！左右聽命，徵集將士，就說漢軍夤夜入襲，已潛入督師府中，咱們現下過去救援！」

取出令箭，將各將的任務分派完畢，又吩咐道：「兩位督師雖然不仁，咱們卻不可傷他們的性命，好生勒控你們的屬下，一定不得傷害他們。」

各將暴諾一聲，各自領命而去，虎大威嘴角露出一絲微笑，心道：「只需將幾個大員抓住，成功突出城去，一場大富貴卻是跑不了了。」

他只顧著升官發財，乃至於謀反或是身後罵名，虎大帥大字不識一個，哪裡顧得了那麼許多。

自他下令發動而起，不過一個更次不到，城內已是火光四起，局面大亂。偏生漢軍也來湊趣，一發現城內混亂，立時又開始開炮。城內幾個領兵的大帥自顧不暇，其餘一些總兵，或是至城下把守，或是趁火打劫，夥同虎大威等人一同造反；或是打太平拳，兩不相幫。孫傳庭與洪承疇兩人的標營親兵加起來不到兩千人，又是分駐兩地，哪裡經得住越來越多的叛軍攻擊，雖然親兵們拚命抵擋，到了天亮時分，兩人已然雙雙就擒，被捆得結結實實，分頭關押。

至於鳳陽總督方孔昭，原本並沒有人理會他，是以他原本有時間從容殉節。他與鳳陽知府蘇觀生居於一處，兩個約好自殺以殉，聽到城內殺聲四起，兩人便依次入房，懸梁自盡。誰料方孔昭原本是機變之人，哪裡肯真心就死，不過被書呆子蘇觀生逼迫不過，卻不過大義之說，勉強答應罷了。

兩人入房之後，方孔昭先入內室，故意踢倒椅子，口中發出呃呃之聲，半晌之後方不出身。那蘇觀生聽了，以爲方孔昭已死，於是慨然賦詩一首，掛在胸前，自己當真懸梁，一時氣絕。

方孔昭待外面沒有動靜，溜將出來，也不顧蘇觀生屍體掛在梁上，自己帶了親兵固守在府。他知道此時外面混亂，出去沒準會被亂兵殺死，故只是守在原處，等候局面平定，到時候盡可揮灑自如，笑傲風雲。

虎大威與陳永福擒了兩個督師之後，立時知會了其餘幾個願降的總兵，幾股兵馬合力，打開南門出降。城內其餘兵馬見大勢已去，或是隨之而降，或是出城逃竄，被埋伏的漢軍打回之後，亦是請降。亂紛紛鬧到中午，城內終於安定，漢軍分批入城，將投降的明軍赤手空拳盡數押出，關在城外軍營之內。

張偉傍晚入城，在千餘禁軍的護衛之下入住原本洪承疇的居所。先是接近虎大威等投誠將軍，好生勉慰一番，命他們就在城內居住，等候發落。

城內文官除了知府吊死，推官不知所蹤，總督和其餘文官皆願投降，於是分批接見，卻不似武將那麼客氣，除了對方孔昭稍假辭色，其餘文臣很是被痛斥了一番，然後命人押往南京，等候發落。至於原本的監軍太監，除了死在亂軍之中的，剩餘活口全數被下令誅殺。這些太監橫行霸道，除了不要女人，當真是什麼都要。明軍上下無不痛恨，待首級掛上城頭，那些被分頭押出城外的明軍竟致歡呼起舞，明軍之不得人心，竟致如斯。

到得此時，漢軍在陝西已占據潼關天險，保有西南大半，又占了山東大半，全殲一股明軍主力，擊敗一股，明朝除了在通州附近的幾個總兵領著幾萬殘兵，勉強維持，就只有山西一帶有秦晉二王，還有袁崇煥與盧象升帶領的幾部明軍有些戰力，其餘都不足道矣。張獻忠被攆出四川，在陝西亦不能立足，只得一路奔出，往甘肅一帶投奔李自成去也，至於兩部是合力東進，還是因爭地盤而火併，卻是不得而知了。

局勢如此，張偉一則要提防滿清南下，二則意欲迅速穩定北方已占領的局勢，是以一面加緊派人勸說洪孫二人投降，一面修書命人送往山西，勸袁盧二人亦降。袁崇煥是否投降，他不得而知，倒是那盧象升，則可斷定必然不降。張偉肚裏嘆氣，知道此事急迫不來，只得一面飛奔濟南，就近指揮漢軍，一面將洪孫等文官帶同前往，預備親自勸說。

張偉因知道洪承疇與孫傳庭等人都是以清節忠忱自詡，定然不會一說就降，想來要費一番工夫。至於皇太極曾經使用的以莊妃勸降，他手頭一無莊妃，二來也並無此需。明朝將亡，洪承疇等人失卻效忠對象，自然方便許多。

他急奔趕赴濟南，就近指揮前方佈防，現下山東全境已被漢軍收復，河南豫東地界八府十二州一百零六縣亦已攻陷，劉國軒與孔有德攻克陝西大半，現下已派兵入大散關，威脅漢中。若不是八旗擺脫了後方被襲危險，十五六萬騎兵全數入關，薊鎮、通化、昌平等畿輔名城重鎮已被滿清所得，吳三桂等人又屯兵通州，漢軍現下只有一衛兵馬駐屯山東，打明軍是綽綽有餘，與滿清對戰實力卻嫌不足。是以停下腳步，整治州府，派駐官府，減免賦稅，安撫流民，開倉放賑。

張偉甫至濟南，便命全城開倉放糧，在城門各地開辦粥場，施捨因兵火天災流落的難民。因為這些舉措，漢軍與張偉名聲大好，此前又有江南治政實績在，士大夫多半歸心，不過一月工夫不到，整個江北山東已然歸附，除了少數治績和官聲都很差的貪官污吏都被抓捕，引發一些比較小的動盪之外，再無反覆。

與李自成得不到地方豪強的支持，下派官員並不能行使職權不同，張偉自江南帶來了大量具有實際行政經驗的官吏，廂軍、靖安司官員，再有地方重要士大夫家族的支持，占領一個地方，很順遂的就可以得到某地的物力和財力支持。他住進濟南德王的王宮之內，每天召見投降明朝官員，地方豪紳，好生安撫勸慰，以定人心。

就他在抓緊時間整軍治民，穩固後方的同時，又命金吾、神策、神威三衛將防線前移，大軍壓向畿輔地界，兵鋒直指通州。又調集一軍的兵力，直奔河南北部，往山西陝西交界一路橫掃，以期與劉國軒等人會師，若是招降袁崇煥部不成，就以強兵猛攻山西，迅速將明朝殘餘勢力掃平。

皇太極駐節於北京東郊城外，此處乃是明朝官員出外任職，陛辭後官員送行之所，也是皇帝出行歸京，或是有大臣回來的迎接之處。他自十一月初深秋叩關，輕鬆擊破只有千多殘卒守護的大明山海關重鎮，又橫掃畿輔諸多強鎮，將所有的重鎮全數拿下。此時明軍主力一敗於鳳陽，二敗於江北，僅有唐通吳三桂等人領著幾萬強兵勉強打了一仗，遠遠覷見八旗兵鋒，便已是落荒而逃。

各鎮都已很少有兵把守，而明朝兵部尚書傅宗龍秉承皇帝旨意，要在畿輔編練七十三萬強兵，奈何無餉無糧，又無兵源，等八旗兵攻來之時，除了各城附近的鄉勇豪紳還略做抵抗，其餘官員軍隊或逃或降，根本未嘗一戰。

此時已是十二月中，一月以來，除了京師和南面的幾個強鎮，畿輔所有已全被八旗攻占，於以前入關搶劫不同，此次八旗兵並不似以往那麼兇神惡煞般四處搶掠，而是張榜安民，並不亂殺亂搶。是以雖然人心惶惶，各府、州縣的市面倒也安然，並沒有出現大規模的騷擾和逃難大潮。與歷史上的記錄不同，此時明朝的官員有南方的強勢新漢人王朝可以投效，很難枉顧民族大義投靠滿清，所以儘管皇太極以恢宏的度量和氣魄招攬明朝勛貴和官員，收效卻是很差，這麼些天，只有幾十個低品雜職官員被迫投降，其餘官員或躲或藏，並不出來做官。

清兵的火炮並不很多，因為滿人雖然很善於打造鐵甲和兵器，鑄炮的時間卻是很短，鐵材浪費嚴重，工藝對他們來說也太複雜。這兩年來費盡財力物力，才鑄成大炮六十餘門，中小火炮三四百門，又因為要防備漢軍襲遼，將一部分火炮留在沿海港口和險要之處，鑄成炮臺守備。此次入關，只帶有大小火炮百門左右，已是傾盡了全國之力，方才成行。

待攻到北京城下，崇禎命成國公朱純臣統領三大營出戰，清軍不過衝殺一陣，三大營七八萬京軍已然潰不成師，朱純臣僥倖得脫，帶著一半人逃回城內，其餘敗兵或死或降，帶出城外的幾百門火炮和炮彈火藥白白便宜了清兵，立時與從關外帶來的火炮併成一處，終日向城頭打炮，使得明軍不能駐足城上。

北京城頭高而險峻，是成祖花費百萬民工，歷時多年修建增補而成，英宗時，十萬京軍面對二十多萬瓦剌強兵的攻擊而巍然不動，就是清兵多次圍城，京師爲之戒嚴多次，而始終不曾擔心京師會不能守。此番卻與往日不同，不但沒有強兵駐於城外，與城上守兵以爲犄角，就是源源不斷奔來勤王的兵馬也是一個沒有。

滿城的百姓成日聽得城外炮聲不停，守城的五六萬明軍來回奔走，還有內操的四五千小太監也在大太監的帶領下匆忙出宮，操刀持箭上城頭守衛。這種情形從未有過，百姓們很是心慌，一方面覺得大事不妙，一方面很看不起守城的京營兵和太監，各人看著那些耀武揚威持刀弄棍的太監上城，心裏均想：「這種畜生都上了城頭，看來大明離亡國真的不遠啦。」

朱純臣雖然倉皇敗退，崇禎卻沒有怪罪於他，只是命王德化、曹化淳、王之心等大太監一起上城，監視著守將嚴守城池，又令朱純臣爲提督大將，總理城內防務。

那朱純臣是勛貴之後，喝酒聽戲最是拿手，行軍佈陣如何能行？他別無辦法，只是每天縮在府中，下發命令讓京營諸將一併上城，嚴密防守；又命貼出告示，命京師各衙門的差役、雜工一併上城；又使更夫宣諭：賊兵離城不過五里，守城十萬火急，城破之日，百姓必不可免，今命全城丁壯盡數上

城，協同防守，不准遲誤！各家門口懸掛燈籠，嚴防奸細；各人不准隨意上街走動，違者立時拿問！

於是全北京都籠罩在一片愁雲慘霧之中，百姓不堪勞役之苦，上城守備，一無官糧補貼，二無兵器，只是赤手空拳，呼喝吶喊。而家中妻兒嗷嗷待哺，無人看顧。各人都是心急如焚，一面擔心城破後被辮子兵屠殺，一面又巴不得早日解脫爲好。

崇禎居於宮城之內，自然不會知道外城情形如何。他雖然每天都擔心城破，自己攻入敵手，辱沒祖宗。又覺得事情未必如此之壞，吳三桂等人整頓軍馬後，自然還會回來救駕，袁崇煥等人亦不會袖手旁觀。他每天帶著周后和田妃等人到皇極殿焚香祈禱，期盼祖宗有靈，能使得勤王兵馬趕到，解此危局。雖然后妃們心中明白，此番再無援兵，各人都是滿眼含淚，卻不敢在皇上面前哭出聲來，只是低聲啜泣，不知道前途如何。

這一日乃是崇禎六年十二月二十八日，一年之中，往常這時候宮中很是熱鬧，除夕和元旦將至，就算是災荒頻乃，宮中用度簡省，也免不了要花上五六萬兩銀子，佈置一些花台、彩坊，再有燈火小戲湊趣，闔宮上下這幾年來覺得國運黯淡，也只有借著逢年過節時熱鬧一番。此時國事敗壞到如此地步，各宮妃哪有什麼心思慶祝，只是在崇禎面前強顏歡笑，不敢惹他生氣就是萬幸，哪裡還有什麼心思過年。

崇禎一大早便去皇極殿拈香禱告，中午又到乾清宮批閱奏章。這些年來，他每天要處理大大小小過千件的公文奏摺，每天從早到晚，不能歇息。經常累得兩眼佈滿血絲，腰痠腿疼，常常抱怨：「萬曆皇上和天啓阿哥年間都不理政務，天下一樣太平，宮裏的用度也很充裕，並不緊張，到了朕的手裏，每天忙得不可開交，仍然是兵禍連綿，天災不斷！」

待到了今日此事，乾清宮裏除了幾個大臣言官的請安奏摺之外，內閣及各部九卿竟然無一份奏章遞上。他到了這時，才恍然醒悟，不但今天不用辦公，只怕以後也不需要他再辛苦了！

滿心淒涼的崇禎帝在殿內呆坐到傍晚時分，在太監王承恩的陪同下爬上景山，登高眺遠，雖然看不到城外情形，隱約間卻能見到京營官兵和內廷太監們在城頭來回巡邏，雖然人影稀疏，卻也是旗幟鮮明，衣甲耀眼，在冬日的斜陽之下，士兵刀刃的寒光直刺崇禎雙目。

他看了半天，突然捂著臉泣聲道：「國家三百年來厚待百官，養育文學之士。到了今日，不但沒有人來宮中共商國事，就是連進宮賀歲的人亦是一個也看不到！臣子負恩至此，當真是個個可殺！」

王承恩見他悲傷，忙跪下道：「皇上不必難過，臣與王德化、曹化淳等人孝敬了家宴，一會兒請皇上赴宴，也是臣等的孝心。」

崇禎點頭道：「王伴伴請起。你與曹伴伴等人到底是朕的心腹家奴，比之外臣到底忠心的多！此次守城，也多半要靠內廷太監的忠勇。哼，大臣一直勸我不可信任閹人，以朕看來，關鍵時候，還是內官更靠得住！」

王承恩明知道內廷操練時多半是唬弄崇禎，只有極少數的太監能夠騎馬射箭，軍餉和裝備的費用大多被曹化淳等人合夥貪汙，只是畏懼這幾人在宮中的勢力，卻是一語不敢透露，只引領著崇禎又略逛

一圈，就從景山下來，由神武門入內，到乾清宮傳膳。

崇禎即位之初，內宮用度很是奢華，他原本一力要儉省，卻因爲天啓的張皇后尚在，若是減了自己后妃的用度，不免讓張皇后難堪。無奈之下，只得省了自己的膳食用度，一年不過只省幾萬銀子，很是不甘。後來想起萬曆年間，大太監手中都很有錢，皇帝的膳食都是太監們孝敬，每天翻新花樣的吃，還不用宮中的一分錢。崇禎因害怕太監貪汙，即位後就免了這個規定。後來國用越發緊張，他無奈之下，又下令太監們孝敬膳食，也不管他們是否會貪汙了。

今日的御膳是司禮監賞印太監王德化孝敬，雖然城內兵荒馬亂，他卻費盡心思，整治了許多精巧菜食，又親自趕來伺候站班，很是恭謹。自他而下，曹化淳等人亦站班伺候，一直等崇禎用完，撤了御膳和樂班，這才各自上前回話。聽皇帝問及九城防備情形，卻是不肯說出實話，各人都道軍心民氣可用，北京城高堅險，敵人必定不能破城而入。崇禎並不知道王德化與曹化淳已與城外聯繫獻城，還以爲他們忠心可嘉，心中稍安，又特地勉勵幾句，才命他們出宮，仍然去城門附近守備。

待到得晚間，他又特別的心煩意亂。張開耳朵聽著城外的喊殺聲，只覺得心裏毛骨悚然，不能自安。想到城破之後的情形，只覺得又是害怕，又是憤怒。想到大明三百年江山終於亡在自己的手中，而自己又是宵衣旰食，辛苦萬分，只覺得蒼天不公，臣下負恩，而自己，卻是半分錯誤也無。

宮門下鑰之前，他終於下了決定，寫就詔書，令太子夤夜出宮，往嘉定伯周奎府中暫避；又命嘉定伯周奎相機將太子送出城外，妥爲保護，以保存明室一脈。至於其他兩位皇子，也分別送到駙馬都尉鞏永固、成國公朱純臣府中，命他們好好保護。到了此時，他不肯再信任大臣，只相信這些勛臣親貴們是與國同休戚，必定會好生保護好太子和兩位皇子，不使他們受苦遇害。

到了子時，他呆坐無事，又不想到后妃宮中，枯坐一晚之後，終覺疲乏之極，命人送上湯沐，洗浴過後便欲休息。睡在乾清宮的暖閣龍床之上，宮女們閉上帳門，只留下兩根紅燭照明，淡淡的燭光映射在崇禎臉上，顯得十分的蒼白可怕。

乾清宮大殿上的鐘聲噹噹噹響了三下，殿內的宮女和太監們都誤以為崇禎睡著，各人雖然不敢大聲說話，卻不免輕聲議論國事，為自己的未來擔憂。宮女們害怕被蠻夷侮辱，一個個很是害怕，只說待城破之時，便要自盡。

崇禎聽得真切，覺得悲切心酸，又想起自己的女兒剛剛六七歲，雖然不會被人姦污，然而落入蠻夷的手中，將來長大了仍然可能受到侮辱，心裏惶然道：「不能，決計不能讓她被那些蠻子或是奸賊們羞辱！」

只是一時間又狠不下心，只覺得自己眼角又潮又熱，顯然又在流淚。他翻了個身，強迫自己睡覺。正迷迷糊糊間，卻聽到外間傳來一陣嘈雜聲響，他氣惱萬分，喝道：「來人！」

有一個近侍太監急忙奔來，向他問道：「皇上需要什麼，奴婢立刻取來。」

「不要什麼，外間為何吵鬧？」

那太監低頭垂首，低聲答道：「適才慈寧宮的人來報，說是張皇后適才上吊死了，屍體剛剛解下來，她們又急又怕，趕快前來稟報皇上。」

崇禎聽了發呆，想起進宮之初，張皇后百般回護於他，使他很快建立帝王權威的往事，只覺得心酸之極。但是又不知道該如何措辭，只是「啊，啊」兩聲，再無別話。那太監見他再無別話，又躬著身子慢步退出，打發那報信的人出去。

到了第二天早晨，崇禎正在進早膳的時光，卻有太監進來稟報，道是左都御史劉宗周和左中允李明睿求見。他心裏很是驚訝，又有些歡喜，不禁想道：「言官儒臣雖然如同烏鴉一般討厭，論起忠心來，卻是強過一般的大臣。」

他立刻放下筷子，命人就在乾清門的平臺召見。自己略加洗漱，換過朝衣，就在幾十個太監的護衛下來到平臺。

劉宗周與李明睿兩人遠遠見了皇駕過來，忙在平臺上跪了，等崇禎到來，開口先道：「天冷地涼，兩位快些起來。」

又命道：「來人，賜兩位先生坐。」

第十三章　明皇末路

他們等著閣臣拿出意見來，誰料此時眾閣臣都知道明朝滅亡在即，正是自尋打算的時候，誰願意在這冰天雪地裏伺候皇帝出奔，一個不好，就是自己先當了替死鬼。就是僥倖逃脫，亦不過是苟延殘喘罷了，於是一個個天聾地啞，並不作聲。崇禎挨個訊問，便都答道：「但憑陛下做主，臣並無意見。」

登基爲帝這些年來，除了對幾個閣臣之外，崇禎從未有過如此的恩禮客氣。兩個大臣又是心慰，又是心酸。

劉宗周擦去眼角淚水，向皇帝道：

「皇上，今日事已至此，北京誠不可保。臣等此來，求乞皇上趁著這幾天天氣不好，敵騎行動困難的機會，打開外城城門突圍，往奔太原。太原四面環山，地勢險要，又有督師大臣袁崇煥等人經營幾年，誠可以爲暫安之處。請皇上以天下宗廟爲重，棄守京師，急奔太原！」

左中允李明睿亦跟著道：「誠然！昔日唐高祖以太原一隅之地起兵反隋，一戰而下關中，遂定唐鼎。今陛下有天下之望，祖宗三百年德福庇佑，加之甘肅、寧夏等地雖有流賊爲患，卻仍然有很多地方是明朝所統，還有總兵吳三桂、唐通等人駐兵通州，日夜擔心陛下安危。若是陛下出奔，趁著大雪過後，敵人騎兵不易追擊，以內操和京營護衛，陛下以親近禁衛先行。縱是被敵人追擊，陛下亦可保安然無事。待到了太原，大明天下尚有機會反復。」

說到此處，兩人一起跪下，同聲泣道：「伏願陛下效仿昔日越王勾踐事，不以一城一地爲要，務必保重，率清直大臣突圍！」

崇禎聽了兩人話語，亦是動心。人尚有一線生機之時，哪願就死，只是他視帝王尊嚴爲第一要務，並不願意苟且偷生，被後人嘲笑。歷史上，他有很多機會逃奔南方，最少可以保得江南半壁，卻是屢次放棄機會，終是因不肯放下架子，怕被人嘲笑的緣故。

猶豫半晌，方始答道：「朕亦知兩位先生苦心，言之似乎亦是有據。然則國亡君死，以殉宗廟，這才是正道，若是朕倉皇出奔，半路被擒，徒爲後人笑耳！」

劉宗周亢聲道：「臣以爲皇上必定可以安全出京！自月中有雪，這些時日來，各處都是大雪不停，這兩天雖然雪霽初晴，然而臣夜觀天象，這幾天必定還有大雪降臨。天冷地滑，敵騎亦很難追擊！請皇上痛下決心，失此良機，再欲出奔亦無機會！」

「雖然如此，此等事不使閣臣知道，亦是不妥。」

皇帝把明朝由閣臣與聞決斷大事的傳統搬將出來，就是劉宗周亦不能再說。當下由太監傳旨，將首輔周廷儒、次輔溫體仁等人一併召入。由劉宗周二人詳加解釋，皇帝開口詢問閣臣意見。

他們等著閣臣拿出意見來，誰料此時眾閣臣都知道明朝滅亡在即，正是自尋打算的時候，誰願意在這冰天雪地裏伺候皇帝出奔，一個不好，就是自己先當了替死鬼。就是僥倖逃脫，亦不過是苟延殘喘罷了，於是一個個天聾地啞，並不作聲。崇禎挨個訊問，便都答道：「但憑陛下做主，臣並無意見。」

崇禎長嘆口氣，知道閣臣不願意行此事，因溫言向劉李二人道：「今日事已至此，唯有謹從天命，不必再言其他。」

又道：「太子與永王定王要緊，若是當真有機會，爾等可至眾勛臣家中，想辦法帶著太子與永王定王出奔，如果能夠逃脫，也是明朝幸事。」

他擺手命眾臣退下，自己在太監們的簇擁下返回內廷。

劉宗周等人看著他的背影遠去，幾欲落淚。知道事不可為，恨恨地向周溫等大學士瞪了幾眼，忙急步出宮而去。

劉宗周打定主意，一定不能讓太子落入敵手。回到家中，聚集了一些族人家丁，執刀帶槍，他本人換上青衣小帽，騎著健騾，一起到成國公朱純臣府外叫門，入得內裏，才知道朱純臣並不在府，還在德勝門附近守城。劉宗周也不顧朱府上下白眼，自顧自帶同了幾十人宿衛府中，就在太子居處之外安坐守護。

崇禎六年十二月三十日，正是這一年的最後一天。京城雖然危急，崇禎卻仍然帶著後宮各嬪妃一起飲宴，祭祀祖先。

一早之時，他如癡人說夢一般的頒佈了一生中最後的一份罪己詔書，把天下大亂的責任全部推在臣下身上，又向百姓解釋徵餉加派的不得已。在通篇囈語之後，他並不期盼滿夷能夠退兵，卻希望滿城官兵看到這份詔書，能夠痛哭感悟，奮力守城。

到了申時末刻，冬天天短，眼見就要天黑。突然在外城傳來嘈雜紛亂之聲。崇禎大急之下，忙傳來太監訊問。一直等了一刻工夫，才有一個負責傳訊的小太監奔來稟報道：「啓奏皇上，東廠提督太監曹化淳打開了彰儀門投降，城門守兵四處潰散，賊兵已入外城！」

崇禎聞言，登時如喪考妣，呆坐御椅中不能自已。半晌之後，猛然跳起，尖聲大叫道：「敲景陽鐘，召群臣入衛！」

倉皇淒涼的鐘聲急促響起，整個皇城都可聽聞。然而崇禎直等了半個時辰，卻是一個大臣也沒有等到。而王德化等親信太監，亦是蹤影不見。崇禎憤恨之極，幾欲吐血，親自騎了御宛中的御馬，提三眼槍，帶了幾百個小太監往成國公府，欲知外城情形。

待到了成國公府門之外，朱純臣一則害怕皇帝加害，二則怕皇帝在此會連累自己，竟然閉門不納。

崇禎命人叫罵，又命太監們砸門，裏面卻是一點動靜也無。那劉宗周居於後院，對此事竟是不得而知。

崇禎無奈之下，只得又急忙往皇宮返回，待入得午門之後，眾太監亦是四散而逃，只有十幾人還跟在身邊。聽得外城喊殺聲不停，局勢已是大亂，崇禎如若癲狂，立命周后自殺，又手刃田妃、袁妃，長平公主、昭仁公主亦是被他殺死。

到了半夜，他將這些事情處置完畢，在衣袖上寫了兩行字：一行稱：「因失江山，無面目見祖宗，不敢終於正寢。」另一行稱：「百官俱赴東宮行在。」如此做作之後，便帶著王承恩奔向景山，上吊而死。明朝天下，自此而亡。

崇禎死後第二天，皇太極騎在馬上，手執弓箭率鐵騎自德勝門昂然而入。一路上，百姓都在路邊跪迎，明軍降軍和諸太監大臣亦都跪於承天門外，等著伺候這位新主子。

當是之時，八旗兵勇武之名聲動天下，有著「女真滿萬不可敵」之盛名。此時十幾萬八旗精兵衣甲鮮明，弓馬強悍，隨著皇太極這位英主一起入城，闔城百姓官員但覺這些夷人兵鋒向處並無敵手，與其爭戰多年從無勝績，此時人家攻破京師，只怕天下亦是唾手可得。各人凜然而跪，都做出一副恭順的奴才模樣，並沒有人敢稍加反抗。

待皇太極入承天門，過端門、午門、太和門，直入太和大殿之上，眼看著號稱九千九百九十九間半的盛大宮室，站在太和殿這個當時北京最高的建築之上，半個京城盡在眼中。自其父努爾哈赤以來，女真人辛苦征戰數十年，終在今日攻破明人京師，逼死了明朝皇帝，使得明朝大臣盡皆匍匐跪拜在女真人的腳下，當真是百感交集，各種念頭紛沓而來，令這位雄強睿智的女真大汗和滿清皇帝不能自恃。

他見禮親王代善手按寶劍，背負弓箭站在自己身旁，因笑道：「大哥！當年父汗聽得明朝一個千總過壽，還自稱下官，稱他爲老爺，百般恭謹奉承。又在李成梁的府上甘爲賤役，如同奴僕。終於得到他的扶持，成爲建洲的諸申之主。等攻掠瀋陽遼陽等地時，咱們女真大兵過六萬人，女真滿萬不可敵，何況六萬？」

代善見他志得意滿，胖胖的臉上紅光滿面，肥大的雙手不自禁地搓來搓去。知道是因爲站在這雄偉瑰麗之極的宮殿之上，心情激蕩的緣故。他也很是激動，不入京師，哪能見識到如此的偉大宮殿？盛京的宮室也號稱皇宮，其實還不如明朝的六部衙門軒敞高大，站在這太和大殿的殿門之前，眺望遠方，眼見著外城內四處是八旗辮子兵四處佈防，整個京師已然落入了女真人手中，又如何能不激動？因笑答道：「當年薩爾滸一戰，皇上你親自率一旗兵，如出柙猛虎一般，先以弓箭對付明軍的火器，又以重騎突入敵陣中，那杜威的三萬人，一個也沒有走脫。血流成河，死屍遍地！眼前的這個如畫江山，是咱們兄弟和父汗拚死得來，當真不易！父汗當年閒時，常與我諸兄弟提起入京朝覲時北京宮室的豪華壯麗，今天能昂首挺胸站在這太和寶殿之前，阿瑪能夠知道，一定十分歡喜！」

其餘的眾親王貝勒雖然有的也是兄弟輩，卻大多比這兩人小了許多。比如多爾袞與多鐸、阿濟格三人，雖然是代善與皇太極的弟弟，當年征伐遼東諸戰，卻是未能跟隨左右。此時聽得這兩人互相奉承，三人面面相覷，只覺得心中不服。

多鐸忍不住道：「父汗奠基，兄皇開拓！若不是皇上征伐遼陽、寧錦，咱們想入關來，也非易事。」

他雖然大讚皇太極的功勞，卻也是指出入關之事自己三兄弟亦有大功在內。皇太極自然知道其意，此時正是高興，也並不計較，只看他一眼，便微笑道：「既然入了關來，就得好生做下去！明朝已亡，皇帝都自殺死了，大半江山落入張偉手中，並不足以為患了。」

說起這個話頭，不免想起了強敵張偉。此番他留著幾千強兵守住了旅順，又有諸多小船在江中擋住敵人入江之路，再有三萬精騎四處巡護。他事先交代，不以一城一地得失為要，務必要以打擊敵人為重，三萬八旗精銳，再有一萬多步卒留守，輔以火炮在緊要港口和要害，也可算是萬無一失。漢軍若想從遼東登陸上岸容易，想從容進襲，就是大不易之事了。

皇太極現下雖不甚擔心，只是那遼東地界地廣人稀，海港河道甚多，雖是佈下重兵防禦，卻保不準漢軍會從何處進襲。

想起此事，心中一陣煩憂，原本佈滿喜氣的臉不免陰沉下來。這大殿平臺上原本笑鬧歡騰的眾親王貝勒、八旗大將們一見皇帝如此，便也都噤口不言，只等著他說話。

其餘各人也罷了，內大臣索尼曾經親赴臺灣，略知漢軍底細和張偉的治政能力。每常想到當年在臺灣的興盛景象就覺得不寒而慄，他見皇太極提起這個話頭，忙接口道：

「皇上說得沒錯，明朝是不足為慮，已然滅亡，就是有些殘部，也根本不值得滿洲大軍一掃。只是漢人的天下多半已落入那張偉的手中，此人一代梟雄之才，做事很有開創之風，又非拘泥古板之人。

依我看……」

他雖然號稱滿人中的才學之士，其實也不過就看過些四書五經，識得些漢字，論起真正的底子，也就是一本《三國演義》，此時想要有些典雅貼切的比喻，竟然想不出來，便咬一咬牙，接著道：「依我看，他就是個曹操！」

女真人最重英雄，卻不似漢人那樣從大義角度輕視曹操，此時各人聽得索尼如此比喻，不禁譁然。

梅勒章京冷僧機先道：「索尼，你也太瞧得起這個張某人了！他不過就趁著咱們遼東空虛偷襲得逞，打了咱們一個措手不及罷了。濟爾哈朗固守不出，讓他們的火炮打得不能抬頭；李永芳蠢材一個，一萬多漢兵被人家包了餃子。只可惜鰲拜，這個渾人輕兵冒進，糊裏糊塗送了性命！咱們滿人的巴圖魯不光是得勇，還得有謀。怎麼不輕騎偵察，然後進擊？這麼冒失，害人害己！」

這冷僧機與二等總兵譚泰當日奉命把守遼陽，並沒有及時趕到救援瀋陽。雖然他們並沒有什麼錯失，皇太極也沒有責怪，兩人卻視當年之事爲很大的恥辱。此時冷僧機當先發難，譚泰自然急忙附和，亦道：

「漢人有個鳥用！當初在寬甸迎擊南蠻子的要是咱們一萬多八旗騎兵，野戰之時就是不能得勝，也不致全師覆沒，被人家一路攻到瀋陽，弄得城內勢單力孤，這才被張偉占了大便宜！」

滿人一向瞧不起漢人，此語一出，其餘的各親王貝勒和八旗大臣自然隨聲附和，一起痛罵李永芳無能，喪權辱國，連累了瀋陽駐軍。

皇太極心裏未嘗不覺得此話有理，那李永芳無能之輩，若不是最早投降，哪輪得到他做統兵大將。只是扭頭一看，不但祖大壽、吳襄、劉良臣、張存仁等新附漢軍面色不悅，就是馬光遠等十幾年前就投順的漢將也是臉色難看，面帶薄怒。

滿人制度此時尙沒有經過根本性的改變，各旗都自有旗主，打仗時由各旗主從牛錄中徵召士卒出征，常備的擺牙喇精兵都由各親王貝勒統領，除了上三旗外，五旗中各有勢力，雖然聽憑皇帝下令征戰，其實各有系統，並不真正心服皇太極一系。倒是這些漢軍因爲是賣身投靠，只唯皇命是從，反是真正的忠義不二。不像各旗旗主，興軍打仗只是爲了搶掠錢財子女，哪裡管什麼天下大業。

他輕咳一聲，向眾人道：「不必多說。咱們大清講的是滿漢一家，漢人也有英雄豪傑，滿人不可輕視。倒是議議咱們現下成功突入北京，下一步該怎麼走法？」

莽古爾泰自當年阿敏叛後，很是老實謹慎了一陣。此次攻入關內，他的部下首先打敗吳三桂與唐通的聯軍，他自己身先士卒，衝殺在前，很是立了汗馬功勞。原本以爲依照前例，必然可獲得大筆金銀和漢人奴隸，誰料此次皇太極一不准殺戮，二不准各人私分，全數入官，說是要以爲大軍和政府開支所用。他一肚皮的不滿，卻是不敢發作，此時得著機會，便悶聲道：

「依我看，不如把明朝府藏和宮藏的寶貝金銀都收拾乾淨，把京師附近的漢人百姓都帶回關內，一把火燒了這個紫禁城，咱們回盛京老家，過逍遙日子最好！」

皇太極盯著他眼，問道：「你這是什麼意思？當初入關之前，就說了此次入關是爲了得到明朝的天下，你現在說這話，難道要背棄前約？」

「我不敢！皇上你是當家之人，自然你說了算。只是明朝太大，漢人人口眾多，要是無能之輩也罷了，那個張偉還是有些才幹能力，咱們此次入關雖然有十幾萬人，滿洲八旗不過八萬，張偉的漢軍好幾十萬，還有什麼廂軍，新投降的幾十萬明軍，咱們就是打勝了，要有多少八旗子弟丟掉性命？父汗當年起兵，只求得到明朝的奴兒干都司治地就已知足，皇上今天志向如此遠大，卻未必是滿洲人的福分！」

他瞥一眼皇太極的神色，又嘟囔道：「自然，大事是皇上你拿主意，我只聽命就是了。」

代善因覺氣氛尷尬，不似適才那麼融洽，忙出來圓場道：「怕什麼！咱們八旗精兵甲於天下，我沒有和那個南蠻子交過手，料想不過是憑著火炮犀利，打了咱們一個不提防。現下既然入關，總得交一交手，才知道下一步該當如何。以咱們滿人的勇名，難道不打一打就退？那可丟不起這個人。」

皇太極知道這個長兄一向支持自己，此時出來說話亦是相幫之意，卻不料他語不及義，當真是胡說八道一通，當下只覺得哭笑不得，對他卻又不能訓斥，正要說話，卻又聽代善次子碩托道：

「打仗總得要錢糧，錢咱們有，糧食卻並不寬裕。還有馬匹要用的草料，也很吃緊。現在不過占了十幾個州府，一百個縣不到，憑著北方的這點供奉，難！所以依我看來，趁著大勝餘威，一開了春就向南進擊，以咱們的武力，以戰養戰最好！」

此話說得很是有理，乃是入關前皇太極與各親王貝勒商議妥貼的定策。滿清起事之初，原本不過是希圖遼東一地，後來明軍屢戰屢敗，胃口始開，攻下瀋陽等地後，又希圖遼西，等在寧遠等地吃了大虧，才知道明朝也不可輕辱，就是大炮一項，滿人拚盡全力鑄成那麼幾門，明軍每敗必失，卻是很快就能補充，國力高下一較便知端底。所以滿清直到皇太極奮然建國稱帝，八旗上下卻並沒有一統全國的決心和企圖。只有皇太極本人一直深謀遠慮，並不以在關外稱雄而自足。

他並不瞭解明朝國內的實際情形，雖然知道有農民起義，卻苦於聯絡不上。只是每次入關搶劫，一路上卻沒有明軍敢於阻擋，兩千八旗兵就能橫行山東，押送十幾萬漢人逍遙自在的回到關外，而拔除了寧錦等釘子之後，畿輔山東等地虛實盡知，八旗各親王貝勒的野心和胃口方被提將起來，經過皇太極的鼓勵勸說，才在明軍盡撤關內之時趁虛而入，企圖滅亡明朝後得到整個漢人的江山。想法和實力都已齊備，只是在失去范文程等漢人智囊之後，又沒有洪承疇這樣的降官以為耳目。自皇太極以下，各親王貝勒對這場滅國戰爭如何打、該怎麼進行卻殊無定算。祖大壽等遼東降將雖然歸順，其實並不真正心服，與佟養性等早降的漢官截然不同，指望他們引路，卻是不成。

想到此處，皇太極只覺得憂心如焚，他以平復天下為志願，又很相信自己旗下將士的勇力，然而身為一個很傑出的政治家，他自然知道平定天下光有勇力決然不成，沒有漢人士大夫的支持，只怕非得灰溜溜地退回關外不可。

只是此人一向堅毅不拔，並不以小小困難為念。費盡心力解決了後方難題，又花費兩三年的時間囤積糧草，鑄造火炮，無非不過是看出以張偉的才幹魄力，若是不趁著他立足不穩，實力還不夠強之時就痛加打擊，最少也要占據北方，與其形成隔江對峙之勢，如若不然，以他的治政能力，漢軍實力的膨

脹加強，難道容他成功的滅掉明朝，統一全國，然後再輕輕鬆鬆的踏足關外，收復遼東都司麼？

每當想到當年在鳳凰樓內，張偉一臉微笑，向他說道：「打敗八旗，非得漢人出一不世英主，如同當年成祖一般率大軍親征，以五十萬軍揮戈以向，大汗能抵擋麼？女真滿萬不可敵，也得看對手是誰。中原漢人王朝實力遠大女真人之上，大汗想以一隅之地，十萬精兵以抗麼？只怕滅族之禍不遠矣。」

他暗中搖頭，心道：「你休想如此！不管各親王貝勒怎麼樣，旗下的各旗主牛錄怎麼想，我一定要與你交一交手，看看瀋陽一役之後，你的軍隊強橫成什麼樣子！」

「禮親王，請你帶領旗兵和蒙古諸王公、台吉，駐守城外。城內由兩白旗和天助軍駐守。原本的明軍降軍，也到城外，派了咱們的人去收編整頓。至於糧食，城內府藏還有不少，近期內可以支持，城外駐軍每天到城內來搬運糧草食用就是。」

代善瞠目道：「天寒地凍的，咱們各旗上下正想著進城避寒，爲什麼好好的房子不住，要住在城外？」

他因擔心一慣對漢人兇殘好殺的旗兵並不能真正的守住紀律，在城內亂搶亂殺，寒了明朝降官降將的心，所以如此安排。只是這個理由卻不能直說，因沉吟道：「大哥，我每常和你說的話，你忘了麼？」

見代善不解，他又道：「不少親王貝勒反對入關，甚至當年父汗亦有疑慮，都是因當年大金滅遼，占據了中國北方，誰知後來腐化之極，王公子弟盡成膏粱，士卒都不能騎射。潼關一戰，五十萬女真子弟被十幾萬蒙古人打敗，橫屍百里。大家都說，當年完顏阿骨打何等英雄，一萬人擊敗三十萬遼軍，後世子孫那般無能，還不是漢人酒色和衣飾給害的！所以雖然進盛京，占據不少漢人城池，卻只有漢人依著我們的例，剃頭穿箭衣，不能蓄髮，穿寬袍。如今咱們進了關內，更要小心，萬一旗下人都住在城裏，時間久了，染上了南蠻子的陰柔懦弱氣質，不就是要亡族了麼？」

他這一番話正是女真人最擔心之事，昔日努爾哈赤建國號為大金，就是以金國的後裔自詡。現下皇太極因怕刺激漢人，改為大清，其實並不能改變滿人與女真同族的現實。稍有些見識的八旗貴胄都很擔心當年金國被蒙古滅族之事重演，所以對漢人的生活習慣和衣飾頭髮很是排斥，唯恐女真子弟墮落腐化，那可真是糟糕之極。

此時各王公貝勒聽了皇太極一說，各人均道：「皇上深謀遠慮，當真是睿智英明！」

代善亦道：「這話很是，不但咱們要住在城外，還要命令城內所有的漢人剃髮易服，都依著我們滿人的規矩才是！」

皇太極一聽之下，笑道：「這事不急。人家剛剛歸順，現下就叫換過服飾，也來不及準備。而且此時以收攏人心要緊，咱們自個兒不學他們就是，漢人越柔懦，對咱們越是有利。」

又正顏厲色道：「咱們只顧高興和議事，竟然忘了先去迎還父汗的梓宮！父汗的梓宮自從被張偉掘起，所幸沒有被崇禎焚毀，就放在他們的光祿寺庫房，與豬牛羊肉堆放在一處！想起此事，朕就很是氣惱。朕已命人將梓宮迎出，請喇嘛和薩滿祈福誦經，著人送回關內，重新安葬！」

此事自然是重要之極，各人自然不能反對。於是由皇太極領頭，禮親王代善緊隨其後，各人隨同前往奉迎努爾哈赤的棺木，準備停靈一段時間，開春便送回遼東，重新在福陵安葬。

皇太極領頭，將努爾哈赤梓宮先奉安至乾清宮停靈。這乾清宮乃是明朝列帝死後先行停靈之處，此時停放著一個蠻夷部落首領的屍體，又由著一群喇嘛和薩滿弄得烏煙瘴氣，搞得原宮中太監和宮女們滿天神佛，不知如何是好。

司禮監掌印太監王德化打開承天門有功，仍著署理內宮事宜。滿洲貴族們雖然也在盛京內執掌國柄多年，卻是游牧民族的習氣未改，與享國三百年的明朝皇室自是不能相比，就是與京中鐘鳴鼎食的貴戚之家亦是相差甚遠。王德化等人雖然畏懼刀斧，毅然投降，卻是打心底裏瞧不起這些蠻子。這些女真人在宮中如同鄉下土包子一般，一個個穿著緊身箭衣，腳著布靴，縱是皇太極以大汗之尊，亦是如此。看著他們拿刀弄箭，在宮中自尋穿行探看，王德化領著一幫小太監四處伺候，奈何滿人中的貴人太多，一個個不是親王就是貝勒，在宮中四處看西洋景，看到金銀珠寶古董字畫西洋物什，便一個個眼中放光，直欲塞入懷中。

王大太監自己家產也有百萬金，哪裡瞧得上這些人的作風，雖然滿臉堆笑，唯恐伺候不周，卻不免在心中罵道：「什麼阿物兒！當真是窮小子走大運，也讓他們占了北京城！」

心裏雖然如此想，卻是不能透露出一星半點兒。這些女真人個個滿臉橫肉，孔武有力，雖然皇太極不准殺戮搶劫，亦不准強姦，這幾天在宮內卻仍有不少宮女受到強姦。因爲都是王公親貴，皇太極亦不好為這種小事責罰，反而將那些受到侵犯的宮女賞賜給各人使喚。他自己並無此事，此時雖是壯年，身體自宸妃逝後已是不支，本身嬪妃已經很多，漸漸應付不來，哪有心思搞這些花樣？

王德化在宮中多年，服侍過神宗、光宗等四朝皇帝，除了崇禎之外，都是見了女色不要命的主，那光宗病在床上不能行動，卻一夜間寵幸李選侍送來的八位美女，繼位沒有幾天就一命嗚呼，此時看了這皇太極的作風，倒覺得此人果真是個人物，像個做大事的樣子。

他既然投降，自然巴不得新主子得勢，自己仍然可以從中大撈特撈，大發其財。待年老不中用時，回到自家府邸享受。身為太監，不但僕從如雲，就是晚上暖腳用的小老婆也有十幾二十個，做太監做到這個份上，也算是掐尖兒的人物了。

自太和門而出，便是紫禁城中最廣闊之處，午門內兩側都是朝房，皇太極便歇於此處。這幾天王德化小心伺候，把巴結明朝皇帝的那些方法都用在了皇太極身上，使得這個蠻夷皇帝很是滿意，在禁宮中四處行走，辦理公務，都指名要王太監在身邊才行。原本依照王德化的身分，就是崇禎亦是稱他為伴伴，並不常常要他在身邊辛苦，新主子如此重用，王德化得意之餘，也顧不上勞累了。

想到換了新朝仍然是呼風喚雨，王德化不免得意，嘴角隱隱然露出一絲微笑。眼看這禁宮之中面貌漸漸依舊，那些橫衝亂撞的王公貝勒在他向皇太極進言後，已然退出宮外自尋居處，他想到新皇如此信重，不免腳下加快幾步，往午門左側的朝房急趨。誰料冬天地滑，他腳步虛浮，差點兒摔倒在地，幸得曹化淳此時亦趕在身後伺候，一把將他扶住。

王德化扭頭一瞧，見是他，便淡淡一笑，誇獎道：「虧得是你，不然老身要狠狠摔這一下，這把老骨頭可是生受不起。」

曹化淳一向黨附王德化，雖然提督東廠，卻並不敢在他面前拿大，忙笑答道：「宗主爺身負重任，可是閃失不得！若是宗主爺有個意外，可教咱們怎麼處呢。」

「也未必。江山代有才人出，我自六歲入宮，進內書院讀書，三十七歲拜魏安老公公爲宗師，開始有出頭之日。現下依我看，這宮中也只有你能承我的衣缽。」

曹化淳只覺得王德化的眼睛在自己身上瞄來瞄去，他只覺得後背心慢慢沁出冷汗來，腳底亦是腳汗漣漣，忙指天誓日道：「宗主爺在一天，咱便伺候一天。宗主爺哪天退了位，咱也回鄉下養老去！」

王德化乾笑一聲，向他道：「何必如此，何必如此！我只是這麼一說，我現下雖然有一把年紀，倒也覺得身康體健，離退休且早著呢。」

說罷哈哈乾笑幾聲，倒使得曹化淳尷尬異常，也只得陪笑如儀。他知道這是王德化在提醒自己，防著自己因獻城有功，有爬到他頭上的妄想，是以要預先提點一下，這也是宮中老公公的常技，不足爲奇。曹化淳心中冷笑：「老東西，是龍是蛇，咱們爺倆走著瞧！」

待到了皇太極居處，雖是禁宮之內，此處卻是房陋屋簡，正屋之外，只有南北朝向的兩個小隔間。皇太極於正屋召對臣工，於小房內歇息批閱文書，很是辛苦。

幾百名皇帝的擺牙喇護衛將這南北朝向的朝房團團圍住，嚴查來往人等。此時北京新定，京師人心並不穩定，皇太極這兩天又每天召對明朝的投降將軍，都是武人將軍，各侍衛和內大臣都是將心提起，不敢稍加鬆懈。此時奉命帶班的乃是內大臣，梅勒章京薩木什喀把守。見了一群舊明太監邁著碎步逶迤而來，他忍不住皺眉向一班侍衛道：

「皇上不知道留著他們做什麼，一幫沒卵子的漢人，比平常的漢人更壞，更沒用！」

他因是用滿語說話，一幫明宮太監卻是不能聽懂，只覺得這個矮個女真人眼光凶厲，神情猙獰，當真是可怕得很。正彷徨間，只聽到裏間傳來一聲傳喚之聲，王德化與曹化淳聽出是皇太極傳召，兩人忙擠開把守房門的侍衛，縮頭縮腦地鑽將進去。

皇太極卻正與管理戶部的薩哈廉商談過冬的糧草軍餉一事，這薩哈廉性格沉穩內斂，遇到大事也毫不慌張，又一向忠於皇太極，於是在德格類死於漢軍刃下之後，便接管了戶部差使。只是他是傳統的女真漢子，騎馬射箭倒還拿手，管理財賦卻是不成。漢官們又多半貪汙，不可信任，幾個忠心不二的又多半死在瀋陽一役，這幾年下來，虧得在山東幾輔大搶兩次，又逼迫朝鮮每年輸入大量的糧食，這才勉強維持。此時八旗旗人入關的有八萬人，再有漢軍、蒙古、投降的明軍，京師投降官員衙差，窮苦百姓需要賑濟，這些事加起來，使得薩哈廉的頭髮也白了幾根。

「皇上，我這兩天一直盤查明朝的戶部太倉藏庫，起出的白銀約六十萬，已經全數用光。咱們從盛京解來的銀子還有一百多萬，只夠這兩月的尋常開支所用。萬一打起仗來，那可就全完啦。」

皇太極聽得此言，一時也沒有辦法。他忍不住苦笑道：「都說明朝地大物博，國力強盛，疆域是咱們的幾十倍，人口幾百倍。明朝皇帝又不體恤百姓，橫徵暴斂。怎麼國庫如洗，弄到這個地步？」

薩哈廉尚未答話，一旁靜坐的豪格咳了一聲，笑道：「要是能讓孩兒帶兵去搶掠一番，幾個月的使費就有了。」

見皇太極並未覺得好笑，他忙斂了笑容，向王德化等人斥道：「阿瑪召你們來，是讓你們說一下，明朝皇帝的錢都在哪裡？」

王德化急忙上前，堆笑道：「皇上，大軍剛剛入城沒有幾天，又沒有問過奴婢們，所以才會爲錢煩惱。咱們大明的銀錢，一向是內外分明。正經國賦藏於戶部的太倉銀庫，礦冶關榷之稅及金花銀則運入內承運庫。這兩年江南用兵，西北流賊用兵，東虜……不，遼東用兵，國庫如洗，雖然催科不止，然而十不收一，適才薩貝勒說的幾十萬兩銀子，依奴婢所知，若是再遲幾天，就要解運出去。朝廷還欠著半年的官俸哪！」

「內承運庫還有多少庫銀？」

「這個奴婢亦是不知，不過內庫充實倒是實情。自神宗爺以下，各朝皇帝沒有撥出，只有收入。論起實際數目，卻是誰也不知。」

皇太極以天縱英才，卻無論如何也想不通明朝皇帝不減賦稅，敲骨吸髓般地徵收田賦，把全天下弄得流民四起，烽煙處處，卻在內庫裏藏著大筆白銀不肯動用，這種蠢到家的行爲，他無論如何亦是不能知曉其因。只知道憑空掉下一筆橫財，可以用來安撫治下漢人百姓的民心，可以不加徵三餉就能在幾年內維持政府開支和軍費，這豈不是天降橫財？

於是振衣而起，向王德化微微笑道：「你很忠心，也很會辦事。宮禁在你管制之下沒有混亂，朕很高興。現下就帶著朕去內藏庫看看！」

王德化躬身隨行在皇太極身後，嘻笑道：「老奴婢此生有幸，能夠伺候皇上這樣的不世英主，真是前生修行得來的福氣。只盼著能在有生之年看到皇上一統天下，縱是死了也可閉眼啦。」

「嘿，但願你可以看到。」

王德化自然不知道皇太極此時心中所思，只興沖沖在頭前帶路，引領著眾人往內藏庫而去。

代善等人正在禁宮巡視，聽得風聲亦是趕來觀看熱鬧。各明朝降官知道此事，卻也不免趕來承奉。留在北京的明朝大臣，有小半成功逃脫，在皇太極並不勉強的前提下逃往南方。有大半留居府邸，觀看風色，既不出來爲官，也不肯毀家逃難。亦有小半無恥之徒，已是投降滿清，願意爲新朝效力。此時各人隨行，一直到端門之側，皇太極因知崇禎的屍體正停於此處，心中一動，便特意繞了一圈，到崇禎停靈之處，停步觀看。

他看著裝殮崇禎帝屍體的那口普通的紅木棺材，心中只覺得怪異非常，又覺得暢快，又覺得有些悲涼，渾不似八旗眾王公貝勒那樣純粹的歡喜。崇禎屍體明日便要運出，塞到他哥哥天啓的德陵之內，草草安葬了事。這幾天來並沒有人敢來探看崇禎屍體，到了此時，卻有兩個和尚因爲常得到信佛的周后賞賜，是以此時不顧危險，帶著法事家什，前來超度崇禎。

皇太極看著兩個和尚搗鼓法事，卻是並不著惱，只回頭轉身，看向隨行的明朝文武官員。因見明朝各官員武將都是鮮衣怒馬，從人眾多，各人見皇上望來，多半是在臉上露出討好的笑容，並沒有稍露戚色。只有祖大壽等遼東故將，雖然並沒有得到崇禎的信重，此時臉上卻隱隱露出悲痛神色。

「祖將軍，這是你的舊主，你來祭拜一下！」

祖大壽與吳襄、張存仁等遼東諸將都盡皆跟隨在此，各人心中正是又悲又氣，眼見前皇身後事如此淒慘，各人正自難過，一聽得皇太極如此吩咐，也並不避諱，由祖大壽帶頭，各人跳下馬來，各自解開箭衣，袒露出左臂，伏拜在地，哀哭叩頭。

皇太極又向周廷儒等明朝閣臣道：「諸位先生甚得明皇信重，也來叩頭吧。」

卻見周廷儒與各文官商議一番，方向他回話道：「臣等既然侍奉皇上，已與故主再無香火之情，咱們就不叩頭了。」

他自以爲這一番話很是得體，必能得到皇太極的歡心。卻不料聽得皇太極向王德化問道：「頭戴紗帽的尚不及光頭的和尚，這是爲何？」

王德化身爲閹人，一向被這些士大夫所輕視，此時逮到機會，不免刻薄道：「回皇上，此等紗帽，原本就是陋品！」

皇太極仰頭大笑，向面如土色的舊明文臣笑道：「此玩笑耳，諸位切莫在意！」

第十四章　前朝遺財

皇太極微微一笑，向他道：「朕這會兒正缺乏軍用，你居然還敢隱瞞內廷資產不報。朕且問你，魏忠賢隱藏宮中財富，你可知曉？你可知道內庫還有數處，連同剛剛查看的庫房，加起來不下兩千萬銀？」

說罷，再也不看這些文臣的神色，命王德化帶路，直奔內庫而去。

待得一行數百人到得那內承運庫門前，守門的內侍早已得到風聲，將各庫大門打開，由皇太極等人入內檢視。這內庫範圍甚大，分別有各類皇室和內宮用品，儲藏於內。其中內承運庫占地數十畝，規制軒敞，積放著各朝各帝收取的金花銀，官用鑄銀，由五十及百兩的大錠白銀整齊劃一的放置在庫房之內。

皇太極由王德化、王之心、曹化淳等宮內的頭面太監引領，經由一排排放置著大量銀錠的排架前走過，每個銀錠都由桑皮紙包裹，以防霉爛。待他檢點到內庫最深、幽暗無亮之處時，隨手撿起一個銀錠，因為百兩重的大錠銀子，入手極沉，皇太極哂然一笑，向隨行眾人道：「看看，這還是永樂年間鑄的！」

說罷，隨手將銀錠交給身後的薩哈廉看視，只聽得那薩哈廉笑道：「依我算來，這一庫就不下五百萬銀，再有其餘幾庫，可能要過千萬之數。這可真是天降橫財啦！」

豪格亦隨手拿起一錠，摩擦一番突然叫道：「阿瑪，這銀子都發霉啦！看看，底下都是霉點子，這可真是晦氣，重新鑄造一下，又費力，又折成色。」

王德化趨前一步，向豪格一躬身，笑道：「回小爺，這一注銀子放的時日最久，還是成祖永樂爺年間入庫，一直未曾動手。這幾百年下來，可不就是黴了麼。」

豪格詫道：「明朝的皇帝是傻子麼，這麼多銀子放著不用，這些年來，年年加餉徵派，弄得民不聊生，士卒不肯效命，天下都丟了，命也沒了，這銀子他能帶到地下去不成？」

他嘖嘖有聲，簡直驚奇莫名。別說是帝王之尊，需知道天下事之輕重，就是貧門小戶，也斷沒有死護著錢不要命的舉措。遇著強盜打劫，難道能不顧死活，要錢不要命不成？

卻聽得王德化又道：「小爺，這您就有所不知啦。自神宗萬曆爺時起，皇帝就要錢不要命啦。神宗爺時，奴婢可是親眼得見。各地的礦監稅監每年要給皇上撈多少銀子？神宗皇上統統收在庫裏，一分錢也不往外拿！遼東戰事起來，庫內無銀，戶部奏請撥內帑以充軍餉，神宗爺不也是一個大子兒也沒出？到底還是加派了遼餉七百萬，以做軍用。福王爺在洛陽，庫內金銀不下百萬，聽說月前剛被漢軍破了城池，福王被擒。漢軍打來之前，洛陽守備總兵王紹虞請求福王撥銀五萬勞軍，福王爺只給了三千，這種事，說起來誰也不信，這朱家的皇帝和王爺們也不知道是怎麼了！」

各滿人王公貝勒均是搖頭嘆息，覺得對手其蠢至此，打敗對方也是全無樂趣。豪格卻是知道，小爺一說，乃是明宮太監對皇太子的稱呼，此時這老太監一口一個小爺的稱呼自己，他心中大樂，一時間並無別話，雖然皺著眉頭，仍跟著皇太極四處巡視，只是掩不住眉間喜色。

多爾袞諸兄弟一同而行，阿濟格近來在豪格的拉攏下很是動搖，他生性粗魯，又無心機，此時並沒有覺得什麼，倒是多爾袞與多鐸心中不悅，兩人對視一眼，均知對方心思。多爾袞微微冷笑，心道：「我必定不能教你如意！」

一行人在這百餘間房的內庫中巡視半晌，皇太極興致雖高，身體卻是遠不如以前康健。他在宸妃逝前，雖然肥胖，有些氣喘的症狀，身體卻是強壯得很。朝鮮使臣曾有記載，此人紅光滿面，身材不是很高，身體也很肥壯，卻是孔武有力，行動迅捷。自瀋陽被破，宸妃生死不知，他迭遭打擊，身體已是大不如前，待費盡心力將宸妃接回，卻不想不到半年，宸妃一病不起，自此當真是陰陽兩隔，連一絲生機的想頭也是沒有了。自此以後，雖然一心用在國事上，滿心想征服漢人疆土，捉來張偉處決，以報父汗陵墓被掘、愛妃受辱身死的大仇。實際是傷心過度，操勞不休，體力精神已然不支，種種大去症狀已然悄悄呈現，只是他自己不以爲意，別人亦不想說出口來。八旗上下均是心知肚明，種種爭權奪利的小集團已然出現，只等著皇上的「那一日」，各人便會站將出來，拚一個你死我活。

皇太極終於興盡而返，出得內庫大門，他便向薩哈廉道：「調你旗下的兵來守庫門，各旗各衙門需用銀兩，由此撥付。」

此時無事，各旗王公貝勒多半是來隨喜看熱鬧，見皇帝就要回宮辦事，各人便也紛紛告退做鳥獸散。皇太極因見舊明各大臣也欲離去，便含笑道：「各位莫走，隨朕回宮，朕有些事情要向諸先生問話。」

周廷儒等人聞言大喜，均想：「打天下用八旗，治天下終究是得靠著咱們。」

當下各人喜笑顏開，一齊躬身道：「皇上有事垂詢，臣等敢不奉命？這便隨皇上回宮，知無不言，言無不盡。」

皇太極淡淡一笑，也不說話，翻身上馬，揚鞭一抽，已是當先而去。

各明朝大臣亦是見過崇禎騎馬，不過都是御苑中的閹馬，馴良之極，皇帝騎著略轉幾圈，便已算是不得了的騎術。此時見皇太極身穿尋常青布箭衣，頭戴圓笠，身背弓箭，撒袋，腰佩長刀，那馬亦是蒙古烈馬，長聲而嘶，揚蹄而奔。眾文官都是坐轎慣了，此時隨著滿洲風欲騎馬，各人心裏都是膽戰心驚，見得皇太極如此英姿，均是交口讚道：「皇上身強體健，勇武睿智，能遇得如此的君上，當真是臣子的福分。」

「是啊，聽說進城之日，皇上親自發箭，射死好幾十個抗拒天兵的愚頑之徒。」

「我大清以騎射立國，皇上的武功自然是沒得說！」

「我輩臣子，亦需學習，將來隨大軍出征，亦能效犬馬之勞！」

「正是，吾等雖是書生，然而孔子亦曾習射箭之術，我等當隨習國朝風俗，騎馬射箭，這才是報效國恩之法。」

遼東漢軍此次隨同入關的約有三四萬人，單獨編成一軍，號稱天助軍，由總兵馬光遠率領。同為漢人，他心中雖然沒有什麼民族大義，卻也覺得這些明朝大臣太過無恥，不但遠遠不及祖大壽等人，就是尋常的遼東明朝軍將亦是遠遠不及。此時尋得一個話縫，便向他們冷笑道：

「皇上前次親征林丹汗，入瀚海沙漠，三軍無糧無水，皇上在馬上三四天不曾下來，吃草根，喝馬尿熬了過來。諸位老先生想要隨從大軍出征，先將這本事練習一下！」

又跟著大笑道：「諸位老先生坐慣轎子，騎在人身上久了，難免四肢無力，只怕是稍重一點的東西也拿不起來罷？皇上在沙漠時，曾經左右開弓，親自射殺黃羊五十八隻，諸位老先生只要能拉開皇上所用的弓箭，只怕皇上就十分歡喜了。」

說罷，帶著一群副將及祖大壽等遼東諸將紛紛而去，各人在馬上說笑談話，眾文官聽得真切，只聽得祖大壽大聲道：

「操他媽的，大明的事，九成是壞在這群畜生身上！一個個身穿襴衫，踏四方步，坐轎，滿口仁義道德，其實全是混帳！除了受賄賣官，刮地皮買小老婆，什麼好事也不曾做！」

馬光遠笑道：「聽說內閣有溫體仁、王應能、吳宗達三人最遭人恨，還有民謠罵他們？」

「可不是，人稱：內閣翻成妓館，吳龜、王巴、篾片，總是遭瘟！」

「嘖嘖，這些大官兒都是這樣的人，難怪明朝滅亡。崇禎不能識人，用人，比咱們皇上差了老遠。」

議論到皇帝身上，祖大壽諸將雖是贊同，卻也不便議論故主，各人默不作聲，漸次去遠了。

各文官聽得真切，雖然馬光遠等人將全數文臣盡皆罵了去，卻因爲罵溫體仁三人頗兇，周廷儒一派卻是聽得舒爽之極，各人都是臉上咪咪帶笑，也不言語，只是神情舉止卻仿似在嘲笑溫體仁眾人。

溫體仁雖然憤恨不已，卻不敢當面斥罵這些將軍，他是新降之人，身家性命尚且有所不穩，哪裡敢去爭這口閒氣，只是不免在心裏嘀咕一句，罵道：「率獸食人，言不及義。你們這些野人知道什麼！」

至此一路無話，各官雖然略受打擊，但一想到皇帝畢竟尊重文臣，當年范文程等人就很受信重，現下還有內大臣石國柱亦是漢人秀才出身，很可以引爲內援。所有決心投降、攀附滿清權貴的各舊明大臣心中都明白，自己在明朝位高權重，可在清朝總需要投靠滿人親貴，才能立得住腳。

各人隨著皇太極一路回到禁宮，因太和門外朝房擁擠狹小，不能容下這麼些人，乾清宮又是停靈之處，不甚方便，皇太極便決意啓用太和大殿，將過百名舊明降臣、勛貴盡數召入，算是一次正式的召對。

待各人紛紛入殿，張眼望去，卻是原本的東虜蠻夷首領，被他們的皇帝稱爲建州叛逆的首領安然端坐於上，髮型與衣冠亦是截然不同，看起來當真是怪異非常。只是禮儀上卻並不敢馬虎，各官亂紛紛從袍袖中取出象牙或竹製的朝笏取出，跪拜如儀，高呼萬歲。

卻聽得皇太極安然道：「各位原本是明朝大臣，現下已然歸順，朕自然受得你們的禮。今日一拜，諸位從此便是我大清的臣子，日後一定要好生效力辦事，不可因循如舊，否則，朕必不饒！」

在他而言，這已經是很重的警告，措辭亦是很不客氣。聽在這些舊明大臣的耳裏，卻只覺得是平常話語，並不爲奇。當年崇禎動輒發火，經常對群臣喊打喊殺，這些年誅殺的閣部大臣、督撫已有十幾人，尋常的總兵、知府等官，已經不下百人。眾臣雖然畏懼，卻只是一切照舊，並不爲之觸動，皇太極幾句淡話，卻又算得了什麼？

當下各人均一碰頭，齊聲答道：「臣等既然歸順大清，自當竭心盡力，以死報效！」

皇太極聞言一喜，因思閣臣乃是明朝文官之首，想來縱是小節有些問題，或是陷於黨爭，或是手腳不淨，這些倒是無妨，只要是有真才實學，漢高祖當年用陳平，不外如是？

因含笑向周廷儒道：「先生請起！舊明崇禎皇帝對諸位閣臣稱先生而不名，朕亦當如此。咱們大清沒有內閣，不過有內院，諸位閣臣先盡數入內院爲大學士，品位麼，現下是正六品，將來再說。」

周廷儒等人都是大喜，能成爲皇帝近臣，品級什麼的，自然無關緊要，忙叩頭如搗蒜，又說了整車的頌聖話語，用來答謝天恩。

「卿等不必多禮，周先生，朕聽說你是明朝狀元出身，學問才幹想必是很好，朕問你，今日是滿洲大兵已然占了京城，南方張逆僭稱皇帝，興軍北上，朕下一步該當如何？」

這周廷儒也算是個才子，做得一手好詩，八股文也是做得花團錦簇，只是一說到軍國大計，他立時呆若木雞，不明所以。

當年崇禎治國，明明有很多英才卻不能用，使用和信重的閣臣，大半是無能之輩，概因崇禎很信任自己的能力，害怕閣臣分權，只需要他們承旨辦事，老實而不攬權，便是上好人選。周廷儒一向以巴結拍馬最爲拿手，遇著軍國大事，請示皇帝便是，從來不肯擅自進一言。此時皇太極溫言相詢，好大的題目扔將過來，他一時間瞠目結舌，竟然不能回答。

過了半晌，見皇太極面露焦躁之色，周廷儒心中大急，慌忙答道：「逆賊北來，皇上派天兵征討，我師精壯勇武，橫掃而無能擋者，南人一向文弱，比之遼東明朝軍隊尚且不及，又有何力抗拒天兵？我朝大兵一至，必能即刻敉平，無需皇上憂心。」

這一番奏對雖然泛泛而談，卻也並沒有什麼紕漏，皇太極心中略覺失望，卻不肯在此時斥責於他，冷了其餘各大臣的心，因勉強一笑，向他道：「周先生老成謀國之言，很有道理。朕聽了也很受用，先生暫退，將來必再有勞煩之處。」

周廷儒被他這一番勉勵話語說得心中大樂，連磕了三個頭，美滋滋退到班次之旁。卻聽得皇太極又向溫體仁問道：「溫先生身爲次輔，對天下大勢有何以教朕？但請說來，朕必定虛心受教。」

溫體仁號稱遭瘟，當年黨爭幹掉錢謙益，明亡前正與首輔周延儒鬥得熱火。李自成與張獻忠四處流竄，攻州掠府，連藩王和皇陵都是又燒又殺，這個溫大學士卻向人言道：「流賊，癬疥疾，不足憂也。」

他之所以得能得崇禎皇帝的信重，實在是因為其庸碌無能，只負責承旨辦事，從不肯觸犯崇禎，亦不肯在任何國家大政上得罪人，除了黨爭之外，別無所長。此時皇太極訊問，他雙手扒著大殿內金磚地縫，吭哧半晌，方答道：「臣原先以文章待罪禁林，皇上不知臣笨而把臣拔到這個位置上，現下兵事連綿，國家急需問臣以定大計，然而臣卻是愚笨無知……」

溫體仁說到此處，偷偷抬頭去看皇太極的臉色，只見他並沒有特別著惱的樣子，於是壯一壯膽，又接著說道：「不過臣雖然笨，倒是不敢說假話，大言欺騙皇上。臣是文臣，對兵事並不知道，征戰的事情，還是請皇上您聖明裁決好了。」

皇太極此時已然氣破了肚皮，卻是不好發作，溫體仁的這番奏對，原本是對崇禎常說之語。崇禎每常問他軍國大事，他便推說自己是文辭之臣，對這些事情並不拿手，而皇帝天縱英明，自然能夠將各種難事辦妥，不需要閣臣亂操心。崇禎卻並不以為其無用，相反卻讚揚他英華內斂，公忠體國，乃是大大的忠臣。只是皇太極此時甫入京師，急需引路的漢臣，原本以為俘虜了這麼多明朝閣部大臣，對明朝情形知之甚詳，只要有人投降，踏實引路，必然會有很大有幫助。誰料問了首輔不成，問了次輔仍是無用之輩，他心中氣極，卻又不能發火，只氣得肚裏抽筋罷了。

忙將溫體仁攆到一邊，也不理會他的謝恩話語，又向閣臣周道登問道：「溫公說他是讀書人，並不理會軍國大事。那麼周先生請說，宋人有言：宰相當用讀書人，此話何解？」

那周道登聽出皇太極語意不善，立時嚇了一跳，額頭上細細地沁出一層油汗來。有心要好好回答，卻是年紀大了，做了這閣臣卻並非他能力高強，一來是資格夠了，三十多年京官熬將過來，有資格被皇帝抓鬮；二則是他運氣夠好，崇禎在候選名單裏一把將他抓了出來，於是成爲閣臣。論起學問，不過是當年考中進士時讀的那些八股文章，哪裡有什麼真材實學？搜腸刮肚想了半天，方戰戰兢兢答道：「皇上，請容臣到家中查書，待臣查明後回奏。」

皇太極氣極，差點兒便從座位中暴跳起來，勉強按住性子，又向他問道：「朕每常聽人言情面二字，這情面者，何意？」

周道登慌忙答道：「情面者，面情之謂也！」

「爾等身爲舊明大臣，全然不顧舊帝面情，亦不顧自身爲閣部之尊，靦顏投我大清，是何面情？是何情面？講來！」

周道登嚇得幾欲暈去，一時間慌不擇言，答道：「臣等做官，俸祿極低，不受賄不得銀錢，不賄賂不得升遷。幾十年熬將下來，好不容易做到閣部，沒有回本，哪能說死就死？何況大家都是大臣，憑什麼我死別人不死……要死大家都死，要麼就不死。」

皇太極又是氣極，又覺得好笑，因指著他笑道：「你好，你說得很好，似爾等無恥無知之徒，當官原本就是爲了錢財，忠孝節義，原本就不在心裏。呸，我看漢人的書，還以爲讀書人如何，原來竟是如此。當年蒙古人把儒生列爲下九流，也未嘗不是沒有道理！」

他起身站起，指著一眾明朝降臣一通斥罵，竟是全然不留情面。眾大臣原本見他客氣非常，各人都將心思放寬，以爲在新朝必受重用，誰知此時皇帝暴怒，竟似要將他們一個個拖出去斬了一般。眾臣都見過當年廷杖之事，想到受刑之慘，下詔獄之苦，都嚇得雙腿抽筋，有那膽小的，竟是伏地痛哭起來。

見他們如此害怕，皇太極當真是哭笑不得。他熱炭團一般的重用心思，已然冷卻下來。此時他已明白，這些身居高位的大臣不似在草野中不得重用者，更不如那些還有良知和能力的中下層官員，只是難得這些人肯降，而且這些大臣門生故舊很多，位高權重聲望很隆，若是風聲傳將出去，對將來的大業很是不利；只是用了他們，對大業也殊無幫助罷了。

皇太極在心裏長嘆口氣，更添茫然之感，收起怒氣，向眾臣道：「朕一心求賢，因一時失望苛責諸位，這是朕的不是。」

見眾明臣都顫抖而不敢言，皇太極又道：「是朕求治太急，與諸卿無關。今日且退，來日朕於內宮設宴，爲諸卿壓驚。」

聽著諸明臣戰戰兢兢的謝恩之辭，皇太極只覺心灰意冷，在心中喃喃自語道：「人才，到哪裡去尋一個上好的人才來？」

當下也不理會，由著諸臣退下，王德化等人侍立在大殿之前，覷見眾臣慘受斥責，卻覺得心裏暢快之極。見周廷儒等人下來，王德化忍不住笑道：「周閣老好沒意思，弄壞了大明天下，又想來禍害大清。」

周廷儒又羞又氣，卻並不敢和他爭辯，只打定了主意下朝後就辭官，看看皇太極是不是挽留，待明白皇帝心思之後，再做打算。

王德化正在得意，卻聽到內裏一聲傳喚，忙不迭趕將進去。見皇太極似笑非笑，看向自己。他心裏一慌，忙跪下道：「皇上傳喚奴婢，不知道有何吩咐？」

「王伴伴？崇禎皇帝是這樣叫你的吧？」

「不敢，那是前皇恩典，奴婢並不敢當。」

「聽說你很是能幹，前明皇帝很信任你，身為掌印太監，你也很體會聖意，勤謹辦事，不敢貪汙。」

王德化跪在地上，只感覺到皇太極在身邊繞來繞去，卻不知道他的話意，忙磕頭答道：「奴婢不敢，只是奉旨辦事，不敢敷衍。奴婢身為閹人，要錢也是沒用，所以並不敢貪汙。」

「哈！你還敢狡辯！曹化淳已將自己家產獻上，並將你的家產數目和歷年貪汙的帳目上繳，你居然還敢說你不貪！」

王德化只覺得兩耳轟然一響，一時間嚇得屁滾尿流，心知壞事，卻下意識答道：「奴婢不敢，那是曹化淳誣陷奴婢。」

「胡扯！朕適才已到齊化門附近查看你的家產，適才侍衛班頭費揚古已經回報，你的家宅寬大富麗，簡直可以與盛京皇宮相比。其中金銀珠寶無數，足有百萬，你可真是該死！」

見王德化癱倒在地，並不再敢說話，皇太極微微一笑，向他道：「朕這會兒正缺乏軍用，你居然還敢隱瞞內廷資產不報。朕且問你，魏忠賢隱藏宮中財富，你可知曉？你可知道內庫還有數處，連同剛剛查看的庫房，加起來不下兩千萬銀？」

「奴婢該死，奴婢該死！」

王德化知道不但是曹化淳背叛了自己，就是那王之心等人也脫不了干係。想來這幾人眼見自己在新朝仍然是宮中第一人，心裏氣憤不過，是以在背後捅了自己一刀，當下再也不敢隱瞞，竹筒倒豆子一般，將皇宮內庫所有的窖藏金銀全數報了出來，直說了半晌乃止。他是宮中最有權之人，所知之處又比曹化淳知之甚詳，數處相加，竟然足有三千七百萬兩金銀。

皇太極雖然沒有找到心意中可用之人，卻得了這一注金銀，算來五六年內只需正常收取賦稅，不需加派，就可足夠軍費使用，還可常加賑濟，整個遼東和畿輔一帶都可安享這一大筆資財，心裏甚是歡喜，也就不爲己甚，只向侍衛吩咐道：

「把這太監帶下去，按他說的將各庫金銀起出來，不留內宮，都放到戶部庫房去使用。其餘內宮太監一律拷問，將他們所知藏金和私錢都給我弄出來。」

他心裏歡喜之極，繞著大殿轉了幾圈，向各親近大臣和侍衛道：「崇禎顢頇無能，又刻薄殘忍，朕可不學他！不過人都死了，著派幾個舊明勛臣，到端門處把他的屍體抬到城外，送到他哥哥陵中，先行安葬，將來也不薄待他，謚號和皇陵都少不了他的。」

待到得晚間，代善等人都知道大殿奏對之事。好笑之餘，不免將對漢人的鄙夷之心又加深了幾分。幾個親近親王賁夜去見皇太極，言道不論如何，總之要與漢軍先打上一場，彼此知道根底，才好定計。究竟是先往西打，北守畿輔與山東邊界，還是直下山東，打到江邊乃止，都需與敵先交一交手才好。

十幾人商議到夜半時分，終於決定先派人探看通州吳三桂，令其父寫親筆書信，招降於他。若是吳三桂不肯投降，便以肅親王豪格和承澤郡王碩塞領兵討伐，一定要把河北全境穩定下來，然後再想辦法與漢軍野戰，打上一仗。至於在山西的袁崇煥等人，皇太極知道此人端底，料想不會投降，也息了招降的心思；又知道此人善於守城，並不願意此時就去攻打，只得將那邊暫且放下。

三日之後，新年已過，北京城德勝門附近傳出一陣急促的蹄聲。一行騎兵狂奔而出，城門附近的百姓以爲是滿兵進出，慌忙讓開，待各人仔細一看，原來是一隊明軍，仍是身著明朝樣式的盔甲，頭髮雖然可以看出是剃掉了，卻顯是剛剃不久，頭皮附近被剃的痕跡當真是醜陋之極。各人心中都道：「做孽，爲了升官發財，把父母給的頭髮剃掉，這還成個人麼！」

清兵入城，並沒有強迫漢人剃髮易服，頒佈詔書宣稱，本朝剃髮乃是國俗，並不強迫漢民依從。剃武不剃文，剃官不剃民。若有無恥之徒擅自剃頭，著即交付五城兵馬依法處置，決不姑貸。有此詔書一出，原本看到只在後腦勺留著一撮金錢鼠一般的辮子而心慌的北京居民，立刻放下心來。

清兵穩定各處情形後，並沒有全數入城，而是大半居住在城外，城內又設了粥廠賑濟災民，各貧民有國家賞賜過年的物品，雖然不多，卻是新皇德意，既不擾民，還有諸多恩德，北京市民都是感恩戴德，所以雖然是兵荒馬亂，朝代鼎革，京城居民反而是補過了一個好年，上上下下都是一團喜氣，口中都稱這皇太極是個英明之主，原本哀傷崇禎帝殉國的心思，已是拋到九霄雲外，不知何處去了。

這一隊騎兵卻並不是正經的明朝官兵，而是吳襄在京師府邸中的家丁。自跟隨皇太極入京之後，吳襄自錦州戰事過後，始得回到在京城的家中。看到各家人仍然是故國衣飾，而自己已然被迫剃髮易服，心中又是怪異，又覺得感傷。原本並沒有讓家人剃髮的打算，卻不料在前幾天接到命令，讓他修書勸兒子和舊部投降，雖然心裏並不願意，卻只得勉強爲之，寫了書信，命十幾個健壯家僕換上滿人服飾，剃了頭髮，前往通州尋找兒子。他知道皇太極並不在意這些小節，但是八旗各王公卻很是在意，若仍然讓家人們做明朝打扮，前去招降，必定會被人罵做是有辱國體，對他很是不妙。而且他知道兒子的脾氣，未必就以父親的性命爲念，若是招降失敗，再有把柄落在人家手裏，只怕立刻爲性命不保。

此刻，吳襄木然呆立於德勝門的敵樓之上，目視著自家的管家帶著從人匆忙而去，心裏只在念叨：「前事如何?漢清之間到底是誰更強些，降清還是降漢，這可需要好兒子你自己好生思量，再做決

斷了。」

通州乃是北京門戶，距離不過一百餘里路程。按說八旗該當早早將其拿下，以穩固京師南面的防線。明軍只有幾個總兵，文臣督師彙聚通州，再有三四萬人馬，戰敗之餘，無錢無糧，已然是驚弓之鳥，一擊就潰。只是皇太極一心想有內地漢軍效力，為清兵引路。滿蒙八旗再加上遼東天助軍，就是戰力再強，又如何能夠占領擁有近億人口，幾十倍於遼東的領土？當年遼兵進入中國北方，再無官府軍隊抵抗，卻苦於無人領路效命，陷入北方義軍的泥沼之中，不得已而狼狽退兵；金兀朮一直攻到南方，也是只憑北方軍隊的力量，並沒有漢奸軍隊引路效力，慘敗而回。皇太極熟知史實，不似普通的八旗王公那般驕傲自大，在遼東女真是本鄉本土，到了明朝內地，哪有那麼多的便宜仗可打？是以不顧諸王公貝勒的反對，一心要先以招降為主，實在不成，才以武力征伐。

那一小隊騎兵不敢怠慢王事，亦因家主吩咐，一定要儘快尋得吳三桂等人，通報京師情形，為吳家將來的富貴早做打算。山海關鎮兵，額兵約四萬人，其餘萬餘早隨趙率教出關征戰，此時多半投降了漢軍。不過那並非吳家軍的主力，鎮兵中真正是吳襄用銀子餵飽了的，除了吳家父子誰的帳也不買，乃是以親兵標營為主的五六千人的鐵騎。是以無論是戰是降，吳三桂均握有絕對的主動權，至於薊鎮總兵唐通，兵微將弱，原也輪不到他多說半句。

他們一路狂奔，只在傍晚時分稍歇了一個時辰，便換馬立刻趕路，到了半夜子時，已然到得通州城外。一行人由打頭的吳府管家叫門，直到嗓子喊破，卻是半點聲息也無。

無奈之下，只得就地在城外草草尋了宿處，天寒地凍幕天席地，當真是苦不堪言。第二天天色微明，便又繼續前往城門處喊叫。直到日上三竿，各人輪流叫喊，當真是嗓子都喊破了，才聽到城內傳來問話聲音。吳府家人精神一振，立時喝罵，拿出總兵家丁的威風來，喝令守城兵丁立時開門。卻不料半晌過後，才有人懶洋洋答道：

「別叫啦！朝廷的那些個大官大將，三四天前就撤出通州，逃之夭夭啦。現下城裏都是咱們本地的鄉兵，任你是神佛降臨，咱們都不開門。」

那吳府管家為之氣結，喝罵道：「那要是大清兵或是漢軍攻來，你們也不開門？」

卻聽那人答道：「那又有何妨。無論是哪邊的大軍趕到，咱們都獻城投降就是。現下不開門，不過是防著敗兵遊卒進城搶掠，哥幾個，快點辦你們的正經差使去。聽說他們是退往廊坊去了，快點追去吧，別在這兒和咱們拌嘴啦！」

城內的守卒眼見城門外的這一小隊騎兵垂頭喪氣地離去，不自禁低聲一笑，自去尋人玩葉子戲去也。亂世之中，只需打定了強敵一來，立刻投降的主意，倒也可以輕鬆自如，無憂無懼了。

吳府家兵繞城而過，一路向南，追至廊坊，才知道明軍過此未停，直接向南。這幾天雖然是風和日麗，暖陽高照，這些家兵每天大半時間要坐在馬上，頂著寒風一直狂奔，已經累壞了幾批馬匹，幸得出來時帶的銀兩足夠，一路換馬不停，終於在天津地界追到一直撤退的明軍大隊，五六萬明軍和逃難的文武百官連營十數里，眾家兵不知道何處去尋家主，忙與明軍後隊的將官打了招呼，立刻請見吳三桂。

他們心急如焚，卻不知道此刻這支明軍的主營之中，各將軍和南逃的諸大明文官，卻正是吵得如同烏眼雞一般，兩邊互不相讓，一路上已是爭執了數次，此時眼見要到天津衛城，一群文臣聚集了支持他們的武將，一起跑到吳三桂與唐通營中，與他們會商爭執。

左都御史劉宗周乃是此次南逃文官中，官位品級最高之人，他於當日城破之時，帶著幾十個家人子弟，趁亂將六七歲大的太子裹挾在人群中逃出京城。在城外稍待一日，因皇太極並沒有禁止官員百姓進出城池，所以又彙集了很多不願意披髮左衽的中下層官員，夤夜南逃。

待他們奔到通州，吳三桂等人正在出城南逃，遇著這股文臣，自然亦相隨一同南下。只是出逃幾日之後，劉宗周因知清兵並沒有出城來追，近期亦並沒有占領全部畿輔地界的打算。他左右思量，逃到天津一帶固然是暫時遠離八旗，不過只要人家攻將過來，也就是一月間的事，若是先往大名一帶駐兵，爾後靠近山西地界，與袁崇煥等人取得聯繫，然後擁立太子復位，正了大義名分之後，成立新的中央政府，便可以對這些軍閥總兵有所約束，到時候攻州掠府，最少亦可形成割據之勢。

這個算盤當然不會是除了愚忠和道學之外，對經世致用學問一無所長的劉宗周所能想到。劉宗周一生以經學大師自詡，生平立志要做道德完人，接受順天府尹詔命時，不顧君主皇命，需使者再三催促，一等經年，他才肯出來上任。其做事矯情至此，腦袋僵化，哪有什麼經世致用的主意？這些想法和算盤，都是隨他一同出逃的門生弟子中有見地之人提出，他因覺有理，便與武將協商討論。誰料吳三桂等人一意南逃，根本害怕與清兵接觸，又都覺得明朝大勢已去，對與袁崇煥等人會師全無興趣，眾文臣又很是堅持，兩派人邊行邊吵，已漸漸起了意氣，很難心平氣和說話。劉宗周因爲如此，不敢將太子在軍中的事情說出，害怕這些人以太子獻給清軍或漢軍，用來邀不世之功，那當真是他一世清名中的污點，那可真是百死莫贖。

此刻就在這天津衛城二十里外的荒野之中，數十人就在雪地上的軍帳之內議事，兩邊已然僵持已久，此次不過是例行的吵嘴。各武將自恃身強體壯，又很討厭文官如同烏鴉一般多嘴多事，是以這軍帳內沒有任何取暖的東西，連堆篝火都沒有升起。眾武將或坐或立，或東顧西看，或是凝神細思，看似聽著劉宗周等人痛陳利害，實則神遊天外，不知何處去也。

吳三桂等人看著唾沫橫飛的劉宗周，眼見他說個不停，神色激動，看似又要痛哭流涕，心中鬱悶之極，各人均想：「怎麼沒事惹上這個老東西，當真是煩也要把人煩死了。」

他與唐通對視一眼，兩人都是嘴角微微一抿，知道對方的心思。當此亂世之時，只要手中握有軍隊，任憑別人舌燦蓮花，又能拿他們如何？

薊鎮總兵王永吉與遼東巡撫黎玉田算起來都是這兩人的上官，只是這兩人一路由山海關和薊鎮奔逃至此，手裏除了幾百親兵外再無軍隊可以掌握。此時朝廷已經被人滅亡，再也沒有國法綱紀和餉銀來約束軍隊，唐通等人越發坐大，根本不將這兩人看在眼裏。此時氣氛尷尬，這兩人聽得一眾朝官指手劃腳，卻也不免煩惱，那王永吉因尋得劉宗周一個話縫，向他笑道：

「啓東兄，咱們都是朝廷大員，豈敢不是復國爲念？只是現下吾皇大行，天下無主，正是紛亂時間，咱們先保有軍隊，至天津保有一方，與袁督師等人犄角相存，未嘗不是好事。若是一意往山西一路而去，滿虜隨時可能南下，陝西河南等處的漢軍亦可能隨時北上，太過危險。學生亦是以爲吳唐二總兵之議有理，還是先去天津的好。」

左中允李明睿與翰林院修撰陳名夏一齊道：「天津地狹近海，很有可能被漢軍由海上突襲，再有臨近山東，陸路亦是危險。列位總兵只顧著遠離滿韃八旗，卻不提防南來之敵麼？」

劉宗周又以沉痛的語調說道：「列位將軍都曾身受先皇大恩，現下雖然吾皇大行，然則太子和永定二王不知所蹤，便是不幸罹難，山西還有秦晉等親藩在，國家尚未到亡國分際，何必一意奔逃，甚或有投敵之念？如此，怎對得起大明三百年養士之深恩厚德？」

他雖然不敢將太子之事說出，卻在言語間鼓勵宣揚，將尚存的各親藩都報將出來，言下之意，便是尋不到太子所蹤，亦可別立新皇，再來中興大明。

只是他這番話近似癡人說夢，雖然他的門生弟子也是支持往山西方向，其實只不過看不清眼下局勢，與那些一意往南投奔漢朝的大臣們不同，只是想往山西等地暫避，不想背上一個降臣的名聲，待天下事大局已定，再出來做官不遲。

第十五章　天津歸漢

周全斌在馬上冷眼一瞥，見當先的年輕將軍身著鶴氅裘，頭戴銀盔，知道這便是少年得志的吳三桂。因跳下馬來，先含笑將他扶起，向他道：「天津全境並沒有兵變禍亂，通衢安靜如常，百姓行商一切如故，此都是將軍之力也！」

吳三桂這些天來聽得當真是膩味之極，卻因爲這些文臣多半是朝中要員，很有名望，將來無論投向哪邊，位置都未必在自己這個武夫之下，所以不敢輕易得罪。此時聽得劉宗周又將這一套廢話搬出來，立時覺得兩耳嗡嗡作響，當真是無可忍耐。

正焦躁間，卻有小校前來報信，附耳將後營有吳府家兵求見一事說了。他立時站起身來，也不顧劉宗周正在宣講大義，抱拳團團一揖，笑道：「末將有要事在身，立時要去處置，竟要先失陪了，尚祈諸位老先生莫怪。」

說罷，立刻轉身出得軍帳大門，見各官都顫抖著身子起來相送，他心裏冷笑，心道：「就在幾年之前，我父親身爲鎮守總兵，統率幾萬兒郎備邊，見著一個尋常京官都需報名參見，打仗時在文人總督和巡撫帳前，哪有他的坐處！現下我讓你們凍上一凍，也吃些苦頭，這才知道武人生涯的苦處。」

他邊想邊行，出得帳外，此時正是二十一二年紀，身手矯健，翻身一躍便即上馬，往自己軍中奔去。

那些吳府家丁正等得焦躁，遠遠見得少主騎馬奔馳而來，並沒有穿對襟鐵甲，只是身著棉襖胖裙，頭戴氈帽，腰佩一把寶劍，在雪地裏颯颯而來。

那吳府總管連忙奔上前去，將吳三桂的馬頭接住，穩住馬身，伺候著少主下馬，見吳三桂冷著臉並不作聲，他忙問道：「公子爺，怎麼好像在哪一處受了氣模樣？」

又笑道：「老奴才眼拙，公子這一身尋常軍漢打扮，又是雪地晃眼，竟一直到了眼前才看出來。」

吳三桂橫他一眼，答道：「不做這一身打扮，還敢鮮衣亮甲，接戰時等著先挨刀麼？受氣，他奶奶的這幾天天天受氣呢，這也不必多說。我且問你，父親差你過來，想必有書信印信爲憑，拿出來我看。」

那管家慌忙將蓋有吳襄隨身小印的書信拿出來，遞給吳三桂觀看。吳三桂隨手接過，展開一看，見確實是其父私下通信時所用的印信，也不看書信正文，隨手交給身邊親將，命道：「收起來。」

他進入大帳之內，大馬金刀坐下，皺眉喝道：「都要死了麼！還不快些端上火盆、手爐，要凍死我麼！」

被他一通訓斥，各人都知道他是富貴公子脾氣，一個不好就會大發雷霆，輕則斥罵，重則責打，是以不敢怠慢，慌忙伺候，就連一路奔行不得歇息的送信總管亦是打著下手幫忙，直到將這軍帳內弄得溫暖如春，四五個火盆裏的木炭燒得劈啪作響，不住吐出火苗。吳三桂初時呵手呵腳，現下已是脫去外袍，只皺著眉端坐沉思。各人不敢打擾他，只垂手侍立，等著他吩咐。

良久之後，吳三桂長吐一口濁氣，向那總管問道：「父親派你過來，想必體己話都叫你說，那信我沒有看，不過是奉了滿虜吩咐，寫信招降於我，父親有什麼吩咐，京師情形如何，你向我仔細道來。」

「老太爺並沒有什麼特別吩咐，只說吳家榮辱比之他更加重要；又說，有你在，他想必是不相干的。老太爺說了，家底在，就有翻身的機會，這可最爲重要。至於其他的吩咐，再沒有了。」

「那京師情形如何？」

那總管聽得動問，不免將八旗兵入城後的情形一一道來，待說到皇太極一心求訪人才，卻不料在大殿上氣得差點兒吐血，京師眾京官，或是南奔，或是居家不肯出仕，除了那些高官部閣大臣，願意投靠滿人的官員並不很多。

吳三桂聽得周廷儒與溫體仁等人出醜情事，先是忍不住大笑，後又往地上猛啐一口，笑罵道：「一幫王八蛋，當真是無恥無能。」

他心中計較已定，向那總管道：「你歇息一天，明日就回去報信。通州我已棄守，滿人龜縮在京

師附近，未必知道。讓父親給他們報個信，也是個功勞。至於下一步怎麼走，你和父親說，讓他自己珍重，相機而行，去吧！」

崇禎年號在北京城下皇帝死難之後正式退出了歷史舞臺。自濟南被漢軍攻下已有兩三個月時間，城內秩序早已恢復。只是巡撫與知府已然替換，又免去了不少無用的衙差，革去了不少素有民怨的王莊商號的差使，幾番整頓下來，城內交口稱頌漢皇仁德，明朝數百年弊症下來的怨氣一掃而空。

新年一至，張偉又令打開城內糧庫放賑給四鄉饑民，賞賜城內年老積貧人家酒肉，於是一個年節下來，滿城中除了明朝宗室、勛貴之家以外，上下皆已忘卻前朝舊國。不但是濟南城內，縱是整個山東境內，亦是革舊迎新後的興旺景象。漢朝的種種仁政善舉，先是由漢朝司聞曹的各式宣傳方式四方傳播，又隨著民間來往的信件而傳遍北方。

與此同時的北京城內，八旗久居城外，起初尚能聽從命令，不敢隨意殺戮擾民。待時日漸久，八旗數次入關都是搶掠慣了，哪裡能夠控勒得住？以輕騎攻下通州之後，因爲無人獻策，以皇太極天縱其才，一時間也並不能決定在如斯遼闊的漢人領土上實行何種戰略，整個滿蒙漢八旗大軍僵在京畿附近，竟然不能決斷未來方向，加上明朝降軍近三十萬人坐困城下，明裏暗處，大大小小的擾民和內鬥不斷，失去漢人官紳豪門的支持引路，沒有洪承疇那樣曾經身居高位，又很有才幹的明朝大臣相助，這個由建州女真部落席捲全遼的善戰民族茫然無措，有識之士均可看出，它雖然還是有著強大的武力，不過距離敗退，甚至全族覆滅的結局並不遙遠了。

漢興二年正月十五日元宵佳節，漢帝張偉在巡視新被漢軍攻下的開封及商丘等地之後，晝夜奔馳，終於在元宵之日重返濟南。

因早有使者入城，諭令今夜金吾不禁，准城內細民百姓在子時前隨意遊動，賞玩城內鄉宦富戶和官府商號懸掛的花燈。待張偉於酉時三刻入城之時，城內已是燈火通明，四處都瀰漫著點燃鞭炮後的火藥味道。自西城門到城內的德王王府的十幾條大街上，各廟宇都有燈棚，富商大戶的門前在院裏張掛著花燈，門前掛著彩繪門燈，各處都是竄天而起的火箭，花炮。其餘什麼火盔、火傘、火馬、火盆、炮打襄陽……爭奇鬥巧，異彩紛呈。

因是十五月圓之時，雖然天色已晚，值此佳節盛會，城內遊人甚多。濟南市民男女老少，攜老扶幼出門賞燈，平時很少能有出門機會的大家女眷亦趁著這個機會出門戲耍。一路上巾幗並著香扇，當真是花團錦簇、繁華似錦。

張偉因不欲擾民，下令不擺皇帝儀杖，只悄然混在隨行的禁衛士兵隊中，一路上挨挨擠擠的往德王王宮返回，身邊的各羽林入散班侍衛雖然拚命阻擋，卻不能完全阻斷人群，提心吊膽擠了半個時辰，終於入得禁宮之內。張偉興致不減，他這些年戎馬倥傯，一直東奔西走，南伐北討，自出了臺灣後就很少有嬉戲遊玩之時。本欲微服出宮，四處遊玩，卻被各侍衛班頭苦苦勸住，只得登上城內最高的王宮紫

禁城頭，觀燈賞景，亦是難得的樂子。

到了子時初刻，城內遊人漸息，駐防廂軍及靖安司的各捕快及巡城御史開始清城，四城城樓的角樓開始擊鼓，提醒人們宵禁就要開始，必須在三刻內返回家中。張偉興盡而返，到王宮後殿更換了袍服，隨行伺候的僕役端上膳食，他喝了一碗冰糖燕窩粥，吃一塊虎眼窩絲糖，做爲晚膳。他其實是累極了，卻不得不在興盡後又端坐殿上，覽閱這些天不在時積壓的緊急文書。

張瑞在一月前先下洛陽，以騎都尉李侔的計策，趁著開封城還不知道洛陽已失的情況下，用洛陽守備總兵的印信騙開了開封城門，一戰而下。

洛陽方向已由一萬多漢軍先後攻下汝州、南陽、鄧州等州府大城，開封、鄭州、許昌一下，商丘知府及守備副將不戰而降，將一府六縣全數奉上，自此河南大半土地已歸漢軍所有，周王、福王、崇王、徽王、趙王、潞王等親王被俘，連同其餘郡王、鎮國將軍以上的宗室盡數被發往南京。其中又以福王、崇王二親王及十幾個郡王民怨實在過大，張偉決意效法歷史上的農民軍，誅殺這些藩王平息民憤。

他自鳳陽繞道至山東後，又因河南初下，決意至開封巡視，好在距離並不很遠，晝夜兼程，輕騎而行，來回只用了半個月時間不到，已經將開封及鄭州一帶巡視完畢，當眾下令處斬了一些王府官員和太監，還有各王府商號和王莊的頭目。

河南因爲是明朝親王郡王最多的省分，土地多半被各王府分占，官紳鄉宦們倒沒有似江南那樣勢力強大的。除了將各王府的窖金盡數起出，送交南京國庫以備使用外，還將各王府的土地依照各戶佃戶貧農人口分將下去，每家每戶都頒有地契憑證，一時間，幾十萬河南貧民突然有了自己的土地。雖然年前大旱，河南受災嚴重，然而農民一生中最需要的便是土地，有著政府正規手續下發的土地，可比當年李自成賑濟災民更加令這些貧民興奮。

張偉又決意以工代賑，此時冬季農閒時分，便正好下令徵發二十萬民工修築黃河堤防，又以十幾萬民工疏通各州府的水利措施，願領銀錢的給銀，願意以糧抵銀亦可。如此這般，雖然預料中這些年河南仍然會災荒頻乃，只需適當給予補貼照顧，便不會再釀成民變。

將河南事處置完畢，張偉這才星夜返回濟南。清兵已占北京，京畿一帶消息封鎖，司聞曹派過去的探子細作只能在城外活動，這幾天的消息過來，只知道旗兵開始胡亂搶掠，又開始逼迫百姓剃髮。十萬不到的滿人連同蒙人居住在過百萬的北京城內外，雖然漢人們全數投降，沒有人敢於反抗，然而以異族入侵，身處於衣冠髮型全異的人民之中，這些滿人又如何肯安枕而睡。只不過安穩了十天左右，先是有無恥之徒自剃，清兵不再禁止，然後所有的明朝降官被迫剃頭，近日又有蔓延至普通百姓頭上的跡象。

張偉將司聞曹稟報北京局勢的文書放下，向端坐在殿外的衛士喚道：「來人，傳陳明進見。」

那陳明原是明朝典吏，性格縝密而堅定，被高傑納入袖中，成爲負責畿輔及山東一帶的情報工作。因知張偉隨時可能召喚，是以一直於王宮內等候，一聽到召喚，忙急步而入，先向張偉跪了一跪，然後便起身侍立一旁，等候問話。

「太子、永王、定王在何處？」

他原以爲張偉必定會問及八旗動向，卻不料先問到此事，準備好的腹稿不能動手，忙低頭想了一回，才答道：「太子不知去向，永定二王已被崇禎託付的勛臣們獻出，被皇太極下令處死。」

張偉冷笑道：「不知去向？永定二王都不可免，太子能全無動靜？或是死在亂軍之中，或是逃出城外，一定要查出去向。」

見陳明諾諾連聲，張偉又問道：「吳三桂那邊情形如何？逃到天津了？他跑得倒快！」

「陛下，司聞曹已派了人手前往吳三桂與唐通、原山東總兵劉澤清軍中招降，晌午接到信鴿回報，說是他們很是意動，但是討價還價，意欲保有全軍，不肯接受整編，亦不肯撤回到漢軍防地，願意留在河北某府，以爲屏藩。還有，適才提起太子及永定二王一事，那吳三桂等人亦是有話，道是如遇舊主，請陛下不能加害，最好放到他們的地盤，讓他們侍奉。」

張偉大笑起身，拍拍一臉憤恨之色的陳明，笑道：「驢糞蛋子，還想要外面光！告訴他們，十日內不全師來降，就不要他們投降了！幾個武夫，還想抓著軍隊作威作福！告訴他們，現下投降，將來不失封侯之賞；願意報效者，可以在軍隊束編後重新安排去處。若是不降，明軍上下不留一人，全數屠光！你擬成敕，就在明軍陣前射箭，曉諭全軍。」

「是，臣遵旨，這便去依著陛下口諭擬敕，再派人手過去。」

張偉此時倦極，睡眼惺忪，見陳明躬身行禮，意欲下殿而出，他手指著御座下擺放完整的一盅燕窩湯和宮製糕點向陳明道：「不必急，今夜你想來也要辛苦，這些賞你！」

陳明心中感動，卻神色不動，只又行了一禮，向張偉道：「君有賜，臣不敢辭。」說罷落落大方坐下，將張偉所賜食物吃完，這才起身離去。他一出王宮，立時將張偉所命草擬成敕旨，著司聞曹的屬下迅即帶往天津，命人在明軍陣前，將此敕諭交由吳三桂及唐通等人。

原本以司聞曹諸人的心思，這吳三桂等人與漢軍接觸只是在暗中，小心提防著城內明朝南逃的士大夫從中做梗。此時突然公開此事，皇帝的敕旨中又有威脅詞語，只怕這些敕諭一射出明軍陣中，反而會適得其反，破壞之前的所有努力。誰料幾百封敕諭一齊散入明軍陣中之後，吳三桂等人立時急得跳腳，原本還羞羞答答，欲拒還羞，此時卻什麼也顧不得了，慌忙下令迎接漢軍使者入城，又瞬息間控制了原薊遼總督和遼東巡撫的親兵標營，將劉宗周等數百人盡數關押，等候漢軍處置。

張偉接得通報後大喜，立刻命周全斌前壓，兵臨天津。張鼐的金吾衛往攻保定、張瑞的飛騎出河南，居畿輔游擊掩護。又命吳三桂等人先行留守，只將劉宗周等文臣先行押送濟南，聽候處置。

待周全斌所部直撲天津之時，清兵終於知道無法招降吳三桂等人。因爲情形不明，皇太極便依照前議，留著主力鎮守畿輔，只派出豪格與碩塞領著兩萬餘上三旗滿兵，一萬多蒙兵，往攻天津。

漢軍前鋒至天津以南三十里處，吳三桂已然派出副將楊坤、高弟前往迎接。一路上又搭起數個牌坊，上書：「本鎮率兵投靠新主，漢軍必定秋毫無怨，爾民不必驚慌。」

當日既然決定投降，吳三桂與唐通、劉澤清、楊坤、高弟等人深知漢軍軍紀，害怕部屬散亂，不聽軍令，到時候擾亂地方，禍害鄉里，將來到了江南，必定是南方議郎彈劾的絕佳題目，是以除了投降當天火併督撫標兵時動過刀槍，這些時日以來約束下屬，嚴明軍紀，整頓起軍紀來，比之當年在明朝為官時強過百倍。只是明朝財政困難，已經幾個月不曾關餉，這些將軍們一向以縱容士卒搶掠代替，此時既然嚴明軍紀，免不得要從腰包裏掏出銀子來收買中下層的小軍官，又得平買平賣購買軍需物資，幾天工夫已經將幾人的腰包抖落得乾淨。

正自愁眉苦臉之間，聽聞漢軍前鋒已至，眾將當真是喜不自勝，幾名副將帶著一眾將領立時出迎，待周全斌到得天津衛城之外，吳三桂等人已是迎至城門，如雁翅般排列兩行，一見得周全斌的大纛來到，各人立命軍號手們擊鼓吹號，又命全城士紳燃放鞭炮，一時間乒乓之聲大起，熱鬧非凡。

待周全斌騎馬到得門前，吳三桂等人看得真切，知道那必定是漢軍大將到來，各人忙捧著手本，各自唱名，然後高呼舞蹈，拜伏在地。

周全斌在馬上冷眼一瞥，見當先的年輕將軍身著鶴氅裘，頭戴銀盔，知道這便是少年得志的吳三桂。因跳下馬來，先含笑將他扶起，向他道：「天津全境並沒有兵變禍亂，通衢安靜如常，百姓行商一切如故，此都是將軍之力也！」

吳三桂聽他誇讚，心中得意，臉上不自禁露出微笑，向周全斌答道：「大將軍過獎，此末將分內事也。」

唐通與劉澤清、高弟、楊坤等將亦隨之答道：「保境安民，乃是武人本分，大將軍過獎。」

周全斌心中冷笑，卻又不得不與這些明朝降將虛與委蛇。那劉澤清原本是遼東守備，曾經在袁崇煥手下為五虎將之一，因功升參將，因收復登州功勞，加官為太子太師。現任山東海防總鎮，手下近兩萬悍卒強兵，多半是他積年在遼東和山東等地招募的強兵勁卒，實力強勁，只在吳三桂之下。當日大兵齊集徐州，他見機最早，逃竄最快，敗兵一路上殺人搶掠，江北地界一提起劉澤清部，均是罵聲不絕。偏生此時滿嘴仁義道德，當真是可笑可鄙。

他突地想起一事，在心裏思謀一番，終究忍不住道：

「鶴洲，聽說你當初任登萊參將時，命人提死刑犯人至宴會廳中，當場打死，取出腦漿與心肝放在金甌中，當場生食心肝，口喝人腦？」

此事卻是劉澤清生平最丟臉之事，他自升至總兵大將，官拜伯爵之後，最忌人提起當年此事。此時被周全斌當眾說出，劉澤清心中又恨又氣。他久為總鎮大將，就是明朝的督師輔臣亦不敢當眾給他難堪，此時氣極，就欲頂嘴反駁。只是眼光一掃，不但吳三桂等人面露譏笑，就是自己屬下的高啓等大將亦是沒有露出激憤之色；他又見周全斌雖然臉色平和，他身邊的親軍卻是面露殺機。劉澤清行伍多年，如何不知道這些親兵殺氣外露，只需自己說錯一句，周全斌略一點頭，他的親兵立時就會上前把自己剁成肉醬。

心中一凜，立時有了定計。忙上前在周全斌面前撲通一聲跪下，看著周全斌的眼面，低頭泣道：

「大將軍，你也是行伍帶兵之人，需知兵士難帶，將校難以壓制。明軍與大漢天軍不同，糧餉一向不足，做將軍的還需有錢收買一些敢戰勇武之士以為親兵，俸祿低薄，若不中飽私囊，很難維持。那一次

末將所以如此，亦是以此事鎮壓收服人心，如若不然，澤清早爲草澤中的野鬼孤魂了。」

周全斌默然半晌，心中終於放棄了此時當場斬殺劉澤清、吞併劉部部屬的打算。輕嘆一聲，向他道：「貴鎮既然如此認罪，又是山東本地人氏，並沒有爲害地方。雖然江北百姓恨將軍入骨，不過既然從龍起義，前罪亦可消弭。」

他話音一轉，又厲聲道：「不過貴鎮所部一向軍紀不肅，刁頑兇惡爲禍甚重，我已命漢軍軍法部派軍法官入駐爾部，抽查曾經禍害百姓、手有人命的凶徒，要將他們明正典刑，以肅軍紀！貴鎮所部，以漢軍編制，可分爲五軍，分別由貴鎮原本的屬下擔任將軍，還是由貴鎮居中指揮，如此處置，劉將軍心服否？」

劉澤清哪敢怠慢，忙叩頭道：「大將軍肯饒了職部性命，已是深恩厚德，又以大軍歸我統制，澤清哪裡還敢有什麼怨言？自此之後，職部所有將校，將性命託付給大將軍，唯大將軍馬首是瞻！」

吳三桂聞弦歌而知雅意，忙亦隨著跪下，向周全斌道：「啓稟大將軍，職部亦有不少爲非作歹之徒，需要大軍派出軍法官整治。再有，職部亦應改編，請大將軍發令。」

他偷窺一眼周全斌神色，見周全斌做沉吟狀，心中一慌，心道：「難道你想一下子吃掉我吳氏家兵幾萬人？這些人除了我的話誰也不聽，現下是對滿人打仗的關鍵時刻，難道漢軍要自亂軍心不成？」

卻聽得周全斌徐徐道：「改編之事容後再議，將軍所部不似劉總鎮那般目無法紀，不過法度乃是漢軍一等一的要事，軍法官和監軍使還是要派駐的。」

話音未落，又向其餘明軍各將道：「申明法度，嚴肅軍紀，此爲最要之事。今日我有言在先，不論將軍校尉，凡有違我軍令者，立斬不赦！」

吳三桂等明軍大將原以爲周全斌不過是老生常談，與當日明朝的文臣督師和監軍御史相同，誰也無法制服名爲官軍，實爲各將家兵的軍隊。

待周全斌一出天津城內，立刻召見城內的舊明士紳，申明法度，張榜安民，又使用舊明官員仍爲各級佐使，再加以數萬漢軍持槍露械，在城內遊行一遭，又以數百門火炮同時開火演練，震懾投降明軍，一時間城內人心大定，各人都道漢軍乃仁義威武之師，天下無人能敵。聲勢大振，人心歸附之後，方以軍法官入明軍軍中，先頒發告示，申明法紀，命各兵檢舉出首，有禍害百姓殘殺暴虐者，出首無罪，告發者有功。

初時尚有士兵疑惑，待有私仇者首告被賞，一時間軍營內告密成風，那些殺人無數，搶奪強姦已成積習的將校士卒紛紛被抓，算來五萬多明軍手有無辜百姓人命的竟過千人，燒殺搶掠者不計其數，若要窮治，只怕無有遺漏者。漢軍曾與江南明軍接戰，但多半是鎮防衛軍，又很快就被擊敗，很難禍害百姓。這幾股明軍多受徵調，明朝將亡時又沒有錢糧，多使軍隊自行籌措，於是搶掠百姓已是公然而行，其間燒殺姦淫亦是難免。

吳三桂等人不禁漢軍入駐軍官，亦是因此緣故。他們均是抱定了法不責眾的心思，各人都覺得漢軍急需這些明軍助戰，與滿人的大戰近在眼前，哪能大殺特殺，自亂陣腳？

周全斌一則心慈，二來亦是有慮於此，於是先命將這些兵士看押收監，以軍鴿請示張偉。兩日之後，便收到張偉親手手書，上寫道：「殺了，發餉。軍情部與司聞曹皆報，清兵已然出京，算來半月內必至天津附近，爾需儘快收攏明軍軍心，多加訓練部勒，以為戰力。多派探馬出探，雖然掌握敵情，首戰致勝最為要緊，慎之！」

「來人，傳將！」

他一聲令下，中軍大帳之外的幾十面大鼓立時敲響起來，三鼓過後逾期不至者立斬。明軍參將以上，漢軍校尉以上的所有將校均是飛奔而來，不敢怠慢。便是吳三桂等人，亦是急奔而至，唯恐此時觸了霉頭。

周全斌待各人參拜之後，也不提張偉手諭之事，只向吳三桂、唐通等人略一點頭，以示招呼，便發令道：「軍法將何在？」

因是戰時，神策衛的軍法將軍亦是身著甲衣，聽得周全斌召喚，立時站將出來，盔甲鐵裙碰撞得鏘鏘作響，他躬身一禮，向周全斌道：「末將在，請大將軍下令！」

周全斌發下令箭，向他喝道：「將近日來逮捕的所有身負人命，橫暴不法之徒，全數斬首！」

說罷，發下令箭，向還在遲疑的軍法官斥道：「速去，立斬！」

那軍法官執掌漢軍軍法多年，哪曾見過如此之多的犯罪士兵，這幾天過堂審案，聽得明軍禍害百姓之事，常常怒氣填胸，每常覺得這些士兵枉披了一張人皮，其實與禽獸無異。此時接了軍令，心中其實暢快異常，忙大聲應諾一聲，手捧令箭立時往外飛奔而去。

明軍諸將當真是想不到漢軍軍法如此嚴苛，一千多人的性命竟然渾不當一回事，居然是說殺便殺，絕不手軟。雖然周全斌臉色鐵青，幾十名明軍將校仍是一齊跪下，向周全斌道：

「大將軍開恩！犯兵們雖然該死，望大將軍念在此刻正是用人之際，饒了他們性命，改爲杖責，插箭遊營，然後派罪兵們於最前衝鋒，到時候他們必定肯下死力衝殺，豈不比殺頭更好？」

「不必多說！派他們上前，只怕是叛敵投降，甚至逃跑衝亂後隊的多！這些人，殘殺百姓很有本事，與敵作戰畏敵如虎，爾等不必再說。」

吳三桂手下被斬的很少，不過此時卻斷然不能退後，忙又將手一拱，向周全斌誠摯說道：「大將軍要嚴肅軍紀，這固然是好事。不過大病需用緩藥，徐徐調治。若是以猛藥攻之，只怕適得其反……」

周全斌不待他說完，便向他笑道：「你是怕兵變，是麼？」

「正是。」

「不妨。漢軍就部置在城池四周，我倒要看看，有什麼人會站出來爲這些畜生出頭！」

既然話說至此，所有明將都不敢再勸，唯恐被視做「出頭」之人，各人垂手而立，心中七上八下，唯恐此事過後，漢軍順手將他們亦拿出來肅明軍紀。明朝這幾年來，朝廷責於督撫，督撫均令不下於將軍，而將軍只治責軍官，並不敢嚴責士兵，唯恐惹得軍士嘩變。漢軍如此大殺大伐，誠心投效者固然擔憂，心有不軌卻是幸災樂禍，巴不得行軍法後，各軍騷動，大軍爲之星散。

幾十名軍法官督促著約五六千漢軍佈置法場，將所有的犯罪明軍軍官和士兵押到天津城內海河邊上，除了軍營內所有的將軍隨行觀刑，天津城內亦是爲之轟動，數萬市民蜂擁而來，觀看這明朝立國幾百年來未有的熱鬧。

待法場佈置完畢，漢軍劊子手以百人爲一隊，鼓響一聲便斬殺百人，由助手將明軍屍體搬運一邊，任由鮮血流入海河之內。前兩隊時，觀刑眾人尚且竊竊私語，待斬到三隊之後，幾百具屍首搬運成山，血水橫流，河流由清水變成血紅，所有明軍將校及天津城內居民都是面無人色，不敢再發半語。唯有劊子手單調的砍殺聲，犯法軍士的哭叫求饒聲，再有便是單調而駭人的鼓聲一直響個不停。

這一場斬殺由午至晚，一直到黃昏時分方才停止，一千餘具屍首被迅即運出城外，就地燒化。自行刑時起，明軍大營所有的校尉士兵都很驚惶，生怕被整個屠盡。待第二天天明，漢軍又擂鼓集將，不少將校臉色灰白，神色慘澹匆忙而至，不知道這屠夫周將軍又要有何殺戮舉動。誰料此次周全斌卻是和顏悅色，命漢軍軍需司馬官搬運了整箱的白銀齊齊放在中營大營四周，舊明積餉最多的已有一年半之久，此次一體發清，並不拖欠半文。

各將原都是吃空額喝兵血慣了，此次足有幾十萬兩白銀下發，卻無人敢動半點心血，老老實實足額發下，明軍軍營內立時歡聲雷動，昨日驚嚇一掃而空，各兵手捧餉銀，心畏軍法，立時下定了爲新朝效命的決心。吳三桂等明將心中明白，自此之後，眼前這支軍隊很難再屬於自己專控，已然被人家以殺伐立威，以銀兩邀心，徹底收服。

行軍法、發餉銀諸事完結之後，周全斌又為降軍更換衣甲，防具兵器，整頓原本混亂不堪的軍事制度，嚴加訓練，雖然並不能在短短時日使之成為強軍，卻也使得這支原本一敗再敗、軍心潰散的軍隊渙然一新，重擁戰力。

漢軍在天津動作甚大，由北京南下，得意洋洋前來收服攻打舊明軍隊的豪格與碩塞卻並不知曉。兩邊消息不通，他們領著幾萬精兵南下，一路上守城的鄉勇兵丁望風而降，並沒有人敢對八旗兵發一箭、開一槍，於是一路上風光而行，至得廊坊地界，兩個滿人王爺商量一番，到底不曾貿然而攻，於是決意先派遣小股騎兵沿著城池四邊哨探，待知道敵人詳情後，再做打算。

此時已是漢興二年三月初旬，雖是早已立春，比之嚴冬暖和甚多，八旗騎兵們又是從遼東苦寒之地而來，並不畏冷。這一小股騎兵約有百人，由一個小校率領，先是繞著城頭巡視一遭，眼見守城的明軍稀稀落落，不成模樣。看著騎兵迫城，竟然全無反應，直到馳到城下很近，才有幾個士兵向下射出幾箭，離得幾十步遠便頹然落地，當真是軟綿無力之極。這一隊騎兵都是旗人精銳，雖然有老有少，上至五十多歲，最少的還有十五六歲半大青年，卻都是善射勇武，面對堅城並不畏懼。

眼見明軍射箭如此不堪，八旗將校都是同聲哈哈大笑，有多事者不免取下弓箭，向著城頭還射幾箭，雖然明軍早早伏地，並沒有射中，不過看著他們如此狼狽，卻又惹得八旗兵們一陣狂笑。

豪格與碩塞在傍晚時分接到了各處哨探的報告，兩人在軍帳中計議一番，便準備在第二天天明破

曉時分攻城。雖然明知城內明軍人數在八旗兵之上，兩人自幼便隨同過祖父南征北戰，曾以兩三萬人攻下六萬人守城，三萬人援兵的堅城瀋陽女真勇士又怎會把這些殘兵疲卒放在眼裏？

天津衛乃是明太祖在北伐元朝大都設置的拱衛北方的衛所，成祖遷都北京之後，它雖然失去了原本的戰略地位，讓位於北方的九邊，但因其距離京師很近，仍然擁有著高過一般衛所的戰略地位。時間冉冉而過，兩百餘年下來，天津衛已成爲明朝火器鑄造修理的大本營，極盛之時，十幾萬工匠彙聚此地，爲京師三大營和遼東邊軍生產數量繁多、樣式不一的火器。是以城牆厚重高大，城頭火炮眾多，是爲北方除京師九邊的諸堅城之外，很難攻破的另一座堅城。

當豪格與碩塞清早起身，命令著一個個上三旗各旗的牛錄章京、總兵官、梅勒章京等旗下官和武職將校，督促著部下士兵往天津城下開撥部陣。待天色大亮，冬日陽光均勻地撒在雙方士兵的身上，經過許多天大雪和陰霾的天氣後，這溫暖的陽光當真是令人覺得舒適異常，只是這曠野堅城內外，十幾萬的士兵仍在以各式各樣的武器準備著廝殺、爭鬥。

「總兵大人，末將特來請示，可否發炮？」

吳三桂等人此時身處天津城牆南門的城樓之下，他與唐通及總兵依照周全斌的將令分守各門，因爲他手下留在城內的將士最多，也最精銳，是以將正面對敵的南門讓他鎮守。

他原本心裏極高興，想要以此戰建立功勳，以爲在新朝的立身之本。誰料城內原有的百餘大小不一的火炮全數被漢軍接管，各部火器營的將官亦撥歸漢軍直管，不再接受各部總兵的號令。各部的精銳也多半被周全斌調出城外，悄然將突至天津城下的清軍包圍。城頭上明軍旌旗雖多，甲兵雖盛，其實只不過兩萬餘人，還有近半老弱。就是實力如此之弱，周全斌還下了將令，有敢臨陣退縮者斬，畏戰懼敵者斬，失城者斬。

此時看到城外八旗軍兵甲之盛，士氣之高，又想到在關外時被他們屢破堅城，吳三桂雖然是少年親貴，自幼生活在行伍之中，心中卻亦難免害怕。此時強撐著站在這城頭之上，做勇武狀激勵士氣，當真是自己十餘年軍旅生涯中難得的第一次。

「爾等已歸漢軍直管，此後不必再行請示，可相機處斷。依城內留守的漢軍衛尉指令行事。」

「是，既然如此，那末將就下去聽令了。」

那武官亦不過象徵性的詢問一聲，聽了吳三桂吩咐，微微一笑，向吳三桂躬身一禮，轉即離去。待清兵稍近一些，大半集中在南門的明軍各式火炮立刻開火，向著慢慢逼將過來的旗兵發炮。

「這些南蠻子還真是無用，當年寧遠一戰過後，還指望這些個火炮就能擋住咱們？」

豪格此時約莫三十五六年紀，當年寧遠之戰時衝鋒在前，卻因清兵初次遇著火炮，殊無經驗，幾萬八旗兵含恨而歸，自視爲一生中很大的恥辱。此時眼見對面城頭白煙揚起，炮聲隆隆，已有大小不一的炮彈落在慢慢逼近的八旗兵陣中，開始有旗兵和戰馬死傷。

碩塞亦是一笑，卻並不與長兄多說，只是揮手召來傳令的親兵，下令開始攻城。自從大凌河及寧錦戰後，八旗對付堅城利炮的守城法已是很有經驗，各部聽得將令，原本整齊直奔的隊列立刻收攏起

來，漸漸變成一個個三人一排的橫隊，其間留下寬大縱深的空隙，一隊隊騎兵明盔鐵甲，鐵騎利刃，在鼓聲和喇叭聲中開始加速向前飛奔。待奔到離城下稍近，一半騎兵繞路騎開，往其餘各門遊動邀擊，呼喊叫罵，以擾亂明朝官兵的戰意；另一半就在南門城下停住戰馬，由少數人看住，其餘人跳下馬來，分爲四路直隊往前，在盾牌的掩護下開始搬開城門下擋路的攔馬和鹿角。

在他們動作的時候，其餘的騎兵或在馬上站立，或是下馬，用弓箭向城頭射擊掩護，除了射箭之外，還有一些可以隨馬攜帶的小型火器，比如一兩百斤重的大型火銃就隨著這些騎兵搬運到城下，隨著弓箭一起向城上射擊。

明軍在清兵開始前進之際便已開火發炮，已然打中了不少清兵士兵和戰馬，大將軍炮每次發炮便是發出震天動地的巨大響聲，一股股濃煙已將城頭遮住，簡直看不清人的模樣。只是明軍火炮都是舊式，其中仿製西人的紅衣大炮不過七八門，其餘都是些一兩千斤重，但炮彈子只有兩三斤重，或是小型鐵丸，所以雖然看起來威力很是驚人，真正的殺傷力其實很是有限。清兵這些年來歷經過很多次堅苦的攻城之戰，無論人馬都早就適應了這些火炮的轟擊，雖然已方陣中不住有炮彈落下，除了首當其衝者，很是有人爲此動容，整個大軍仍然在各級軍官的指揮下有條不紊的進行著攻城戰的準備。

「命前隊後撤，命譚泰帶領本部兵馬，攻城！」

請續看《回到明朝做皇帝8 無雙艦隊》

新大明王朝 ⑦ 衣錦還鄉 (原書名：回到明朝做皇帝)

作　　者：淡墨青杉
發 行 人：陳曉林
出 版 所：風雲時代出版股份有限公司
地　　址：105台北市民生東路五段178號7樓之3
風雲書網：http://www.eastbooks.com.tw
官方部落格：http://eastbooks.pixnet.net/blog
信　　箱：h7560949@ms15.hinet.net
郵撥帳號：12043291
服務專線：(02)27560949
傳眞專線：(02)27653799
執行主編：朱墨菲
美術編輯：吳宗潔

法律顧問：永然法律事務所　李永然律師
　　　　　北辰著作權事務所　蕭雄淋律師
版權授權：蔡雷平
初版換封：2014年8月

ISBN：978-986-352-036-8

總 經 銷：成信文化事業股份有限公司
地　　址：新北市新店區中正路四維巷二弄2號4樓
電　　話：(02)2219-2080

行政院新聞局局版台業字第3595號
營利事業統一編號22759935

定 價：280元　　特價：199元

國 家 圖 書 館 出 版 品 預 行 編 目 資 料

新大明王朝 ／淡墨青杉著. — 初版.—
臺北市：風雲時代，2014.04-
冊；　公分. —

ISBN 978-986-352-036-8 (第7冊：平裝)

857.7　　　103004418